DIARY OF REBIRTH

Tome 1

Ce livre est une œuvre de fiction. Les noms, personnages, lieux et incidents sont le produit de l'imagination de l'auteur ou sont utilisés fictivement. Toute ressemblance avec des évènements réels ou personnes, vivantes ou mortes, serait pure coïncidence.

.

Correctrice : Anne Ledieu

ISBN 13 : 979-10-95823-01-8

Bridget PAGE

DIARY OF REBIRTH

Tome 1 : Apprivoiser

ROMAN

Chapitre 1
J'avais la vie devant moi

Je me nomme Annabelle Maury. Il y a cinq ans, j'ai vécu l'horreur, l'infamie.

J'avais dix-sept ans, j'étais épanouie, j'étais jolie, j'avais des amis, j'étais douée dans mes études, je rêvais d'un avenir radieux dans le domaine scientifique.

J'avais une famille unie, des parents aimants, deux sœurs et un frère dont j'étais très proche. Nous vivions dans un mas provençal que mon père avait retapé de ses mains. Nous avions un chien et deux chats. Nous étions heureux.

Cinq ans plus tard, j'ai quasiment tout perdu.

Le malheur, quand il vous frappe, fait de nombreux dommages collatéraux. Il brise, réduit en miettes chaque parcelle lumineuse de votre vie. Ma famille et moi-même n'avons pas échappé à la règle. Bien sûr, j'ai été la victime directe, mais tout mon univers a irrémédiablement basculé.

Quand je me suis réveillée après trois mois de coma, ma vie parfaite avait volé en éclats.

Mes parents s'étaient déchirés en se renvoyant l'un à l'autre la responsabilité de mon calvaire. Mon père reprochait à ma mère d'avoir instauré ce tour de garde du petit-déjeuner du matin. En effet, en périodes de vacances, chacun notre tour, nous allions chercher les croissants à la boulangerie du petit village, distant de trois kilomètres de la maison. Nous avions tous pris l'habitude de nous y rendre à vélo, afin de profiter de la douceur matinale de notre belle Provence. Ce matin là, c'était à moi d'y aller…

Ma mère, quant à elle, avait reproché à mon père d'avoir un peu bu la veille au soir, d'être tombé comme une souche et d'avoir dormi tard ce matin-là. S'il s'était réveillé de bonne heure, disait-elle, il se serait rendu compte que je ne rentrais pas, il serait parti à ma rencontre et peut-être aurait-il pu empêcher l'horreur de se produire.

Ce qu'elle ignorait, c'est que mon sort avait été scellé bien avant que je n'arrive à la boulangerie, et que, quand bien même il se serait réveillé plus tôt, il n'aurait retrouvé que mon vélo, abandonné au bord de la route.

Mon père, brisé, avait fui le foyer, emportant dans ses bagages Maxime, mon frère aîné, et Wolf, notre chien.

Virginia, ma sœur, alors âgée de vingt et un ans, avait eu l'opportunité de partir poursuivre ses études de Design aux États-Unis et s'y était installée avec son petit ami, Virgile.

Non parce qu'elle ne se sentait pas concernée par ce qui m'était arrivé, mais l'ambiance familiale, la douleur et aussi sans doute la peur avaient eu raison de ses espoirs de nous voir redevenir une famille normale.

Ma mère était restée seule avec Sasha, ma petite sœur, pour faire face au vide que laissait leur départ et aux décombres de notre belle vie d'antan.. Chaque jour, elle venait tenir ma main dans le service de Réanimation de l'Hôpital de la Timone à Marseille. Elle me parlait, me chantait cette vieille berceuse qui m'avait si souvent apaisée, lorsque j'étais une petite fille effrayée par le noir, espérant secrètement qu'elle me protégeait des démons qui hantaient probablement mon inconscience.

Toujours à l'affût de la moindre information concernant mon état, elle ne manquait jamais la visite du médecin, chaque matin, dans l'espoir d'une bonne nouvelle, d'un signe quelconque de mon retour dans le monde des vivants.

Après la résorption de l'œdème cérébral à l'origine de mon coma, elle avait espéré me voir revenir, mais j'étais restée désespérément inerte.

Au bout de quelque temps, on avait pu m'extuber, ce qui était bon signe. Mes électroencéphalogrammes, bien que fortement ralentis, révélaient une activité cérébrale régulière. Je n'étais pas un légume. J'étais toujours là, quelque part. Alors, ma mère continuait d'espérer…

Le médecin s'était montré rassurant. Il n'était pas rare qu'une fois les causes physiques résolues, le psychisme fasse barrage à un réveil.

« Ce qu'a vécu votre fille, Madame Maury, du moins ce que nous en savons, a été d'une extrême violence, autant physique que psychologique. Il est possible, je dis bien possible, que son cerveau la maintienne dans cet état pour la protéger du choc qui serait le sien si elle se réveillait, et que tout cela lui revenait en mémoire. Elle n'est peut-être pas prête à y faire face, tout simplement. Il faut attendre, Madame Maury. On ne peut rien faire d'autre ».

Les auteurs de mon calvaire n'avaient pas été retrouvés. Il n'y avait aucune piste. Ils s'étaient volatilisés après m'avoir abandonnée sur le bord d'une petite route, près des Baux de Provence, à une vingtaine de kilomètres du lieu de ma disparition.

Ce matin-là, mon père était finalement allé au-devant de moi, constatant à son réveil que je n'étais toujours pas rentrée. Il avait trouvé mon vélo à deux kilomètres de la maison, dans le fossé, la roue voilée témoignant d'un probable accident.

Des traces de sang sur la route, ainsi qu'un morceau de chatterton trouvé sur les lieux avaient orienté l'enquête vers un enlèvement et, puisque mes parents ne disposaient pas de fortune personnelle qui aurait pu motiver une demande de rançon, la piste criminelle avait été envisagée.

Pendant les deux jours suivants, la gendarmerie, la police et l'armée avaient ratissé les environs. Des battues avaient été organisées, avec la participation active des gens du crû. Les hôpitaux avaient été contactés ainsi que les cabinets médicaux et les pharmacies. En pure perte… Les points d'eau avaient été sondés, les bâtiments isolés visités, les bois avoisinants quadrillés. La population avait été interrogée. En vain, je restais introuvable…

Le troisième jour, il avait été décidé de fouiller chaque habitation, à vingt kilomètres à la ronde. Il avait été fait, à la demande du juge d'instruction, des prélèvements ADN sur tous les hommes de 15 à 70 ans. Le fichier des délinquants sexuels avait été interrogé et quelques personnes questionnées. Là encore, chou blanc…

Le quatrième jour fut marqué par la découverte de mon corps. C'est un promeneur et son chien qui m'avaient trouvée dans un fossé, inconsciente. Ils étaient passé par là, vingt minutes plus tôt et, un peu plus loin, avaient croisé une berline gris métallisé roulant à vive allure sur cette petite route pourtant escarpée. Le promeneur avait maudit les touristes qui se croient tout permis, avec leurs grosses voitures et leur culot tout parisien. À l'entendre, tous les touristes étaient des Parisiens.

Environ dix minutes plus tard, il avait rebroussé chemin, excédé par les aboiements de son chien. Sans la moindre raison apparente, il courait sans cesse dans le sens opposé, comme s'il avait voulu courser la voiture de ces maudits Parisiens et leur mordre les fesses, en guise de bienvenue. C'est ainsi qu'ils m'avaient trouvée.

J'avais été transportée à l'hôpital et placée en Réanimation jusqu'à ce matin du 27 octobre 2010 où j'ai finalement repris conscience.

Je m'appelle Annabelle, et je me souviens parfaitement de ce moment où, en ouvrant les yeux, j'ai compris que ma vie était terminée…

Chapitre 2
Jurassic park

Lundi 13 avril 2015

— Annabelle ! Il est l'heure, ma chérie. C'est le grand jour, voyons ! Secoue-toi ! Tu ne vas quand même pas arriver en retard pour ton premier jour ?

— Oui, oui, je me lève.

Vous aurez constaté par vous-même, à mon ton enjoué, que j'attends cette journée avec impatience… Non pas que, depuis cinq ans, j'attende le jour suivant avec la moindre envie. Rien ne ressemble plus à une de mes journées que celle qui lui succède, vide de sens, un long hiver, monochrome, insipide et inodore. Le néant ni plus ni moins.

Mais celle-ci est encore bien pire : je dois aller travailler. Pour la première fois de ma vie… Enfin de ma vie… pour la première fois de mon existence, devrais-je dire.

Ma mère a réussi à persuader son patron de me trouver un poste de secrétaire dans l'entreprise florissante de son fils. Il s'agit de remplacer au mieux de mes capacités Martha, le secrétaire de Greg Delcourt, qui vient de partir en congé maternité.

Bien entendu, j'ai une culture correcte, je maîtrise parfaitement l'outil informatique, je tape sur un clavier à grande vitesse comme beaucoup de gens de mon âge, je lis, je lis beaucoup. À dire vrai, ces cinq dernières années, j'ai dévoré tout ce qui, de près ou de loin, ressemblait à un livre. Format papier ou numérique, roman, poésie, grands auteurs ou illustres inconnus, romantique, fantastique, ou même métaphysique, tout y est passé.

Quand on reste enfermé chez soi pendant si longtemps, on a peu de distractions : la télévision, la lecture et internet, bien sûr, avec ses séries en masse, ses vidéos en tous genres, ses concerts, bref cette fenêtre immense ouverte sur un monde que je me refuse à affronter depuis presque cinq ans.

Et le problème de cette journée qui commence se situe exactement là : je n'ai pas quitté la maison depuis le 22 décembre 2010, jour de ma sortie de l'hôpital.

Ne vous fatiguez pas à calculer. Ça fait très exactement 4 ans, 3 mois et 22 jours.

Je suis cloîtrée entre les murs de notre mas provençal depuis 1573 jours et je ne veux pas, je ne peux pas en sortir, ce matin ni jamais !

Bien sûr on pourrait penser qu'après une si longue « captivité », j'ai envie d'aller voir ce que le monde a à m'offrir, ce que font les gens de mon âge, voir si l'air est aussi doux que dans mon souvenir, si la mer est bleue et chaude comme lorsque j'étais enfant, sentir les rayons du soleil sur mon visage, le vent dans mes cheveux, respirer… vivre… enfin !

Mais le monde, au-dehors, est sombre. Il est violent, torturé. Il est rempli de haine, de douleur, de peur. Il y a des monstres brutaux qui n'attendent que moi pour assouvir leurs instincts primaires et bestiaux. Il y a des démons qui torturent les corps et les âmes et qui les déchirent de leurs dents acérées. Le monde, là dehors, c'est l'enfer… C'est mon enfer… du moins, c'est comme ça que je le vois…

Mais ma mère ne le comprend pas. Elle pense, à l'instar de tout mon entourage, thérapeutes, famille, amis de la famille, amis d'amis, illustres inconnus, que je dois tourner la page et m'ouvrir au monde.

Mais le monde m'a avalée, découpée en petits morceaux et recrachée à l'état de puzzle, la chair à vif et l'âme tailladée. Le monde, ce monde, est mon pire cauchemar, et ma mère a pris la décision de m'y renvoyer, comme si les choses avaient changé.

Mais rien n'a changé : j'ai vécu l'innommable pendant quatre jours, et les responsables de mon calvaire sont libres comme l'air, allant et venant à leur guise dans ce monde si accueillant dont ma mère me chante les louanges. Les bêtes fauves qui m'ont emmenée avec eux ce matin d'été 2010 vivent sans doute une vie pleine et heureuse, peut-être ont-ils une famille, une épouse qui les attend à la maison, au retour de l'une de leurs expéditions sauvages, rassasiés, encore couverts du sang et des larmes de leurs proies, frémissant toujours de leurs cris, de leurs supplications, l'odeur de la peur envahissant encore leurs naseaux de bêtes immondes.

Maman est à mille lieues de comprendre ce que je vis. Elle n'a pas cherché à connaître le détail de ma séquestration. Elle a dit qu'il fallait oublier, qu'il fallait que je redevienne l'Annabelle d'avant… Depuis cinq ans, chaque matin, elle me regarde avec espoir, comme si enfin la nuit m'avait fait redevenir sa petite fille.

Mais cette fois-ci, Maman en est sûre, je vais retrouver la joie de vivre, enfin ! Je vais m'épanouir dans mon travail, avoir mon propre appartement. J'aurai des amis et un amoureux et, plus tard, des enfants, parce qu'elle veut avoir des petits-enfants, ma mère.

Un amoureux… sans rire ? Un amoureux ? Elle parle bien d'une histoire sentimentale entre moi et un homme ? D'une relation amoureuse avec tout ce qui va avec ? Et quand elle parle d'avoir des petits-enfants, elle parle d'intimité, de nudité, de sexe ? Parce qu'aux dernières nouvelles, c'est comme ça qu'on fait les bébés, non ? Comment peut-elle imaginer que moi, je puisse envisager un tel degré d'intimité avec un homme ? Elle divague…

Mais, bon sang ! Je n'ai même pas d'amis. Je n'ai quasiment côtoyé que des médecins et des psychiatres depuis 1573 jours et aucun d'entre eux n'a jamais posé la main sur moi, pas même pour me saluer.

Mon propre père, mon propre frère ne m'ont plus jamais pris dans leurs bras depuis ce jour-là. À de très rares occasions, ma mère m'a serrée contre elle, lorsque les cauchemars qui peuplent mes nuits étaient si effrayants qu'ils me faisaient perdre pied. Hormis ces rares moments, personne ne m'a touchée depuis près de cinq ans. Non pas qu'ils redoutent que je les repousse, mais je crois surtout qu'ils se disent qu'à ma place, ils préféreraient qu'il en soit ainsi. Mais que savent-ils de ce que je ressens, de ce que je peux supporter ou non ? Dans quel marbre est-il gravé que, lorsque l'on a subi une chose pareille, on en vient à refuser tout contact ? Que savent-ils du vide que laissent cinq années sans la chaleur d'un autre être humain ?

Mais suis-je même capable de supporter ce contact ? Dans mes pires cauchemars, je sens leurs mains à EUX sur moi, comme autant de répugnantes larves rampant sur ma peau d'adolescente. La femme que je suis aujourd'hui est-elle seulement susceptible d'apprécier ce qui lui manque tant ?

Je m'appelle Annabelle. J'ai vingt-deux ans. Je suis un être supplicié, ermite malgré moi, pétrie de peurs en tout genre, proie de démons plus cruels les uns que les autres et je vais affronter ma toute première journée de travail, dans un immeuble de bureaux, avec des gens dedans, des gens qui vont me regarder, me parler et peut-être même vouloir me serrer la main.

J'ai l'impression que l'on est sur le point de me parachuter dans Jurassic Park, au moment pile où le tyrannosaure et les raptors décident de passer à table.

Chapitre 3
Greg

Lundi 13 avril 2015

Il y a des jours comme ça où on maudit la Terre, ses ancêtres, le Pape et la crémière d'avoir pris une décision aussi hâtive qu'irréfléchie.

Non, mais qu'est-ce qui m'est passé par la tête pour céder à mon paternel quand il a exigé que j'embauche une potiche incompétente pour remplacer Martha, le temps de son congé mat' ?

J'avais tout prévu : six mois de surf sexuel en free-style, une avalanche de culs en perspective, le pied intégral pour un mec comme moi. Et merde ! Pourquoi les choses ne se passent-elles jamais comme dans mes rêves ?

Dans mon parfait scénario, l'agence d'intérim m'aurait envoyé un tas de filles compétentes et, qui plus est, plus girondes les unes que les autres. Des blondes, des brunes, des rousses, y'en aurait eu pour tous les goûts ! Une sorte de casting rien que pour moi. Des filles à ne plus savoir qu'en faire dotées de cerveaux de secrétaires surmontant des corps de déesses !

Je n'aurais eu qu'à en choisir une, et à prendre le numéro de toutes les autres pour remplir mon petit carnet d'adresse pour les six mois à venir… ou plutôt les trois mois… enfin à voir… Mais vu mes appétits actuels, je dirai pour les deux mois à venir, à raison de trois par semaine.

Bref ! Mon père a tout fait foirer ! Il a décidé que j'allais lui rendre le service de caser sa petite protégée dans mon bureau pour les six prochains mois ! Et soyons clair : je ne peux rien lui refuser. D'abord parce qu'il est mon père et que je le respecte pour ce qu'il a bâti, un empire dans le domaine immobilier, en partant de rien ou presque. Mais aussi parce que je l'aime, tout simplement. Il m'a élevé, il m'a tout appris, il a été tout à la fois un père, une mère, un mentor, un confident et, même s'il ne cautionne pas le mode de vie que j'ai adopté depuis quelques années, même s'il réprouve certaines de mes décisions personnelles, il reste toujours fidèle au poste, aimant et compréhensif.

Alors, j'ai accepté et j'ai renoncé à mon harem en devenir. Bon, je sais que vous vous dites : *« Non, mais c'est qui ce macho puant ? Il se prend pour qui, le Casanova de ces dames ? »*. Je vous concède que je ne suis peut-être pas le gendre idéal, mais je n'ai pas que des défauts. J'ai réussi professionnellement en faisant de la petite start-up de mes débuts la société cotée en bourse d'aujourd'hui. Je suis très à l'aise financièrement. J'ai une chouette villa en bord de mer, un duplex de haut standing en ville et un tas de bolides plus rapides les uns que les autres qui dorment dans mes garages.

À quoi bon avoir vingt-huit ans, avoir l'argent et la puissance, si on ne peut pas s'en servir pour tomber les plus jolis fleurons de la catégorie « sexe faible » ? Et quand, en plus, on a une gueule d'ange et qu'elles tombent toutes comme des mouches autour de vous, pourquoi lutter ? Alors, sérieusement, que feriez-vous à ma place ?

Ces messieurs me comprendront parfaitement. Quant à vous, mesdames, vous que je vois grimacer avec mépris, voire dégoût, vous que j'entends hurler au sexisme primaire, soyez honnêtes avec vous-mêmes ne fût-ce qu'un instant.

Une nuit de sexe torride avec un homme prévenant, expert dans les jeux de l'amour, bien foutu et particulièrement bien monté, ça ne se refuse pas, quand c'est proposé poliment. Je ne suis ni une brute, ni un pervers, je ne nourris pas de haine envers les femmes, je ne les visualise pas comme de jolis objets, mais plutôt comme des compagnes de jeu d'un soir. Je les respecte, je les honore, je les vénère même, je suis attentif à leur plaisir, je me donne sans compter. Quel mal y a-t-il entre adultes consentants ?

Autorisez-vous cinq minutes en tête à tête avec moi, au creux de mes bras, et je saurai vous convaincre habilement de prolonger l'entretien jusqu'au petit matin. Je ne serai pas égoïste, je vous accorderai tout, pendant ces quelques heures : mon attention, mes caresses, mes baisers, mon corps brûlant, des heures durant sans jamais faiblir, du plaisir, LE plaisir, bien plus que vous n'en avez jamais rêvé, bien plus que vous n'osez même l'imaginer.

Une suite dans un grand hôtel, du champagne, des fleurs, des bijoux, des draps de satin dans un lit immense qui abritera nos ébats tout au long d'une nuit que vous ne serez pas prêtes d'oublier. Laissez-vous tenter… Qu'avez-vous à craindre, après tout ? Passer la meilleure nuit de toute votre vie ? Il y a pire comme risque, non ?…

Bien sûr, à l'issue de cette nuit magique, nous nous quitterons bons amis. Vous pourrez bien entendu garder tout ce que je vous aurai offert, car je ne suis pas pingre. Nous ne nous reverrons jamais, car je ne passe jamais plus d'une nuit avec une femme, mais… quelle nuit !

O.K. ! Allez ! Je prends les numéros ! Qui sera la première ? Ne vous bousculez pas, les filles ! Il y en aura pour tout le monde. Vous allez vivre l'expérience sexuelle et sensorielle de votre vie !

Des centaines de femmes vous ont précédée dans mes bras et chacune d'entre elles aurait donné cher pour remettre le couvert. Mais je suis un chasseur, un félin… Je suis excité par la nouveauté, par le mystère, par cette faim de découvrir, en chacune d'entre vous, le point de rupture qui vous fera basculer. Quelles sont les caresses qui vous rendent folle, combien de temps me faudra-t-il pour vous arracher votre premier orgasme, combien serez-vous capable d'en supporter avant de vous écrouler, repue de plaisir et vaincue par l'épuisement ? M'extasierai-je devant la beauté de votre visage alors que vous jouirez ? Êtes-vous femme à hurler votre plaisir ou tout en retenue et en gémissements ?

Êtes-vous réservée ou audacieuse ? Joueuse ou plutôt soumise ? Attendez-vous de moi que je contrôle chaque seconde de nos ébats ou bien aspirez-vous à me prendre les rênes ? Je vous les laisserai volontiers, mais vous ne les garderez pas longtemps, car, même si je suis magnanime, je n'en reste pas moins un chasseur. Vais-je découvrir auprès de vous des plaisirs exotiques ? Avez-vous quelque chose à m'apprendre que je ne sache déjà ?…

Toutes ces questions que je me pose vous concernant ont besoin de réponses et, lorsque je les aurai obtenues, vous perdrez tout attrait. Ne vous en formalisez pas. N'y voyez ni méchanceté ni dédain. Je suis ainsi, et vous n'y pouvez rien. Je suis le chat et vous êtes la souris. Et aucune souris n'a jamais dompté un chat.

Je m'appelle Greg, j'ai vingt-huit ans, je joue dans la catégorie mâle dominant, sûr de moi, conquérant et intensément viril. Je sais ce que je suis et ce que je vaux, et je suis sur le point d'accueillir ma future secrétaire, une certaine Annabelle dont je ne sais rien, hormis que je ne l'ai pas choisie, et cette simple idée me fait frémir de colère. Je déteste ce que je ne maîtrise pas.

Parce que, quand je perds la maîtrise, je redeviens Grégory, l'être faible qui a laissé une femme le mettre à genoux, il y a cinq ans. Que les choses soient claires : ça ne se reproduira jamais !

Chapitre 4
Hétérochromie

Lundi 13 avril 2015

— Allez, on y va, Annabelle ! Ce n'est pas le moment de te poser des questions. Mets un pied devant l'autre et grimpe dans la voiture !

Je fixe, muette, la porte d'entrée, ouverte sur la cour gravillonnée de notre maison, où attend la C4 flambant neuve que s'est offerte Maman, il y a moins d'une semaine. Elle est rouge pompier, on ne peut pas la louper. Maman en est très fière, car c'est sa toute première voiture neuve, achat bien entendu assorti d'un solide crédit sur quelques années, mais on n'a rien sans peine, comme elle dit.

Je sais qu'elle ne renoncera pas, cette fois. Elle a tenté de me faire sortir de la maison des centaines de fois, sous un tas de prétextes, agitant toute sorte de carottes pour me faire sortir : shopping, piscine, restaurant, bibliothèque, cinéma, vacances, plage, j'en passe et des meilleures. Mais je n'ai jamais pu me résoudre à franchir la porte d'entrée depuis près de cinq ans, pas même pour me promener dans le jardin.

Mais cette fois, c'est différent : elle a fait du charme à son patron, Antoine Delcourt, le magnat des entreprises DELCOURT, numéro un de l'immobilier français. C'est un homme affable et prévenant que Maman reçoit parfois à dîner et qui semble ne pas lui être indifférent.

Il est gentil avec nous, mais il en impose : 1m90, brun, solide, carré, des sourcils épais surmontant de larges yeux marrons perçants et vifs. À cinquante-huit ans, il est encore très bel homme et couve ma mère d'un regard bienveillant. Il se passe quelque chose entre ces deux-là.

Antoine Delcourt est veuf depuis de longues années. Sa femme, Rose, a été emportée par un cancer du sein, peu après avoir donné naissance à Grégory, leur fils unique.

Grégory Delcourt (mais il faut l'appeler Greg m'a dit Maman ; il déteste qu'on l'appelle Grégory) a vingt-huit ans. Élément brillant, doté d'un QI de 155, il a décroché son bac avec mention très bien, peu avant ses seize ans, puis s'est lancé dans une licence informatique suivie d'un master en Bio Informatique et Modélisation.

À dix-huit ans, il a développé une application dans le domaine biomédical. J'ignore quoi exactement, mais un truc suffisamment innovant et révolutionnaire pour qu'il soit approché par les plus grandes entreprises dans ce domaine. Il a rejeté les multiples propositions de rachat de son brevet, refusant des sommes colossales, et s'est lancé seul, soutenu financièrement pour moitié par une banque aventureuse et pour l'autre moitié par son père.

Aujourd'hui, il emploie près de vingt mille personnes, réparties sur plusieurs continents. Il est en contrat avec le gouvernement français (mais pas que lui) et brasse des sommes colossales. C'est ce qu'on appelle une success story.

Et il s'est laissé convaincre par son père de m'embaucher pour les six mois à venir, en tant que secrétaire personnelle, le temps du congé maternité de Martha, qui le seconde depuis huit ans.

J'ai tout à la fois la pression que me met ma mère quant à la dette qu'elle a envers Antoine, et celle qui m'envahit à l'idée de remplacer Martha dans un rôle qu'elle maîtrise certainement à la perfection.

C'est donc la peur au ventre que je franchis la porte de notre maison et que je m'installe dans la voiture de Maman.

*****

— Bien ! Soyons clairs ! M. Delcourt est un patron exigeant. Il n'a pas une minute à perdre en futilités, son temps est extrêmement précieux et votre travail consistera à l'optimiser au maximum. Vous comprenez, Mademoiselle Maury ?

Le dragon qui s'adresse à moi se nomme Ava Brown. Elle est américaine et se trouve être le bras droit de Greg Delcourt. Environ trente ans, elle est élégante, grande, blonde et extrêmement désagréable. Je ne suis pas la bienvenue, ça me paraît très clair.

Quand j'ai été introduite dans son bureau, elle ne m'a pas serré la main. Ce qui me va très bien. Mais elle ne m'a pas non plus saluée ni même regardée. Elle m'a fait attendre, debout devant son bureau, pendant ce qui m'a semblé durer des heures, puis a enfin daigné m'accorder un regard. Et elle a commencé à parler.

Cela fait maintenant une demi-heure que je suis debout, et elle m'assomme de recommandations et d'avertissements en tout genre, lançant de-ci de-là des réflexions désagréables sur ma tenue, sur mes cheveux, sur mon manque de références, dans l'espoir, peut-être, que je m'enfuie en courant et que je cesse de lui faire perdre son temps.

Je me suis rarement sentie aussi nulle et inutile, et je sens déjà poindre les larmes qui ne franchiront jamais le seuil de mes paupières.

— Eh bien ! Vous êtes muette ? Ou sourde peut-être ? Ai-je été assez claire ? Pensez-vous pouvoir réaliser ne fût-ce qu'un dixième de ce que je vous ai demandé ?

Je tente de respirer, d'imaginer le calme d'un lac, comme me l'a appris le Dr Schmitt, mais je ne peux m'empêcher d'hyperventiler lamentablement. Je sens, impuissante, mes jambes se ramollir et me lâcher peu à peu et la crise d'angoisse pointer le bout de son nez. Je dois m'en aller, je dois rentrer à la maison, je dois…

— Je crois que Melle Maury a compris les grandes lignes, Ava. Je prends le relais si tu le permets.

La voix grave qui s'est élevée vient de derrière moi. Il a dû rentrer dans le bureau sans que je m'en aperçoive. En même temps, je ne perçois plus grand-chose hormis les battements de mon cœur, de plus en plus rapides. Je fixe mes pieds et ne vois quasiment plus que mes escarpins rouges. Une tache rouge, rouge sang.

— Comme tu voudras, Greg. Mais, si tu veux mon avis, cette demoiselle est une pure perte de temps.

Elle sort du bureau avec grâce et nonchalance, non sans m'avoir lancé un regard méprisant.

C'est au moment où la porte se referme sur son long corps gracile que le mien se décide à me lâcher lamentablement, victime d'un manque d'oxygène dû à la crise d'angoisse que je m'évertue à intérioriser depuis une dizaine de minutes. Mes jambes se dérobent et je glisse lentement vers le sol.

Deux bras solides me rattrapent in extremis avant que mon nez ne s'écrase contre le tapis persan.

— Eh bien, Melle Maury, c'est bien la première fois qu'une femme se pâme avant même de m'avoir vu, l'entends-je dire dans un rire, tandis qu'il me redresse contre lui.

Je relève péniblement la tête et tombe sur les yeux les plus étranges que j'aie jamais vus. Ils sont au nombre de deux (jusque-là tout va bien), l'un est noisette et l'autre bleu. L'œil noisette me sourit, résolument moqueur, mais l'œil bleu, lui, me transperce, jusqu'au tréfonds de l'âme.

Je m'appelle Annabelle, et je viens de m'évanouir dans les bras de mon futur (ex-) patron.

Chapitre 5

Prince charmant

Lundi 13 avril 2015

On a rarement l'occasion de s'amuser dans mon métier, mais aujourd'hui, bon sang, on nage en pleine tragédie grecque.

Lorsque j'ai demandé à Ava de faire l'entretien préliminaire de Melle Maury, j'avais ma petite idée derrière la tête. Ava est une garce, disons-le tout net, une sorte de pitbull en jupons, manucurée, lookée, stylée, toute en jambes, mais un pitbull tout de même.

Je le sais parce que c'est mon ex, et qu'elle m'en a fait baver. Il ne se passe pas une journée où je n'ai pas envie de l'étrangler.

J'ai rencontré Ava il y a sept ans, tandis que mon entreprise négociait son premier tournant difficile. J'avais jusque là surfé sur la vague de l'application de départ, mais il me fallait passer à l'étape suivante, innover, rester au sommet de la vague.

C'est là qu'Ava est intervenue. D'abord pour un projet en duo avec une entreprise américaine basée à Atlanta, dont elle était la principale physicienne en imagerie médicale. Il s'agissait de modélisation 3D du corps humain à partir de clichés radiologiques et d'images numériques, à des fins diagnostiques. Bien que cette technologie soit déjà au cœur des recherches biomédicales, notre projet intégrait la possibilité d'extrapoler les inconnues, deviner ce qui n'était pas visible sur les clichés de départ, en se basant sur ce qui l'était. L'algorithme de modélisation avait été développé par mon entreprise, mais nous avions besoin d'un œil plus technique quant à l'acquisition des images.

Ava a débarqué en France pour deux semaines et n'est jamais repartie. Nous avons vécu une histoire. Celle-ci a pris fin, pas au mieux, soyons clair, mais Ava est restée. Elle est mon bras droit et est responsable du projet qui continue d'évoluer. Elle le connaît sur le bout des doigts et en est l'une des principales instigatrices. Elle est irremplaçable… à mon grand regret.

Ava aimerait remettre le couvert, mais je m'y refuse. Quand un pitbull plante ses crocs dans votre jambe, il ne vous lâche plus. Ava n'a jamais lâché prise, même quand elle me trompait avec Pierre, Paul ou Jacques, elle gardait ses crocs profondément enfoncés et, putain, ça fait un mal de chien !

Tout ça pour vous dire que je sais à quel point elle peut être mauvaise. Et c'est pour cette raison, que je lui ai mis Annabelle Maury dans les pattes. Pour donner le ton à ma collaboration avec cette jeune ingénue. On m'a peut être forcé la main, mais rien ne m'empêche de jouer un peu, si ?

Quand la jeune Maury a été fin cuite, j'ai pris les rênes. Je voulais qu'Ava la morde, pas qu'elle l'égorge. Je ne suis pas un monstre tout de même. J'avais prévu des larmes, j'avais imaginé qu'elle s'enfuie pour retourner chez sa mère, j'avais envisagé des bégaiements, je me faisais une joie de voir son petit visage virer au rouge écarlate sous le joug de la honte. Mais je n'avais pas prévu qu'elle me tombe dans les bras. Je suis là comme un con, pressant son joli petit corps tout chaud contre le mien, tandis que je doute qu'elle soit encore consciente.

Quand je l'ai vue vaciller, j'ai envisagé une fraction de seconde de la regarder chuter. Après tout, les tapis sont moelleux, il n'y avait pas grand risque. Et puis, je n'ai pas pu. Après tout, même si je collectionne les femmes comme des bibelots que je range les uns à côté des autres dans le placard après usage, même si les femmes ne m'inspirent rien d'autre que du désir teinté de mépris, je n'en suis pas moins un être humain doté d'une solide éducation.

Je l'ai donc rattrapée. J'ai soulevé son corps léger comme une plume jusqu'à ce que son visage, qui m'était encore inconnu, repose sur mon torse.

Elle est plutôt jolie avec ses longs cheveux bruns qui lui tombent dans le bas du dos, ses grands yeux en amande, d'un vert étrangement piqueté d'éclats bleus, son nez court et délicat, ses lèvres délicieusement ourlées. En fait, elle est bien plus que jolie…

Et puis, elle a levé la tête et elle m'a regardé. Et ce que j'ai lu dans ses yeux, à ce moment précis, m'a bouleversé. La détresse, le désespoir, l'abandon, toutes ces choses que dépeignait son visage n'étaient rien face à la terreur que j'ai lu dans son regard, juste avant qu'elle ne sombre.

Elle ne s'est pas évanouie parce qu'elle faisait une crise d'angoisse. Elle s'est évanouie de peur. Et je n'ai jamais inspiré la terreur à une femme au point de la mettre dans cet état. Et, à cet instant, j'en nourris un profond désarroi. Pour tout dire, je souhaite ardemment lui inspirer le désir, je veux lire dans son regard la passion, la concupiscence, le stupre. Je veux voir ses lèvres si blanches en ce moment, rosir et s'entrouvrir, deviner sa langue chaude. J'imagine la sentir danser avec la mienne, voir son corps s'abandonner contre le mien, ses seins se dresser contre mon torse, deviner sa moiteur tandis que ses cuisses se serreraient l'une contre l'autre, en quête de soulagement.

Mais Annabelle gît, inconsciente, pâle, son petit corps chétif à la peau quasi diaphane abandonné contre le mien, et je me sens paralysé.

Je cherche du regard la méridienne au fond du bureau, soulève Annabelle dans mes bras et l'y dépose délicatement. J'ai peur de la briser tant elle me semble fragile. Je suis tétanisé. Dois-je appeler les secours ? Va-t-elle revenir à elle ?

Ce petit jeu cruel a mal tourné, pourtant, à la base, c'était une idée extrêmement jouissive.

Je me décide à prendre un verre dans le bar et à y verser un peu d'eau fraîche. Dans le cabinet de toilette attenant à mon bureau, j'attrape une serviette sur laquelle je fais couler de l'eau froide et retourne auprès de la belle au bois dormant qui squatte ma méridienne. Je passe un coin de la serviette sur son front, sur ses tempes, tout en l'appelant par son nom.

— Melle Maury… Annabelle… Revenez avec moi. Tout va bien.

Putain ! Je n'excelle pas dans le rôle du prince charmant. Je serais plutôt du type « méchant loup pour chaperon rouge consentant ». Les damoiselles en détresse, c'est pas vraiment mon rayon.

Je tamponne ses lèvres avec la serviette humide, faute d'une autre idée, et elle ouvre subitement les yeux. En faisant d'amples gestes défensifs, elle se recroqueville à l'autre bout de la méridienne en hurlant, le teint livide, non sans avoir renversé le verre que je tenais, inondant du même coup ma chemise hors de prix. Elle me fixe, les yeux écarquillés, les pupilles dilatées, comme si j'allais la dévorer toute crue, son joli petit nez frémissant, ses yeux me jaugeant, puis lâche ses tout premiers mots depuis que je suis entré dans le bureau d'Ava :

— Je suis désolée. Je suis horriblement désolée.

Puis elle jaillit du canapé et s'enfuit du bureau, abandonnant son sac à main et ses escarpins rouges.

Je m'appelle Greg et je viens de terroriser ma futur (ex-) secrétaire… Et, curieusement, je n'en retire aucun plaisir. Mais, putain, qu'est-ce qui cloche chez moi ?

Chapitre 6
Nuage cotonneux

Mercredi 27 octobre 2010

Je suis posée sur un nuage… ou dans du coton… un nuage cotonneux peut-être… Je suis… c'est tellement étrange cette sensation de vide dans ma tête, un immense vide que je ne cherche pas à combler. C'est doux, chaud, rassurant, un véritable cocon… Rien ne trouble la paix de l'endroit, quel qu'il soit… Est-ce que je dors encore ? Est-il tard ? Je dois aller chercher le petit-déjeuner ce matin, c'est mon tour… Je dois… Je dois me réveiller, mais c'est tellement difficile ! Me suis-je couchée tard ? Non, pas que je me souvienne. J'ai lu dans mon lit jusqu'à minuit et puis j'ai éteint la lumière et glissé dans le sommeil tout doucement. J'ai rêvé de… de quoi ai-je rêvé ? Ai-je rêvé, cette nuit ? Je ne me souviens pas ou du moins, je sais que j'ai rêvé, mais je ne me souviens plus de quoi… c'était un cauchemar, je crois… Ce n'était pas un beau rêve, ce n'était pas paisible, c'était… mauvais ? Sombre ? Bruyant ? Douloureux…

Le silence paisible est tout à coup perturbé par un bip régulier qui me vrille les tympans. Je cherche mon réveil sur ma table de nuit… mais je n'ai pas de réveil. Mon portable n'a pas ce genre de sonnerie. Quand il me réveille, c'est toujours en douceur au son de « *Unintended* » du groupe britannique Muse. Ce n'est donc pas cela. Une alarme incendie ? La maison est-elle en feu ? Suis-je en danger ? Pourquoi ai-je tout à coup l'impression qu'il va m'arriver quelque chose de mal ? Et ce bip… bip… bip… tellement dérangeant, tellement régulier, comme un métronome, comme un cœur qui bat… mon cœur qui bat ?

Doucement, le coton se délite sous moi. J'ai moins chaud, la douceur qui m'entourait me quitte lentement. Je ne suis plus sur un nuage, je suis allongée sur quelque chose de moelleux. Ma tête se remplit lentement d'images, de sons, de sensations, de souvenirs. Suis-je enfin en train de me réveiller ? Quelle heure peut-il bien être ? Je dois me dépêcher, je dois m'occuper du pneu avant de mon vélo qui est légèrement dégonflé. Je dois aller chercher les croissants que Papa et Maman aiment tant. Je prendrai du pain aussi et une fougasse et peut-être aussi cette drôle de petite brioche en forme de souris qu'affectionne tant Sasha, fourrée au chocolat avec ses moustaches de réglisse.

Le bip s'intensifie encore. Il pénètre mon crâne à un rythme régulier, comme un lent, très lent marteau-piqueur. Il faut que j'arrête ce truc, c'est vraiment pénible. Je dois ouvrir les yeux et me rendre compte par moi-même, mais mes paupières sont tellement lourdes… tellement lourdes.

— Annabelle, ma chérie ! C'est Maman. Ouvre les yeux, mon ange.

J'entends Maman m'appeler. Pourquoi est-elle déjà levée ? On est en plein mois de juillet, nous sommes en vacances. Maman et Papa font toujours la grasse matinée en vacances. Je dois être terriblement en retard ! Je dois vraiment me réveiller… maintenant !

Péniblement, j'ouvre un œil puis le second. Je ne suis pas dans ma chambre, mais je suis bien dans un lit. Un lit blanc, dans une chambre blanche où résonne ce fichu bip. Elle est penchée sur moi, elle me sourit. Elle semble tellement heureuse de me voir. *Mais, Maman nous nous sommes embrassées hier soir, quand je suis montée me coucher... dans ma chambre... mais ici ce n'est pas ma chambre.*

Je regarde autour de moi, fixe sans comprendre les tubulures fichées dans mes bras, tâte du bout de l'index le petit tuyau dans mes narines, observe les courbes qui se dessinent sur les écrans qui m'entourent. Je tente de m'asseoir, mais je me sens tellement faible, aussi ramollie que si mes muscles avaient fondu au soleil. Je suis tellement épuisée.

— Maman, je ne me sens pas bien. Je ne crois pas que je vais pouvoir aller chercher le petit-déjeuner, ce matin. Tu crois que tu pourrais y aller à ma place ?

Maman sanglote tout à coup. Je la regarde sans comprendre.

— Annabelle, ma chérie. Tu es à l'hôpital. Tu as eu… un accident… Tu as été blessée. Ils vont te garder quelques jours en observation. Ne te fais pas de souci.

— J'ai eu un accident ? Avec mon vélo ? Je ne me souviens de rien, Maman…

— Oui, ma chérie, avec ton vélo, tu as dû percuter une voiture et…

Percuter une voiture avec mon vélo… À cette évocation, je sens un voile se déchirer, quelque part en moi, et les images déferlent dans ma tête.

La voiture en travers de la route dans le virage, mon vélo qui ne s'arrête pas et qui fonce droit dedans, la chute sur les gravillons de la petite route escarpée, la douleur cuisante dans mon dos et la paume de mes mains, les portières de la voiture qui s'ouvrent, toutes les portières, les quatre portières qui s'ouvrent dans un bel ensemble.

Du secours, ils vont me secourir et me ramener à la maison, c'est sûr… Leurs quatre silhouettes penchées sur moi sans que je puisse voir leurs visages, aveuglée que je suis par le soleil, et subitement, leurs rires, leurs quatre rires qui s'envolent et résonnent, assourdissants, dans ma tête. L'un d'entre eux m'empoigne et me jette sur son épaule. Je crie, je me débats, mais il plaque une de ses mains sur le haut de mes cuisses et me tient fermement en riant.

— Elle va nous donner du fil à retordre celle-ci, les gars !

Les trois autres éclatent de rire et me tripotent allègrement, l'un ébouriffant mes cheveux, l'autre claquant mon postérieur rebondi tandis que le dernier enfonce son doigt entre mes lèvres. Instinctivement, je le mords. Il me gifle et écrase un gros morceau du scotch marron sur ma bouche. Arrivés devant leur voiture, une berline grise d'un modèle récent, le coffre s'ouvre et je me retrouve précipitée à l'intérieur, comme un paquet de linge sale.

— On va bien s'amuser tous les cinq, ma chérie. J'ai hâte !

Le hayon du coffre se referme et je les entends rire, rire à gorge déployée.

Le noir se referme sur moi. Je suffoque soudain, je panique, ma bouche ne parvient pas à aspirer l'air dont j'ai besoin, mes narines se collapsent, ma vision se trouble et je perds connaissance.

Et puis je hurle sans fin, je hurle parce que tout me revient maintenant. Je me souviens de tout, de chaque seconde, de chaque heure, de chaque jour que j'ai passé dans cette maison quasiment en ruines, en compagnie de mes bourreaux. Je me souviens de ce qu'ils m'ont fait. Je me souviens des coups. Je me souviens du reste, de tout le reste…Je me souviens de la douleur, de tellement de sortes de douleur… Je me souviens de la honte. Je me souviens de la peur. Je me souviens avoir espéré qu'on me retrouverait. Et puis, finalement, je me souviens avoir souhaité qu'ils me tuent…

Je hurle… Je ne peux plus m'arrêter de hurler… Je veux retourner sur le nuage cotonneux… Je ne veux plus être Annabelle Maury… Je veux être morte !

Chapitre 7
Espoir

Lundi 13 avril 2015

Comme un diable sorti de sa boite, je jaillis du canapé où j'ai repris connaissance et fonce droit devant moi. Je franchis la porte de son bureau, me précipite dans l'ascenseur et appuie frénétiquement sur le bouton RDC, priant secrètement pour que les portes se referment sur moi.

L'ascenseur amorce sa descente et, tandis qu'il m'emmène lentement mais sûrement, je me tourne vers le grand miroir qui orne le fond de la cabine. J'ai l'air d'une folle. Mes cheveux sont emmêlés et tombent devant mes yeux, eux-mêmes injectés de sang. Mes pupilles sont dilatées, je suis livide et j'ai l'air aux abois.

L'ascenseur s'ouvre sur le vaste hall de l'immeuble DELCOURT, et je m'élance vers la sortie comme si le diable en personne était à mes trousses.

En réalité, je suffoque. J'ai besoin d'avaler l'air du dehors à grande goulées, j'ai besoin du vent, j'ai besoin… J'ai besoin de rentrer chez moi et de prendre une longue douche brûlante.

Il m'a touchée. Il m'a tenue dans ses bras, tout contre lui. J'ai senti son odeur : un mélange de parfum, d'après-rasage et quelque chose de plus animal, de plus fauve qui m'a fait basculer cinq ans en arrière, dans cette maison isolée, au milieu de nulle part, où les murs décrépis semblaient tenir debout par magie. Elle était constituée, en tout et pour tout, d'une grande pièce à vivre faisant tout à la fois office de salle à manger, de cuisine et de chambre. Une toute petite salle de bain complétait l'ensemble. L'odeur qui se dégageait des lieux était dominée par les relents de cuisine et par la moisissure.

Mais, ce qui ne quitte jamais ma mémoire, depuis cinq ans, c'est leur odeur à EUX. Lorsqu'ils m'avaient posée sur le sol de la maison, j'avais immédiatement tenté de m'échapper, avec le fol espoir que, si je franchissais le seuil de la maison avant que la porte ne se referme, j'aurais peut-être une chance de m'en sortir. Mais l'un d'entre eux m'avait saisie par les cheveux et m'avait plaquée contre lui.

— Où tu vas comme ça, ma jolie ? La fête n'a pas encore commencé, et tu veux déjà nous faire faux bond ? C'est pas très gentil, ça.

Et il m'avait balancée dans les bras de l'un de ses acolytes qui m'avait ensuite jetée violemment vers un autre et, pendant un temps que je ne saurais évaluer, ils avaient continué à se renvoyer mon corps comme une simple poupée de chiffon. À chaque fois, des bras m'enveloppaient. À chaque fois l'odeur âcre de leur sueur et âpre de leur désir se mêlaient et m'envahissaient jusqu'à la limite du vomissement.

Leurs mains se frayaient un passage sous mon tee-shirt, caressaient mes seins, soupesaient mes fesses, risquant une main dans mon jean, et je hurlais, je pleurais, je suppliais. Qu'aurais-je pu faire d'autre ?

Ma tête tourne, mes sens accrus, je navigue dans une sorte de dimension virtuelle où se mêlent le présent et le passé. Je me jette dans la rue comme si ma vie en dépendait et je cours le long du trottoir. Je ne sais pas où je vais, je ne sais pas comment rentrer, mais ce que je sais, c'est que je dois m'éloigner d'ici, m'éloigner d'eux, de lui…

Mes pieds me font mal. Je n'ai plus de chaussures. Je ne sais même plus quand je les ai perdues. Mais ça n'a pas d'importance. Je cours droit devant moi, vers un petit square ombragé où j'aperçois des enfants courser un ballon en riant. Ma fuite s'achève ici, sur un banc de ce square paisible. Des mamans poussent des landaus, donnent des biberons, encouragent leurs enfants qui jouent à la balle. Les cris d'enfants résonnent de vie, et je me sens apaisée. Ici, je suis en sécurité. Je vais pouvoir reprendre mon souffle…

Une femme s'approche prudemment de moi, mes chaussures dans une main, mon sac dans l'autre.

— Ce monsieur là-bas m'a demandé de vous donner ceci. Il dit que c'est à vous…

Elle me montre du doigt l'entrée du square où se tient une haute silhouette que je ne reconnais pas de prime abord. L'homme reste à l'écart. Il me regarde, décontenancé, et me fait un petit signe de la main. C'est Greg Delcourt…

Il saisit son téléphone, pianote un instant, puis me regarde à nouveau. Mon téléphone sonne dans le fond de mon sac. Je le cherche frénétiquement. Il est mon seul moyen de rentrer chez moi. Je décroche enfin.

— Melle Maury ?

— … Oui ?

— J'ai pensé que vous souhaiteriez rentrer chez vous. J'ai appelé un taxi et il vous attend juste derrière moi. Vous le voyez ?

Je me lève et étends le cou jusqu'à apercevoir le véhicule qui patiente le long du trottoir.

— Je le vois, oui.

— Bien, alors je vais m'éloigner. Je vous conseille de remettre vos chaussures et de vous diriger vers ce taxi. Il vous emmènera là où vous voudrez. Il a été largement payé, ne vous souciez pas de ce détail.

Sa voix est douce, presque monocorde. Il me parle comme à une enfant, d'un ton posé, extrêmement calme.

— … Je vous remercie… Je ne sais pas quoi dire…

— Ai-je fait quelque chose qui vous a déplu ? Je veux dire… Me suis-je montré inconvenant, vous ai-je fait peur d'une quelconque manière ? J'aimerais comprendre.

— Je ne… Non, pas que je me souvienne, M. Delcourt. J'ai juste cru… J'ai pensé que vous… Je me suis égarée…

— Annabelle ?

— Oui ?

— Rentrez chez vous. Reposez-vous. Et si demain vous vous en sentez capable, le poste est toujours à vous. Nous sommes de toute évidence partis du mauvais pied et j'ai ma part de responsabilité dans ce désastre. Si vous le voulez bien, nous pourrions peut-être oublier cette lamentable matinée et recommencer à zéro. Qu'en pensez-vous ?

Sincèrement, je ne vois pas comment je pourrai retourner là-bas, mais je sens bien qu'il fait un effort. Il ne m'a rien fait, après tout. Ce sont mon passé et mes souvenirs qui ont pris les commandes de ma vie, une fois de plus.

J'ai survécu à tellement de choses, j'ai enduré tellement de souffrance, j'ai trop souventlaissé mes peurs mener la danse. Je ne peux pas continuer ainsi éternellement. Je suis enfin sortie de ma maison, j'ai marché, couru dans la rue, sans chaussures qui plus est. Pourquoi renoncer au premier écueil ?

— Je crois que nous pourrions réessayer, M. Delcourt. Je ferai mieux demain, je vous assure.

— Je vous fais confiance, Annabelle. Vu les circonstances, je doute que cela puisse être pire…

Il sourit. Moi aussi.

— À demain, Monsieur.

— Annabelle ?

— Oui ?

— Peut-être pourriez-vous m'appeler Greg ?…

Il sourit encore, l'air embarrassé. Il est gêné, c'est évident. Je ne crois pas qu'il fréquente habituellement des hystériques telles que moi. Je hoche la tête. Il raccroche et retourne d'un pas calme vers ses bureaux.

Je le laisse s'éloigner un moment puis, me saisissant de mon sac et de mes chaussures que j'enfile péniblement, je me dirige vers le taxi qui m'emporte bientôt vers la quiétude du mas provençal familial.

Je me nomme Annabelle Maury, j'ai vingt-deux ans. Je viens de vivre une matinée épouvantable mais, pourtant, je sens poindre en moi quelque chose qui ressemble à de l'espoir.

Chapitre 8
En chasse

Mardi 14 avril 2015

Rêveur, je songe à hier. Je l'ai regardée monter dans le taxi, puis je suis retourné à mon bureau. J'ai lancé une recherche sur le net à son nom. Mais je n'ai rien trouvé. Absolument rien. Et c'est un problème. Tout le monde laisse son empreinte sur le net à un moment ou à un autre. Mais pas elle. Elle n'existe pas. Pas de compte Facebook ou Twitter, pas de photo, pas de connexion avec une école, une université ou une association, pas de message sur un forum. Elle est insaisissable…

J'ai décroché mon téléphone et j'ai appelé Franck. Franck Merlin est un magicien du net. Il est aussi un hacker reconnu dans le milieu. S'il y a quelque chose à découvrir sur Mademoiselle Maury, il le découvrira.

Cette jeune femme m'intrigue au plus haut point. La donne a changé. Désormais, je la veux… et je l'aurai, ça ne fait aucun doute. Elle ornera mon tableau de chasse pour une nuit.

Annabelle sera ma pièce maîtresse, parce que je sais sans le moindre doute que la chasse sera difficile. Et ça m'excite bougrement.

Ras-le-bol des proies faciles. Annabelle est d'un tout autre niveau. Elle va fuir, ruer dans les brancards, sortir les griffes, mais, au bout du compte, elle terminera dans mon lit, et la victoire n'en sera que plus savoureuse…

Je décroche mon téléphone et rappelle Franck.

— Franck, c'est Greg. As-tu trouvé quelque chose sur Miss Maury ?

— Ouaip, enfin, à dire vrai, je n'ai rien trouvé, ce qui en dit long sur ta cliente…

— Comment ça ? Explique-toi !

— De toute évidence, elle a fait appel à quelqu'un d'extrêmement compétent pour effacer ses traces, un consultant en E-réputation. Il s'agit de supprimer définitivement tout ce qui a été édité sur le net. Dans son cas à elle, ce n'est pas un tri qui a été fait, c'est un grand nettoyage. Ce qui ne peut signifier qu'une chose.

— C'est-à-dire ?

— Elle a un truc énorme à cacher.

— O.K., Franck. Alors voilà ce que tu vas faire…

Je raccroche, de plus en plus troublé. Qu'est-ce qu'Annabelle peut avoir à cacher ? Qu'a-t-elle bien pu faire dans le passé qui ait nécessité d'en arriver là ? Elle n'a pas été jugée ; j'ai sur mon bureau son casier judiciaire complet. Lorsque j'embauche quelqu'un, c'est une des premières choses que je demande au postulant. Le sien est vierge. Alors, de quoi s'agit-il ?

Le téléphone de mon bureau sonne, c'est la standardiste.

— Mademoiselle Maury est à l'accueil, Monsieur.

— Faites-la patienter, je descends.

J'ai décidé que notre seconde entrevue se ferait en terrain neutre, autour d'un café. Lui imposer un nouveau tête à tête n'est pas une bonne idée. Elle se sentira peut-être plus à l'aise au milieu des gens.

— Annabelle, je suis ravi de vous revoir, dis-je en lui tendant la main qu'elle saisit après une brève hésitation. Je la conserve quelques secondes dans la mienne ; elle la retire précipitamment.

De toute évidence, elle apprécie peu le contact, ce qui va considérablement compliquer mes plans. J'ai l'intention de l'approcher de très près, de la toucher, de la caresser même, d'explorer chaque centimètre carré de son corps, avec mes mains, mes lèvres, ma langue, ma… Ne nous égarons pas ! Nous n'en sommes pas encore là. Intérieurement, je somme la partie de mon corps que je préfère de se tenir à carreau. Inutile d'effaroucher la proie avec une érection massive. Je ferme ma veste sur les preuves irréfutables de mon excitation, et propose un café à Annabelle.

Je lui indique la cafétéria et la suis, légèrement en retrait, histoire d'observer le côté pile de son anatomie. Rien à redire. Tout est en place. Elle porte un tailleur pantalon crème, fluide et élégant, qui met parfaitement sa silhouette en valeur. Je regarde ses hanches balancer tandis qu'elle franchit les portes de la cafétéria.

Elle se retourne et m'interroge du regard sur la table à occuper. D'un geste de la main, je l'invite à faire son choix. Elle se dirige alors vers l'endroit le plus en retrait, au fond de la grande salle de restauration. Faut-il en conclure que la jeune femme n'est pas plus à l'aise dans la foule qu'en tête à tête ?

Nous nous asseyons et passons commande : un café noir sans sucre pour moi, un cappuccino pour elle.

— Bien ! Annabelle, j'ignore ce qui est arrivé hier, mais je me dois d'être parfaitement honnête avec vous :

je ne vous ai embauchée que pour faire plaisir à mon père, et j'ai… peut-être … commis un impair en vous faisant rencontrer Ava. Elle peut être parfois…

— Garce ?

— Incisive en tout cas, dis-je en souriant de sa réflexion qui fait mouche.

— J'ai bien conscience, Mons…

— Greg.

— … Greg. J'ai bien conscience que si je suis ici, je ne le dois ni à mes compétences ni à mon expérience, mais grâce à un piston. Mais si vous me laissez une chance, je pourrai tenter de faire un travail qui vous conviendra, voire même de vous étonner.

— Votre CV est plus que dépouillé. Je sais par mon père que vous étiez une élève brillante, promise à de grandes études. Pourtant, l'année du bac, vous abandonnez et, arrêtez-moi si je me trompe, vous disparaissez des radars pendant cinq ans. Pas d'emploi que vous auriez pu mentionner sur votre CV, pas de stage, d'école privée, de concours, de formation d'aucune sorte. Juste une bonne culture générale et une passion pour la littérature, si j'ai bien compris. Qu'avez-vous fait ces cinq dernières années, Annabelle ?

Elle baisse les yeux et, alors que je m'attendais à la voir piquer un fard, elle blêmit. Son visage reprend immédiatement la teinte livide d'hier et ses lèvres, parfaitement roses il y a quelques secondes, disparaissent dans la pâleur de son visage, figées en une ligne parfaite.

— Annabelle, regardez moi !

Elle lève vers moi ses yeux incroyablement clairs.

— Ce n'était pas une question piège, Annabelle. Je n'ai pas voulu vous mettre mal à l'aise. Bien au contraire. J'essaie juste de comprendre votre parcours.

Elle me regarde en silence, cherchant à lire en moi. Elle se demande si elle peut me faire confiance. Elle repense à hier et au piège que je lui ai tendu. Elle pèse le pour et le contre. Je ne peux pas lui donner tort.

— En 2010, j'ai eu un grave accident. Je n'ai pas pu passer mon bac, et je n'ai pas pu poursuivre mes études. Ces cinq dernières années, je… j'étais chez moi, en convalescence.

— Je suis désolé de l'apprendre, Annabelle. Ce devait être un terrible accident pour qu'il vous immobilise si longtemps. Y a-t-il des séquelles que je doive connaître, afin d'adapter votre poste ?

— Mon cerveau et mes mains fonctionnent parfaitement. Cela devrait suffire, j'imagine.

Les couleurs lui sont revenues. Son regard est plus sombre, d'un vert plus profond. Les éclats bleus scintillent. Elle me défie.

— Alors, c'est parfait. Et si nous allions voir ensemble où vous allez passer les six prochains mois ?

Je m'appelle Greg. En chasseur émérite, je sais quand il faut lâcher du lest et quand il faut ferrer une proie. Alors, je lâche du lest… pour le moment.

Chapitre 9
Le loup dans la bergerie

Mardi 14 avril 2015

Je lui ai menti. J'ai inventé cet accident pour justifier les blessures physiques qui, elles, étaient bien réelles, mais il ne m'a pas fallu cinq ans pour en récupérer.

En fait, lorsque je me suis réveillée après trois mois de coma, la majorité des dommages causés à mon corps avaient disparu. Un traumatisme crânien avec œdème extradural, la mâchoire brisée à trois endroits, sept côtes ainsi que le sternum enfoncés, plusieurs doigts de ma main gauche, le poignet gauche, le tibia et le péroné droits fracturés, la rotule droite luxée, voici la triste liste des lésions constatées à mon arrivée à l'hôpital de la Timone.

N'oublions pas une rupture de la rate qui a bien failli me tuer, même si l'hémorragie a pu être endiguée par une intervention pratiquée en urgence. Si ce promeneur ne m'avait pas trouvée, dix minutes tout au plus après qu'ils m'aient balancée du coffre de la voiture dans laquelle j'ai dû faire le voyage de retour, je serais sans doute morte.

Maman dit que c'est un miracle. Moi, je dis que c'est une malédiction.

Je ne garde pas de souvenir de cette dernière balade dans la berline grise. J'étais déjà dans le coma. Mon calvaire s'est terminé sur le plancher dégoûtant de la maison en ruines. Ils m'ont rouée de coups de pieds. Toutes mes fractures viennent de cet ultime moment. La dernière image qui me vient est celle du bout ferré d'une botte sur le point de shooter ma tête comme un vulgaire ballon.

Je n'ai aucune séquelle physique. Ma parfaite immobilité pendant ces trois mois a dû aider à une parfaite guérison. Il me reste des cicatrices. Beaucoup de cicatrices. Celles des brûlures. Celles des entailles pratiquées au couteau de chasse. Elles font partie de moi et me rappellent chaque jour que ce n'était pas un cauchemar.

Alors oui, je lui ai menti. Qu'aurais-je pu lui dire d'autre ? La mine dégoûtée, le regard fuyant et les talons qui tournent quand les gens apprennent ce qui m'est arrivé, je ne les connais que trop bien. Je ne voulais pas lire toutes ces choses sur son visage à lui.

Je voulais juste un rendez-vous professionnel normal… enfin presque normal, si on considère qu'hier matin, je suis sortie de son bureau en hurlant et pieds nus qui plus est. Mais normal quand même.

Il est venu m'accueillir à la réception, puis nous sommes allés boire un café. Il a été courtois, bien élevé, un peu curieux, c'est vrai, mais qui le lui reprocherait ?

Bien sûr, lorsqu'il a sous-entendu que j'aurai peut être besoin d'un aménagement de poste pour pallier un éventuel handicap, j'ai eu envie de lui sauter à la gorge. Un poil condescendant, Grégory Delcourt… A-t-il cherché à me provoquer pour obtenir les réponses que je lui refusais ? A-t-il voulu me tourner en ridicule comme il l'a fait hier, de son propre aveu ? Je l'ignore et ai choisi de penser qu'il n'y avait aucune arrière-pensée malsaine dans sa question, juste une volonté de faire correctement les choses.

Lorsque Greg m'a montré où j'allais travailler, j'ai tiqué. Un simple panneau coulissant sépare mon espace du sien. Il peut donc s'isoler s'il le souhaite en fermant la cloison ou bien il peut la laisser ouverte, comme c'est le cas en cet instant. J'ai une vue parfaite sur son immense bureau design acier et verre qui ne me cache rien de l'homme qui y est assis.

Greg Delcourt est un bel homme. Je ne m'en aperçois que maintenant. Tout ce que j'avais vu de lui, c'était ses yeux incroyables, l'un noisette et l'autre bleu profond, presque marine.

Il est très brun, les cheveux légèrement ondulés retombant sur sa nuque. Il est quasiment aussi grand que son père, 1m88 peut-être. Il est bien bâti, avec de larges épaules, un corps visiblement musclé et de grandes mains que je sais douces pour les avoir senties sur moi hier. Il semble en grande forme physique.

Son visage est ambivalent. Ses traits sont fins, son nez long et droit, sa bouche incroyablement pulpeuse pour un homme, et ses lèvres sont d'un rose presque rouge. Son menton est carré, parfaitement en harmonie avec le reste de son visage. Ce qui trouble, c'est son regard. Cette sensation d'être dévisagé par deux personnes différentes. Si vous vous concentrez sur son œil noisette, vous y lisez l'humour, la gentillesse, la chaleur, mais quand vous vous plongez dans son œil bleu, les choses sont différentes. On y lit la froideur, la rage… la férocité peut-être, le danger.

En fait, Greg Delcourt est beau, immensément beau. Cette fois, je ne le regarde pas avec défiance, il ne me terrorise pas, il m'inquiète, oui, mais il ne me fait pas peur. Je le sens comme le feu sous la glace, il cache une personnalité complexe qui fait de lui tout à la fois l'ange et le démon, le chat et le loup, naviguant aisément entre le bien et le mal, aussi envoûtant que dangereux.

— Je peux vous aider en quoi que ce soit, Mademoiselle Maury ?

Je réalise tout à coup que je suis en pleine contemplation de mon patron, la bouche entrouverte, le bout du petit doigt droit glissé entre mes lèvres, et qu'il me regarde, le sourire en coin, conscient de l'effet qu'il fait aux femmes en général.

Mais je ne suis pas une femme, pas dans le sens où il l'entend. Je voue un dégoût profond pour les hommes, en tant que séducteurs, mâles, prédateurs, et je ne vois pas comment l'un d'entre eux, aussi beau soit-il, pourrait me faire changer d'avis.

— Non, non, je réfléchissais à la manière de présenter le mémo pour le service reprographie, Monsieur, dis-je en baissant les yeux à la vitesse de la lumière et en positionnant mes doigts sur le clavier de mon ordinateur.

Je sais qu'il sourit. Je le sens, je n'ai pas besoin de le voir. Je sais que son œil noisette pétille de malice et que son œil bleu est encore plus sombre qu'à l'habitude. Je sais qu'il m'observe et qu'il se dit que je vais lui tomber dans les bras (au sens figuré cette fois-ci).

Antoine a souvent parlé de son fils, à table, quand Maman l'a invité à se joindre à nous. Il en dit beaucoup de bien, mais il a aussi évoqué son addiction aux aventures d'une nuit, qu'il utilise pour les jeter sans remord. Bien sûr, Antoine s'est brusquement arrêté quand il a réalisé que ses propos pouvaient me perturber. Parce qu'il sait. Il connaît seulement les grandes lignes, mais suffisamment pour qu'il évite tout propos à teneur « sensible » en ma présence.

Bref, Greg est un coureur. Greg ne fait pas dans le sentiment ou la délicatesse. Greg profite de la vie dans sa forme la plus crue. Greg n'est et ne sera jamais pour moi.

— Annabelle ?

— Oui ?

— Mon prénom est Greg, pas Monsieur, juste Greg.

— Oui, bien sûr Mon…. Greg.

Je me concentre de nouveau sur mon mémo. Je veux faire bonne impression par mon seul travail et ma seule persévérance.

Je ne suis pas une des petites poupées de Greg Delcourt, je suis Annabelle Maury, et j'entends bien le lui faire savoir !

Chapitre 10

Biche aux abois

Vendredi 17 avril 2015

Déjà quatre jours que ses longues jambes se croisent et se décroisent sous le bureau en face de moi, que je l'observe à la dérobée, que je muselle mes désirs de conquête, que dis-je ? Mes pulsions.

Annabelle prend son travail très au sérieux. Elle veut me prouver qu'elle mérite ce poste et je dois dire que, jusque-là, je suis assez impressionné. Même si ses connaissances dans ce domaine sont quasi nulles, elle possède des capacités d'apprentissage remarquables. Elle est brillante. Elle absorbe chaque donnée, chaque technique, comme si elle était assoiffée.

Elle arrive aux aurores et repart tard le soir. J'ai bien tenté de la distraire de son objectif en lui proposant de déjeuner avec moi, mais elle a refusé à chaque fois.

Chaque midi, je tente ma chance, et chaque midi, elle décline mon invitation. Je vais finir par trouver ça vexant.

Même si elle semble ravie d'être ici, au niveau relationnel, elle est restée au point zéro...Nous en sommes au point zéro.

Annabelle évite au maximum les contacts avec ses collègues, qu'ils soient visuels, verbaux ou tactiles. Elle ne parle qu'en cas de besoin professionnel, rien de plus. Elle est profondément solitaire, introvertie et les relations humaines semblent la terroriser.

Je suis sans doute la personne avec laquelle elle interagit le plus et, croyez-moi, c'est très loin de me suffire.

Je ne suis pas un homme patient et elle met le peu que j'ai à rude épreuve. Je n'ai pas progressé d'un pouce. La seule chose que j'ai obtenue est qu'elle m'appelle par mon prénom. Pour le reste, toutes mes tentatives, subtiles, d'orienter nos relations vers quelque chose de moins formel se sont révélées être des échecs cuisants.

Je savais que le challenge serait ardu à relever, mais pas à ce point. En fait, je n'ai pas l'habitude que l'on me résiste, ça n'est jamais arrivé. Et le fait qu'elle soit si renfermée complique encore les choses.

Alors, j'ai décidé de passer à la vitesse supérieure. La semaine prochaine, je dois me rendre à Paris pour deux ou trois jours, afin d'animer un séminaire pour les élèves de troisième cycle de l'Université Pierre et Marie Curie. Je ferai deux interventions qui seront les points d'orgue des deux jours de formation. C'est le moment idéal pour tenter un rapprochement avec Annabelle.

— Annabelle, venez me voir, je vous prie.

Elle lève la tête d'un air surpris et méfiant, soupèse mon regard quelques secondes, puis se saisit de sa tablette et se dirige vers moi.

Elle avance sans hâte, les yeux baissés sur ses chaussures, mal à l'aise à l'idée de m'approcher et, malgré toute cette réserve, elle est belle, gracieuse, sexy, terriblement tentante. Elle n'a pas la moindre idée de ce qu'elle dégage.

— Je vous écoute…

Je rassemble mes idées, reconnecte quelques neurones et me lance :

— Annabelle, je vais devoir m'absenter ce mardi pour quelques jours. L'université Pierre et Marie Curie, à Paris, organise un séminaire et ils m'ont demandé d'intervenir mardi et mercredi. Il y sera bien entendu question de bio-ingénierie et j'aurai l'occasion de parler de l'avenir de l'imagerie diagnostique et interventionnelle, mais aussi des avancées de nos laboratoires en matière de réalité virtuelle en chirurgie, qui est notre nouveau fer de lance, comme vous le savez.

Elle opine du chef et me regarde avec attention, attendant que je lui explique en quoi je vais avoir besoin d'elle.

— J'aimerais que vous m'accompagniez. J'ai besoin de quelqu'un qui assistera aux débats dans lesquels je suis engagé, bien sûr, mais aussi à certains autres dont j'aimerais connaître la teneur. Je ne pourrai pas prendre part à toutes les interventions, vous vous en doutez bien. Je pense que nous pourrions nous partager le travail. De plus, ce genre de séminaire est l'occasion de prendre contact avec les étudiants. Nous accordons des bourses à certains d'entre eux, très méritants, afin de former nos collaborateurs de demain. Vous allez vous occuper d'organiser quelques entrevues avec les plus brillants d'entre eux.

Elle me regarde, stupéfaite.

— Écoutez, Greg, je ne pense pas être la personne qu'il vous faut. Je ne suis ici que depuis quatre jours. Je n'en suis qu'aux balbutiements de mon apprentissage et je ne pense pas être à même de mener à bien la tâche que vous souhaitez me confier. De plus…

— Vous avez tort, mais continuez. De plus…

— De plus je ne sais pas si je suis capable de… je veux dire, j'ai passé beaucoup de temps enfermée chez moi, j'ai besoin de me sentir en sécurité. Alors, aller dans une ville que je ne connais pas, assister à un séminaire au milieu de tellement de gens, et puis… nous ne pourrons pas rentrer chaque soir, il nous faudra loger…

— À l'hôtel. Ça vous pose un problème ? Vous savez, Annabelle, je vois en vous un incroyable potentiel et je sais, ne me dites pas le contraire, que vous appréciez ce que vous faites ici, ce que vous apprenez avec moi.

— Oui, bien sûr. J'apprends beaucoup à vos côtés, bien plus que ce que j'avais imaginé. Je pensais passer mes journées à faire du café et des photocopies, et voilà que vous…

— Martha m'assistait vraiment dans toute chose et c'est ce que je vous demande.

Je m'approche lentement d'elle, pour ne pas l'effrayer. Elle est tellement belle. On dirait une biche hypnotisée par les phares d'une voiture. Je lève lentement ma main droite, caresse délicatement sa joue de mon pouce tout en lui disant :

— Il faut accepter de lâcher prise, et déployer vos ailes. Vous ne croyez pas ?

Elle ne bouge toujours pas. Ses yeux sont profondément ancrés dans les miens. Comme mardi, je la vois prendre la mesure des risques. Elle se demande si elle doit me faire confiance.

Alors j'attends, en effleurant sa joue. Ce simple contact m'électrise. J'ose à peine imaginer ce que je ressentirais si ma main pouvait descendre le long de son cou gracile, dévaler le long de ses bras, frôler ses cuisses, toucher son ventre et remonter vers les seins magnifiques que l'on devine sous son chemisier.

Elle recule soudainement, rompant le contact entre nous. Mon sexe au garde à vous ne demande qu'à passer à l'action, et je dois me contenir comme jamais pour ne pas l'embrasser. Je me réfugie derrière mon bureau.

— Quoiqu'il en soit, vous serez du voyage mardi, Annabelle. Prenez vos dispositions.

Je me replonge dans la lecture de mes e-mails, l'air totalement concentré, mettant fin à la discussion.

— Bien, Monsieur, si vous pensez que c'est indispensable.

Je ne réponds pas, je ne relève pas le retour du Monsieur. Si elle ne fait pas volte-face dans la minute, c'est gagné. *Je fais quoi si elle refuse ?*

Elle rejoint son bureau et se replonge dans le travail, la mine contrariée mais résignée.

Greg 1 — Annabelle 0.

Je m'appelle Greg, je viens de marquer le premier point dans un match qui promet d'être palpitant et… j'ai absolument besoin d'une douche froide…

Chapitre 11 :
A 30 000 pieds au dessus du sol

Mardi 21 avril 2015

Tandis que nous volons vers Paris, j'observe Greg, assis sur le siège à côté du mien. Il s'est assoupi il y a quelques minutes, peu de temps après le décollage.

À notre arrivée à l'aéroport Marseille Provence, en sortant de la limousine avec chauffeur qui nous y avait conduits, nous avons été accueillis comme des chefs d'état. Tandis qu'un portier s'occupait de nos bagages, nous avons été guidés vers un salon d'enregistrement privé, où toutes les formalités ont été accomplies pour nous. Pendant ce temps, confortablement installés, nous avons dégusté un délicieux champagne et grignoté quelques douceurs fabuleuses. Si nous le souhaitions, nous avions accès à un massage ou à tout autre soin dispensé par l'espace beauté réservé aux passagers de première.

Tout cela est tellement loin de mon monde. Greg, quant à lui, s'y trouve comme un poisson dans l'eau, acceptant une rapide manucure, tout en consultant ses mails sur sa tablette dernier cri. Pour ce qui me concerne, je jette un coup d'œil sur l'écran géant qui égrène les nouvelles, tout en feuilletant une revue économique.

Au moment d'embarquer, notre position privilégiée nous permet de passer le contrôle de sécurité en toute simplicité et sans la moindre attente. Une fois cette formalité accomplie, nous rejoignons notre avion, dans une luxueuse voiture.

À bord, l'équipage se présente, et nous sommes installés dans la cabine de première. Les sièges spacieux et design, de forme arrondie, donnant sur la travée centrale, sont incroyablement confortables. L'hippocampe ailé, symbole d'Air France, griffe chaque appuie-tête revêtu de cuir. Doté de matelas futon, les sièges peuvent se transformer en véritable lit moelleux, même si nous n'en aurons pas l'utilité pour ce vol qui ne durera qu'une heure trente.

Tandis que Greg dort profondément, j'enclenche la fonction massage de mon siège et me détends, tout en le regardant. Il est presque attendrissant dans son sommeil. Une mèche de cheveux tombe sur ses yeux, il a un sourire paisible. Il paraît serein, bien plus qu'il ne l'est lorsqu'il est éveillé. Il semble toujours la proie de millions de pensées qui fusent en tout sens, au point qu'en le fixant dans les yeux, on peut y voir passer, furtivement, un nombre incroyable de sentiments, d'interrogations, d'inquiétudes parfois, mais surtout on peut y lire du défi, de l'assurance, la certitude qu'il est le meilleur en toute chose, une incroyable confiance en lui qui me fait tellement défaut.

J'aimerais avoir ne fût-ce qu'un dixième de cette confiance, de cette assurance. Les choses seraient sans doute tellement plus faciles.

Je viens de balayer la mèche voyageuse qui voilait ses paupières, sans même m'en rendre compte. Elle retombe le long de sa tempe, en un mouvement gracieux, dans une ondulation délicate.

Ses lèvres sont figées dans une moue boudeuse, presque enfantine. En fait, c'est exactement ce qui me frappe au moment où je l'observe : il semble beaucoup plus jeune, dans son sommeil. Il cesse d'être Greg Delcourt, le petit génie de la bio ingénierie, l'homme à la tête d'un empire technologique, pour redevenir l'adolescent que je l'imagine avoir été.

Si je n'avais pas une telle aversion pour le sexe masculin, je pourrais presque le trouver attachant, charmant, voire sexy.

J'ignore ce que veut dire ce petit mot de quatre lettres, mais j'imagine qu'il désigne un homme suffisamment attirant, attachant, félin, provoquant aussi, pour inspirer à une femme l'envie irrésistible de l'admirer, de le toucher et pourquoi pas, de balayer une mèche rebelle naviguant sur son visage…

Ce petit geste que j'ai pourtant espéré léger et discret a réveillé mon compagnon de voyage qui ouvre les yeux paresseusement, une lueur d'étonnement dans son œil bleu et de malice dans son œil noisette.

— J'adorerais être réveillé plus souvent de cette manière. Le bout de votre doigt était chaud et doux, une caresse qui m'a, l'espace d'un instant, laissé croire que je voyageais avec un ange.

Il sourit, charmeur et désarmant.

— Je ne voulais pas interrompre votre sommeil, Greg. Je pensais que, peut-être, vous pourriez être gêné par cette mèche folle. Je suis sincèrement désolée.

— Ne le soyez pas, c'était très agréable. Vraiment très agréable.

Son regard s'est emparé du mien. Je voudrais m'en éloigner, mais je n'y arrive pas. Je suis irrésistiblement attirée. C'est ridicule. Je baisse précipitamment les yeux.

— Pourquoi fuyez-vous, Annabelle ?

— Je… je me sens un peu gênée, à vrai dire. Je n'ai pas l'habitude d'interagir avec les gens de manière aussi personnelle.

— Je ne suis pas « les gens », je suis Greg, votre patron, mais aussi votre ami, si vous le souhaitez. Vous pouvez avoir confiance en moi, vous le savez ?

Je me sens comme Mowgli hypnotisé par Kaa, le serpent, et je replonge dans son regard.

— Oui, je crois… enfin…

Je secoue la tête et reprends le contrôle. Mais comment fait-il ça ?

— Je n'en ai pas la moindre idée, Greg. Nous nous connaissons depuis une semaine à peine, et je n'ai pas pour habitude d'accorder ma confiance facilement. L'avenir nous le dira.

Je romps définitivement le charme en m'enfonçant dans mon fauteuil de première classe, les yeux résolument tournés vers le hublot et sa ribambelle de nuages duveteux, cotonneux et m'assoupis à mon tour.

Lorsque j'entends l'hôtesse annoncer notre atterrissage prochain, j'émerge, déstabilisée, sans repère, oubliant un court instant que je me trouve dans un avion à destination de Paris, pour un séminaire, en compagnie de mon tout nouveau patron.

— Je suis désolée, je me suis endormie, dis-je, un peu gênée de l'avoir abandonné pendant tout le vol

— Ne soyez pas désolée. C'était un bien charmant spectacle dont je me suis régalé. Et puis, vous dites des choses très intéressantes, lorsque vous dormez.

Je fais un bond de trois mètres dans mon siège hors de prix, horrifiée à l'idée d'avoir dévoilé des secrets de mon passé.

— J'ai parlé ? Qu'est-ce que j'ai bien pu raconter ? Vous vous moquez de moi, n'est-ce pas ? Je n'ai pas vraiment parlé ? demandé-je presque en suppliant.

— Vous avez dit que vous me trouviez sexy et vous avez aussi parlé de serpent et de Mowgli. Mais j'ai surtout noté que vous me trouvez sexy !

Une fois n'est pas coutume, ses deux yeux, d'un commun accord, pétillent de malice. Un sourire éclatant illumine son visage. Il est fier de son petit effet et, sans doute, au bord de la crise de fou rire devant ma mine qui doit faire désormais dix pieds de long.

— Je ne me souviens de rien de tel. Vous avez dû mal comprendre, dis-je en réunissant mes affaires et en ajustant ma ceinture, tandis que l'avion est à quelques minutes d'amorcer sa descente sur Paris Charles de Gaulle.

— Mais moi, je me souviens de tout et croyez-moi, ce n'est pas tombé dans l'oreille d'un sourd !

Il se penche lentement vers moi jusqu'à ce que je sente son souffle dans mon cou, et m'assène le coup fatal :

— Moi aussi, je vous trouve incroyablement sexy, Annabelle.

Je me nomme Annabelle et je ne suis pas sexy. Je ne veux pas être sexy. Je ne veux pas inspirer le désir. Pour rien au monde.

Chapitre 12
Crise d'angoisse

Mardi 21 avril 2015

— Moi aussi, je vous trouve incroyablement sexy, Annabelle.

J'ai lâché cette petite phrase, parce que je le pense et aussi parce les femmes raffolent généralement de ce petit mot. Mais j'ai omis un détail : Annabelle n'est pas une femme comme les autres, elle ne l'a jamais été.

Quand elle a blêmi, quand je l'ai vue frissonner de dégoût, quand son corps s'est tendu comme un arc, j'ai compris que j'avais merdé quelque part.

Elle a détaché sa ceinture et s'est levée subitement, se précipitant vers la travée centrale.

L'hôtesse attachée à notre bien-être, pendant le vol, l'intercepte.

— Madame, veuillez vous rasseoir, nous allons bientôt atterrir !

Elle la repousse gentiment jusqu'à notre suite première pour l'obliger à regagner son siège. Mais Annabelle ne l'entend pas de cette oreille et se débat comme une tigresse. Ça va tourner au pugilat si je n'interviens pas. Annabelle siffle de colère, son regard n'a jamais été aussi sombre. Elle est dans un état de nerfs tel que, même moi, je ne sais comment la calmer. Et pourtant, croyez-moi, j'en ai énervé plus d'une. Je fais cet effet au sexe féminin. Tout ça pour dire que des femmes qui me font des crises au moment où je leur dis adieu, j'en ai vu une flopée. Des agressives, des désespérées, des suppliantes, des hystériques aussi. Mais rien d'aussi flippant que ce que j'ai sous les yeux.

Annabelle n'est pas seulement en colère. Elle est en panique totale. Elle est terrorisée.

— Monsieur, votre compagne est-elle sujette aux crises d'angoisse lorsqu'elle prend l'avion ?

— Je ne sais pas… Non, je ne crois pas.

— Asseyez-vous, Mademoiselle Maury. Tout va bien se passer. Respirez calmement.

Elle tend la main vers Annabelle qui, prise d'une terreur indicible, la pousse violemment vers les sièges de l'autre côté de la travée. L'hôtesse s'écroule lourdement au sol, un moment interdite devant cette agression, puis se relève péniblement.

— Écoutez, Monsieur, je suis une femme très calme. J'adore mon métier, mais il n'est pas question que j'accepte la moindre brutalité de qui que ce soit !

— Je suis désolé, Mademoiselle. Je vous remercie de vos bons soins, mais je vais prendre la suite, maintenant.

— Nous devons trouver le moyen de calmer votre compagne, Monsieur. Nous n'allons pas pouvoir atterrir dans ces conditions, vous le comprenez.

— J'ai parfaitement compris, Mademoiselle.

Je reste calme, mais mon ton est sec et sans appel. Jeanne (son prénom est noté sur son badge) marque un temps d'arrêt, puis s'éloigne, non sans m'avoir lancé un regard lourd de sens. Je n'en ai que faire. Je me retrouve seule face à Annabelle, debout au milieu de la travée, les cheveux en bataille, tremblante de la tête aux pieds.

— Annabelle… Je suis désolé si je vous ai blessée… Je n'en avais pas l'intention.

Je m'approche d'elle très lentement et tends la main pour établir un contact. Elle recule brutalement.

— D'accord, Annabelle, je ne vais pas vous toucher, O.K. ? Regardez-moi, Annabelle !

Ses yeux effarés vont de gauche à droite à une vitesse folle. Si sa tête venait à faire un tour complet à 360 degrés, je n'en serais pas plus étonné que cela. Elle braque son regard vers moi.

— C'est mieux. Personne ici ne vous fera de mal. Nous ne voulons tous qu'une seule chose : que vous vous asseyiez, que vous boucliez votre ceinture et que cet avion se pose sans encombre. Vous voulez bien faire ça ?

Elle me fixe, la bouche ouverte en un O parfait, comme si elle venait de réaliser la situation. Ses yeux partent de nouveau en tout sens. Elle vient de remarquer que nous sommes la cible des regards des autres passagers, ainsi que de ceux du personnel naviguant.

— Regardez-moi, Annabelle !

Son beau regard revient à moi. Elle pleure, enfin je crois, parce que je ne décèle pas de larmes. Pourtant, elle est secouée de sanglots, ses épaules se soulèvent de manière convulsive, sa respiration est très rapide et désordonnée. Elle est pâle, bon sang ce qu'elle est pâle…

Une homme assis à quelques sièges de nous se lève et approche. La quarantaine, un costume de grande marque parfaitement coupé ; il en impose par son grand calme et son sourire.

— Je suis médecin. Me permettez-vous d'aider cette demoiselle ?

— Oui, bien sûr... Si vous pouvez faire quelque chose, allez-y.

— Elle fait une attaque de panique. C'est très impressionnant, mais pas dangereux.

L'homme interpelle l'hôtesse et lui demande un sac en papier. Celle-ci disparaît un instant et revient avec ce qui semble être un doggy-bag en papier kraft.

— C'est parfait, je vous remercie. Comment s'appelle cette jeune femme ? Me demande t-il.

— Annabelle, elle s'appelle Annabelle.

— Annabelle, regardez-moi. Je sais que vous êtes terrorisée, que vous vous sentez perdue, mais nous allons résoudre cela ensemble, d'accord ?

Elle acquiesce de la tête. L'homme lui tend le sac en papier dont elle se saisit, puis la dirige doucement vers son siège.

— Vous allez respirer le plus lentement possible dans ce sac en papier. Cela va vous aider à vous détendre et vous soulager, d'accord ?

L'homme lui parle calmement. Elle l'écoute, elle s'exécute.

— Vous vous débrouillez bien, Annabelle, continuez, lentement, concentrez-vous sur votre respiration qui doit être la plus lente possible.

— Cette demoiselle est-elle sujette à ce type de crise, habituellement ?

— Je l'ignore. Elle est mon employée. Nous nous connaissons depuis peu. Nous nous rendons à une conférence.

— Que s'est-il passé juste avant que la crise ne commence ?

— Je ne sais pas, je ne vois vraiment pas. Nous discutions, je lui ai dit… que je la trouvais sexy et, tout à coup…

Le médecin me regarde, interdit.

— En effet, ce n'est pas banal.

Soudain, je songe à son évanouissement, dans mon bureau.

— Elle a fait une crise similaire la semaine dernière, dans une situation professionnelle stressante.

— Bien, je vais lui administrer un léger calmant, elle semble déjà aller bien mieux.

L'homme retourne à son siège et revient avec une trousse médicale.

— Annabelle, je vais vous donner un anxiolytique, pour vous soulager. En avez-vous déjà pris avant aujourd'hui ?

Elle hoche de nouveau la tête. L'homme lui tend un comprimé et une petite bouteille d'eau. Elle s'exécute docilement.

Avec des gestes lents, pour ne pas l'effrayer davantage, je boucle sa ceinture. Elle ne me regarde pas. Elle semble dans un état second, mais calme.

Je me sens fautif, mais j'ignore ce que j'ai bien pu faire, bien pu dire qui ait déclenché une telle crise. Je me rends compte que j'ignore tout de cette jeune femme. Trop occupé à trouver le moyen de la mettre dans mon lit, je n'ai pas cherché à comprendre son comportement étrange, sa réserve excessive, sa phobie du contact, sa peur de l'inconnu. Et, lorsqu'elle a voulu exprimer ses craintes quant à ce voyage, je ne l'ai pas écoutée. Je poursuivais un but, j'étais en chasse, je la voulais. Je ne voyais rien d'autre.

Je me nomme Greg et, tandis que l'avion amorce sa descente vers Paris, je suis en déroute comme je ne l'ai jamais été auparavant.

Chapitre 13
Gentil toutou

Mardi 21 avril 2015

À notre descente de l'avion, une limousine nous attend, comme convenu.

Annabelle n'a toujours pas dit un mot, et je n'ai pas réussi à accrocher son regard.

Lorsque je l'ai délicatement prise par le coude pour la conduire hors de l'appareil, elle n'a pas bronché. Elle est ailleurs. Sans doute en partie à cause des benzodiazépines qui courent dans ses veines, mais pas seulement. Cette apathie est-t-elle normale après une crise d'angoisse ? Putain, je ne suis pas médecin !

La limousine nous dépose devant L'Hôtel George V où j'ai mes habitudes.

En règle générale, je loge dans l'appartement Penthouse qui est situé au huitième étage. J'adore sa vue incroyable sur Paris. Mais il est prévu pour un couple, pas pour deux collègues de travail. J'ai donc choisi la suite Royale, constituée de trois chambres, d'une salle de bain avec hammam et sauna, d'un grand salon, d'une salle à manger et d'une cuisine entièrement équipée.

J'avais espéré qu'en partageant cette magnifique suite, un rapprochement significatif pourrait s'opérer entre nous. J'avais aussi parié sur le romantisme de dîners aux chandelles sur la terrasse privée.

Mais la réalité est tout autre. Annabelle semble épuisée et je l'installe dans le spacieux canapé du grand salon. Je donne un pourboire au bagagiste. Nous voilà enfin seuls.

Annabelle dort, allongée sur le canapé, en position fœtale. Elle respire paisiblement. Je dépose un plaid sur elle.

Je m'installe sur la terrasse et passe les appels qui s'imposent, en commençant par Franck Merlin. Je lui ai donné des instructions précises, il y a plusieurs jours, et j'entends avoir des résultats. Il répond dès la première sonnerie.

— Greg. Je me doutais que tu ne tarderais pas à m'appeler.

— J'avais pensé que toi, tu m'appellerais. C'est bien pour ça que je te paie, non ?

— Je vois que nous sommes un peu sur les nerfs…

— Je veux des réponses, Franck. C'est pourtant simple ! Je veux savoir ce qu'Annabelle cache et je veux le savoir maintenant !

— Ce que tu m'as demandé de faire n'est pas si facile, Greg. Pirater les plus hautes instances judiciaires pour accéder à un dossier qui a été volontairement enterré, ce n'est pas aussi enfantin que tu sembles le penser.

— Alors, tu n'as rien ? C'est ça ?

— Si, j'ai quelque chose. À l'époque des faits, ta protégée était mineure, ce qui explique qu'il soit si difficile de retracer son affaire. Dans ce genre de cas, l'anonymat est souvent demandé, ce qui complique drôlement mes recherches.

— Je ne comprends pas. Si elle s'est rendue coupable de délits, même si elle était mineure, tu devrais avoir des traces, ne fût-ce que dans le cadre des minutes du procès, dans les journaux qui l'ont couvert, peut-être, non ? Il y a bien des chefs d'accusation.

— Je crois en effet que tu ne comprends pas, Greg.

— Mais merde, je suis con à ce point-là ? Qu'est-ce que je ne comprends pas, à la fin ?

— Annabelle n'était pas dans le box des accusés, Greg. Elle était la victime.

Le monde vient de s'écrouler sous mes pieds.

— Victime ? Mais victime de quoi ?

— C'est ce qu'il me reste à découvrir, Greg, et c'est coton, crois-moi. Mais je ne lâche pas, je vais trouver, tu peux me faire confiance.

Je raccroche sans même le saluer, réfléchis un moment, puis passe mon second appel.

— Greg ! Je suis content que tu m'appelles, me dit mon père. Comment ça se passe avec Annabelle ?

— Papa, c'est à son sujet que je t'appelle. Tu connais bien sa mère, il me semble…

— Oui, en effet. J'ai une relation amicale avec sa mère et avec Annabelle aussi, dans une moindre mesure. Pourquoi me poses-tu cette question ?

— Que sais-tu au sujet d'un crime dont aurait été victime Annabelle, au moment de son adolescence ?

Le long silence de mon père parle pour lui. Il sait quelque chose.

— Écoute, fils, je ne peux pas te parler de ça. Ces informations ne m'appartiennent pas, tu comprends ? Je ne peux pas trahir le secret. Même pour toi.

— Mais il y a bien un secret, quelque chose qui influe sur le comportement d'Annabelle ?

— Pourquoi me poses-tu cette question ? Est-ce qu'elle va bien ?

Il marque un temps d'arrêt et le ton de sa voix devient tout à coup plus sec.

— Tu ne lui as rien fait, Greg ? Dis-moi que tu t'es tenu correctement avec elle. Elle est fragile, très fragile. Je peux t'assurer que si tu as… si tu l'as traitée comme toutes ces femmes que tu jettes après usage, je ne pourrai pas te pardonner. Pas cette fois.

— Je ne l'ai pas touchée, Papa. Mais, bon sang, qu'est-ce que tu me caches ? J'ai le droit de savoir ! Hurlé-je comme un dément.

— Non, Greg. Tu n'as pas le moindre droit. Tu n'es que son patron. Et ne lui en parle pas. Surtout pas. Laisse-la en paix.

De rage, je jette le téléphone. Je ne comprends plus rien à rien. Mais dans quelle galère suis-je allé me fourrer, putain ? Et qui est Annabelle ?

Il faut que ce cirque cesse. Je vais aller la réveiller, la mettre dans un taxi, direction l'aéroport et la renvoyer chez elle. Je vais mettre un terme au contrat qui nous lie, lui payer un dédommagement et faire en sorte qu'elle disparaisse de ma petite vie parfaite.

Les femmes à problème, j'ai eu ma dose. Plus question de ça. Je veux des relations simples : dîner-baiser-tirer ma révérence. C'est ce que je fais de mieux, et je suis parfaitement heureux comme ça. Pourquoi irais-je m'emmerder avec une gamine névrosée ?

Depuis qu'elle est apparue dans ma vie, je ne me reconnais plus. Elle est en train de faire de moi quelqu'un que je ne veux pas être. Gentil, patient, aux petits soins, le temps d'une nuit, je ne dis pas, mais ça fait une semaine que je rame comme un forçat, que je lui envoie des messages de moins en moins subliminaux sans le moindre résultat… Je me fais l'effet d'un toutou, la langue pendante, en quête d'une friandise ou d'une caresse sur la tête.

Je suis Greg Delcourt. Les femmes paieraient pour m'avoir, si je le voulais. Je ne suis pas le chien chien à sa mémère, je suis un loup, je suis une panthère, je suis un rapace !

Allez, c'est bon ! Je renvoie Miss Maury dans ses pénates. Qu'elle aille chialer ailleurs !

Fier de ma décision, je me retourne, prêt à la jeter dans un taxi.

Annabelle est là, debout, face à moi, enroulée dans la couverture, son joli regard plongeant dans le mien, ses larmes invisibles roulant derrière ses paupières.

— Je suis désolée, Greg, je suis tellement désolée. J'ai tellement honte de m'être donnée en spectacle. Si seulement je pouvais revenir en arrière…

Elle est si désemparée, si fragile et son regard attend tellement de moi que je ne peux m'empêcher de la prendre doucement dans mes bras.

— Ça va aller, Annabelle, ça va aller.

Je m'appelle Greg Delcourt et je ferais tout aussi bien de m'acheter un collier et une laisse !

Chapitre 14
George V

Mardi 21 avril 2015

À mon réveil, je me sens perdue. Je cherche un point de repère familier dans ce décor d'un autre âge. On se croirait revenu au 18e siècle. Face à moi, une magnifique cheminée en marbre et, au-dessus de ma tête, un splendide lustre tout en dorures. Je suis allongée dans un confortable canapé couleur crème. Une console en acajou, des commodes luxueuses, des fauteuils cabriolets et une multitude d'antiquités ornent la pièce dans laquelle je me suis réveillée.

La voix de Greg s'élève tout à coup. Il crie. Je le cherche du regard et le localise sur la terrasse. J'ai froid. Je me saisis de la couverture qui me recouvrait et m'y enroule. Je n'entends pas tout ce qu'il dit et je ne sais pas à qui il parle, mais il a l'air très en colère.

— Mais, bon sang, qu'est-ce que tu me caches ? J'ai le droit de savoir ! crie-t-il.

Il jette violemment son téléphone, puis tente de se reprendre. Il marmonne je ne sais quoi, puis fait brusquement volte-face et m'aperçoit.

Je sais pourquoi il est en colère. Je me souviens de l'avion, de cette phrase qu'il a prononcée : *« Moi aussi je vous trouve incroyablement sexy, Annabelle »* et de l'effet qu'elle a produit sur moi.

Sexy, je ne veux pas être sexy. Je ne veux pas inspirer ce genre de choses à qui que ce soit. Être sexy, c'est allumer un brasier qui ne fera que me consumer encore et encore. Être sexy, c'est enclencher un mécanisme qui conduira immanquablement à quelque chose de dégradant, de violent, de douloureux, parce que ce n'est que cela le sexe. Sexy, sexe, violence, tout cela est lié dans mon esprit. Comment vais-je pouvoir le lui faire comprendre sans dévoiler mon secret ? Bon sang, qu'est-ce que j'ai fait ? J'ai pété les plombs, j'ai frappé l'hôtesse de l'air, j'ai hurlé, je me suis couverte de ridicule et suis passée pour une folle. D'ailleurs, ne le suis-je pas ?

Greg me regarde. Il est en colère contre moi, je le vois.

— Je suis désolée, Greg, je suis tellement désolée. J'ai tellement honte de m'être donnée en spectacle. Si seulement je pouvais revenir en arrière…

Lentement, son regard s'adoucit. Il ressent une certaine pitié que je déteste instantanément, mais, lorsqu'il me prend doucement dans ses bras, je le laisse faire. Je pose ma tête contre son torse. Je voudrais tellement pleurer enfin, verser toutes les larmes que je garde en moi depuis cinq ans, toutes ces larmes qui m'étouffent, ces larmes dans lesquelles je me noie chaque jour un peu plus. Je voudrais tellement les déverser, une bonne fois pour toutes, poser le fardeau, juste un instant et profiter de la chaleur de ses bras et de ses paroles réconfortantes.

— Ça va aller, Annabelle, ça va aller.

J'aimerais tellement vous croire, Greg…

Lentement, il me conduit dans une salle de bain extraordinaire, tout en marbre. Il m'assied sur le bord de la baignoire et tourne les robinets dorés. L'eau s'échappe dans un chuchotement joyeux. Il fait couler une huile au parfum capiteux, puis sort un peignoir et une grande serviette moelleuse et se tourne enfin vers moi.

— Annabelle, vous avez besoin de vous détendre, et moi de reprendre mes esprits. Vous allez prendre un bain pendant que je m'occuperai de commander un repas que nous prendrons sur la terrasse. Ensuite, si vous le voulez bien, nous parlerons. Calmement. Il y a des choses que je dois comprendre. Je ne suis sans doute pas la personne à qui vous souhaitez vous confier. Mais je crois que nous devons être sincères l'un envers l'autre. Nous n'allons pas pouvoir continuer ainsi, je pense que vous vous en rendez compte ?

J'acquiesce. Il a raison. Ça ne peut pas continuer ainsi.

— Je vous laisse à votre bain et vous attendrai sur la terrasse. Prenez votre temps. Et n'ayez pas d'inquiétude, je ne viendrai pas vous déranger. D'accord ?

Second hochement de tête. Serais-je devenue subitement muette ?

Je reste une bonne heure étendue dans l'eau parfumée, à me demander ce que je vais bien pouvoir inventer, puisque je ne peux pas lui dire la vérité. J'en suis venue à la conclusion que je ne peux pas continuer à travailler pour lui. Je ne suis pas prête pour le monde extérieur, pas plus pour une vie professionnelle que pour des relations humaines. J'avais cru déceler un espoir pour moi, mais tout ce que je vois, à cet instant, dans cette baignoire luxueuse, c'est le retour à la case départ. Il n'y a pas d'avenir pour moi. En tout cas, pas pour le moment.

Je sors de la baignoire, passe le peignoir et me rends tout à coup compte que je ne sais même pas où se situe ma chambre. Je ramasse à la hâte mes vêtements et entrebâille la porte. La salle de bain donne directement sur une chambre splendide. Sur le lit king size à baldaquins, je découvre mes bagages. J'en conclus que cette chambre et la salle de bain attenante sont miennes. Je me faufile dans la pièce, me dirige vers la porte et la verrouille. Enfin en sécurité, je m'habille, sèche mes cheveux et retrouve enfin allure humaine.

Greg m'attend, comme convenu, sur la terrasse. La table a été dressée pour deux et, sur un chariot, je découvre différents mets dont certains restent sous cloche.

Il me sourit et m'invite à m'installer en face de lui. Ce que je fais.

— Annabelle, commence t-il, je vais vous poser une question directe à laquelle j'aimerais que vous répondiez sincèrement, sans crainte.

— Je vous écoute, dis-je en tremblant.

— O.K. ! Je me lance… Qu'est-ce qui vous effraie chez moi ?

Je reste interdite.

— Comment ?

— Vous ne pouvez pas ignorer que vous me plaisez. Depuis notre rencontre, vous m'hypnotisez, vous m'intriguez aussi. Je vous trouve incroyablement belle, intelligente, brave aussi et, parfois, assez drôle. Vous êtes d'une grande simplicité et, croyez-le, dans mon monde, cette qualité est loin d'être courante. Votre candeur, votre fraîcheur, votre retenue me fascinent. Cela m'amène à ma question…

— Si je comprends bien, vous êtes le seul à poser les questions ?

Il sourit, visiblement amusé par mon audace.

— Laissez-moi suivre le cours de mes pensées, je vous promets que votre tour viendra. Y a-t-il quelque chose chez moi qui vous indispose ou vous rebute ? Est-ce avec moi en particulier que vous bloquez ou bien est-ce avec les hommes en général ?

— Avec les hommes en général, réponds-je, le plus sincèrement du monde.

— Vous n'avez donc pas d'à priori contre moi. Est-ce que je vous déplais physiquement ?

— Non.

— Mon caractère, ma façon d'être sont-il rédhibitoires pour vous ?

— Non plus.

— Alors, quel est le problème ?

Je le regarde longuement, jauge sa capacité à entendre ce que j'ai à lui dire, puis me lance.

— Les choses de l'amour et… tout ce qui va avec, ne sont définitivement pas pour moi. Ni avec vous, ni avec un autre, ni maintenant, ni jamais.

Je m'appelle Annabelle Maury, je viens de briser les espoirs de mon patron… et les miens, par la même occasion.

Chapitre 15
Leçon de chose

Mardi 21 avril 2015

Je crois que nous pouvons dire que je viens de me prendre la première veste de ma vie, enfin si l'on excepte les costards que m'a taillé Eva, mais ça, c'est hors concours.

Annabelle vient de m'affirmer qu'il ne se passera jamais rien de sexuel entre elle et moi. Ça a le mérite d'être clair. Ce qui est le plus troublant dans tout ça, ce n'est pas que, pour la première fois de ma vie, une femme n'ait pas envie de moi. Non, ce qui me trouble, c'est ce qu'elle a dit à la fin de sa phrase : *« Ni avec vous, ni avec un autre, ni maintenant, ni jamais »*.

Que je ne lui plaise pas, je veux bien l'envisager, même si ça me paraît peu probable. Regardez-moi… C'est peu probable, nous sommes bien d'accord. Mais qu'elle ne le veuille avec aucun autre homme et jamais, c'est une tout autre dimension. Alors, je pose la question suivante :

— Êtes-vous lesbienne, Annabelle ?

Elle tombe des nues et ouvre la bouche d'un air offusqué, ses yeux me lançant des éclairs.

— Il n'y a pas de mal à ça, vous savez, lui dis-je avec mon plus beau sourire.

— Non, bien sûr que non, ça n'a rien de mal, enfin je crois… Je n'en sais rien à dire vrai. Je n'y ai jamais vraiment réfléchi.

Elle est rouge coquelicot. Je me marre intérieurement. Le spectacle est jouissif.

— Mais vous ne l'êtes pas ?

— Non, pas que je sache…

Chacune de mes questions semble la mettre sur le gril et chacune de ses réponses la fait rôtir un peu plus.

— Parfait. Alors, quel est le problème ? Qu'est-ce qui vous a tant déplu dans vos expériences passées pour décider de faire vœu de célibat ? Vous vous destinez à rentrer dans les ordres, peut-être ?

— Mais enfin, NON ! Où allez-vous chercher tout ça, à la fin ? Et en quoi mes décisions vous regardent-elles ?

— Je cherche à comprendre, Annabelle.

— Vous n'avez pas à comprendre mes choix. Personne ne vous le demande !

— Pourquoi refuser le plaisir ? Vous êtes superbe et immensément désirable. Vous êtes faites pour l'amour, ça crève les yeux.

Bien que la chose me semble quasi impossible, je lance tout de même la question qui me brûle les lèvres :

— Êtes-vous vierge, Annabelle ?

Elle blêmit, se mord les lèvres jusqu'à ce qu'elles deviennent blanches, elles aussi. Ses yeux sont éteints, baissés. Elle regarde le sol, sa bouche forme une moue dégoûtée et triste à la fois.

— Non, je ne le suis pas…

— Alors, pourquoi refuser en bloc tout ce que le sexe pourrait vous apporter ?

Je lui parle tout doucement. Je suis sincèrement fasciné par l'énigme avec qui je dîne. Pourquoi, lorsque l'on a vingt-deux ans, que l'on est belle à tomber, décider de renoncer aux joies du sexe ? Ça me dépasse complètement. Elle me regarde et constate ma stupeur et mon incompréhension. Elle ajoute :

— Je n'ai jamais… J'ignore tout du plaisir… Je ne fonctionne pas comme toutes ces femmes qui partagent votre lit… Je ne peux pas ressentir de… Ça ne marche pas… Le plaisir, ce n'est pas pour moi !

Elle revendique cette dernière phrase avec force. Se pourrait-il qu'elle n'ait jamais connu le plaisir ?

— Ne me dites pas que vous pensez être frigide ?

J'éclate de rire. Cette idée est tellement grotesque. Elle me regarde et, une fois de plus, je pense qu'une larme va rouler sur sa joue, mais non. Et pourtant, je peux les sentir s'amonceler derrière ses paupières. Elle est désemparée. Ce n'est visiblement pas un sujet de plaisanterie.

Je m'approche d'elle lentement et ma main frôle ses doigts. Comme elle ne bouge pas, je les prends délicatement dans ma main.

— Certaines femmes pensent qu'elles ne peuvent définitivement pas atteindre le plaisir, mais c'est une erreur. Je ne dis pas que ce trouble n'existe pas, mais, dans la majorité des cas, ce sont les hommes qui ont recours à cette excuse quand ils sont incapables de satisfaire leur partenaire. Ça les rassure, ça leur évite de se poser les bonnes questions. Je doute que vous souffriez de ce problème, Annabelle, vous n'êtes tout simplement pas tombée sur celui qui saura vous révéler à vous-même.

Bon sang ! Je voudrais vraiment être celui-là !

Elle retire précipitamment ses doigts et des éclairs jaillissent des éclats bleus de ses iris.

— Et vous prétendez être cet homme-là, bien entendu. Vous vous pensez une sorte de dieu du sexe, c'est bien cela ?

— Je suis doué. Je suis extrêmement doué, Annabelle.

Je plonge un regard lourd de promesses et de désir dans le sien. *« Je sais que je peux te faire jouir à ne plus savoir comment tu t'appelles. »*

Elle éclate de rire.

— Vous ne doutez de rien. J'ai rarement vu un homme aussi imbu de sa personne.

— Vous voudriez quoi ? Que je vous dise que je ne suis pas mauvais, que je me débrouille, alors que je sais parfaitement que, si vous me laissiez vous faire l'amour, je vous ferais découvrir une palette infinie de sensations, de plaisirs dont vous ignorez tout ? Je ne suis ni hypocrite ni menteur, Annabelle. Je sais ce que je vaux. Dans ce domaine comme dans d'autres. Je suis juste franc.

— Je refuse de poursuivre cette discussion. Elle est déplacée, et mes motivations, mon orientation sexuelle ou mes expériences ne vous regardent en rien.

Et puis, elle ajoute :

— Si je devais, un jour, réviser ma position, ce serait pour un homme doux, un homme qui m'aimerait avec mes blessures, avec mes doutes, avec mes peurs et qui ferait tout ce qui est en son pouvoir pour les adoucir. J'imagine parfaitement que ce que je vous dis doit vous faire hurler de rire. Peut-être n'ai-je pas la moindre idée de ce que peut être le plaisir, mais, à l'opposé de vous, j'ai un cœur qui bat et, même si elle est bien amochée, j'ai encore une âme. Vous n'avez plus ni l'un ni l'autre, Greg. D'une certaine manière, je vous plains. Vous n'avez rien compris à l'amour, à l'adoration que l'on peut éprouver pour un autre être humain. Vous ne vous attachez pas, de peur d'appartenir à quelqu'un. Vous n'aimez pas, par crainte de souffrir. Vous êtes entouré de centaines de femmes, mais, au fond, vous êtes seul et pitoyable. Vous vous bercez d'illusions quand vous pensez être heureux, Greg. Vous ne l'êtes pas, et vous ne le serez jamais, tant que vous nierez vos émotions.

Elle se lève, jette sa serviette sur la table et se dirige vers sa chambre.

— Quand bien même vous seriez le seul homme sur Terre, jamais je ne m'abaisserais à offrir ce qui reste de mon innocence flouée à un homme qui consomme les femmes comme d'autres les cigarettes et qui les jette comme de vulgaires Kleenex. Vous n'avez rien compris à la vie, Greg. Depuis que le monde est monde, c'est l'amour qui le fait tourner, pas le sexe !

Elle disparaît, dans un nuage de parfum et dans un froufrou de dentelles.

Score : Greg 1 — Annabelle 1

Je m'appelle Greg Delcourt, je suis un cador, je suis un lion, je suis un roc, je suis puissant et estimé, je suis riche à millions, et je viens de laisser une gamine de vingt-deux ans m'administrer la leçon de chose de ma vie.

Chapitre 16

Cendrillon des temps modernes

Mardi 21 avril 2015

Ma réaction a été épidermique, instinctive et, même si je n'ai pas pensé complètement tout ce que je lui ai dit, j'ai voulu le blesser aussi profondément qu'il m'a blessée sans le savoir.

Il a cherché à me déstabiliser. Il a pris plaisir à me troubler par ses questions. Il avait tout du chat qui joue avec la souris. Mais il n'avait pas la moindre idée de ce que ce jeu déclenchait en moi, parce qu'il ne sait pas, il ne peut pas savoir.

Je me suis réfugiée un moment dans ma chambre, mais notre planning d'aujourd'hui nous impose de nous rendre place Jussieu, dans le 5e arrondissement, à l'Université Pierre et Marie Curie.

Greg doit y prendre la parole ce soir. Avant cette intervention prévue à 19h, nous assisterons chacun à deux conférences afin de profiter au mieux de cette journée de séminaire.

Nous devrons également être à l'écoute des interventions plus ou moins chevronnées des étudiants de 3e année afin de déceler la perle rare. Si tel est le cas, nous recevrons ces génies en devenir demain autour d'un petit-déjeuner.

Lorsque je sors enfin de ma tanière, Greg est déjà parti. Il a laissé un mot sur la table du grand salon.

« Retrouvons-nous ce soir, après mon intervention. Nous rentrerons à l'hôtel pour nous changer et nous rendrons au dîner de gala. J'ai pris la liberté de faire mettre de côté quelques robes qui pourraient convenir à l'occasion. Demandez Edna. Une coiffeuse et une maquilleuse nous attendront à notre retour. Une limousine est à votre disposition. Il vous suffit de descendre dans le hall et de vous adresser au concierge dès que vous serez prête à partir. Greg »

Il a pensé à tout, de la robe à la limousine, de la coiffeuse à la maquilleuse, sauf au fait que je n'aime pas la foule. Mais je ne dois pas oublier que je suis ici avec mon patron et que si je veux éviter d'être licenciée à notre retour, je dois faire un effort.

Je m'exécute donc comme une bonne fille, choisis finalement une robe de cocktail Oscar de la Renta, à motif floral en soie ivoire, incrusté en relief sur une soie noire, très ajustée à la taille, et dotée d'un décolleté légèrement plongeant qui met ma poitrine en valeur. Je sacrifie aux sacro-saints escarpins Louboutin de 10 cm, en cuir noir, avec des découpes au laser, agrémentés de strass. Je me fais l'effet d'une Cendrillon des temps modernes et suis, malgré moi, excitée comme une puce à l'idée d'être une autre que moi, ne fût-ce qu'un bref moment.

Malgré ma tirade sanglante concernant son absence de cœur et d'âme, son incapacité à se soucier de qui que ce soit, Greg a pourtant pensé au moindre détail pour que cette soirée soit inoubliable pour moi. Je ne peux lui enlever cela. Il sait faire plaisir. Il en a l'habitude, sans doute. Une des nombreuses étapes qui conduisent les femmes dans son lit. Mais pas cette fois.

Je descends dans le hall, me présente au concierge et me laisse guider vers la limousine.

Arrivée sur le campus, le chauffeur me dépose et je me joins à un petit groupe mené par M. Priou lui-même. Je me présente comme l'assistante de l'illustre Greg Delcourt et me retrouve tout à coup accrochée au bras du doyen de la faculté Pierre et Marie Curie qui me conduit sur les lieux du séminaire.

Installée dans le fond de l'amphithéâtre, je m'empresse de prendre des notes, tant je suis perdue au milieu des termes scientifiques auxquels je suis étrangère. J'écoute attentivement les différents intervenants et repère un jeune homme et une jeune fille qui me font forte impression. Je note leurs noms avec application afin de les convier au petit-déjeuner de demain.

Il est 18h30 lorsque se termine le dernier symposium. Le grand amphithéâtre sera le siège de la conférence menée par Greg. Je le cherche du regard dans la foule et finis par le découvrir, adossé à une colonne, tout au fond du hall. Il me regarde, m'adresse un demi-sourire. Le doyen l'interpelle en s'approchant de lui, brisant cet échange de regards hésitants.

La conférence est un vrai triomphe. La foule est debout et applaudit longuement Greg, souriant. Je dois bien avouer que j'ai été séduite par la facilité avec laquelle il a su prendre possession de son auditoire. Bien qu'extrêmement techniques, ses explications étaient également claires, précises, limpides.

Quelques étudiants ont brillé dans des échanges verbaux avec Greg sur des points de détail qui m'ont malgré tout échappé. J'ai noté deux noms qui ont rejoint la courte liste des invités au petit-déjeuner.

Après moult serrages de mains et accolades, Greg me fait signe de la tête. Il est temps pour nous de rentrer à l'hôtel pour revêtir nos habits de lumière.

Le trajet en limousine se fait en silence. Greg est occupé à lire ses mails sur son téléphone tandis que je regarde Paris défiler par la fenêtre.

Dès notre arrivée, il s'éclipse dans sa chambre. Je suis déçue. J'avais espéré que nous pourrions briser le malaise qui s'est installé entre nous avant de partir pour la soirée.

Maquilleuse et coiffeuse se présentent à la porte de notre suite et me prennent en main sans que j'aie le temps de dire ouf. D'ailleurs, je n'ai pas mon mot à dire. Greg est sorti de sa chambre et donne ses directives à ces dames. Coiffure, maquillage, il supervise. J'ai tout à coup l'impression d'être invisible et le gratifie d'un long soupir excédé.

— Faites-moi confiance, Annabelle. J'ai une idée précise de ce qui mettra votre beauté naturelle en valeur. Rien d'extravagant, c'est promis.

Une heure plus tard, j'enfile ma robe de princesse et me contemple enfin dans le miroir. Greg avait raison. Elles ont su me mettre en valeur sans faire de moi une poule de luxe. La coiffure en un chignon négligé laissant échapper, de-ci de-là, quelques mèches, apparemment folles, mais en fait savamment positionnées, mettant en valeur mon cou et le décolleté de ma robe.

Mes yeux semblent plus grands, plus brillants, presque ensorcelants. Mes lèvres sont teintées d'un vieux rose qui met en valeur la pâleur naturelle de ma peau, une pointe de gloss accrochant la lumière en leur centre.

— Vous êtes vraiment magnifique.

Greg s'avance vers moi, un écrin siglé Cartier entre les mains.

— Je me suis permis de vous choisir quelques bijoux qui iront parfaitement avec votre robe.

Une paire de boucles d'oreilles en strass — ce sont des diamants, corrige Greg en souriant — en forme de goutte d'eau, un bracelet délicat constitué d'entrelacs de cuir noir ouvragés, incrustés de ce que je devine être des diamants et, enfin, un collier somptueux en platine, diamants, perles fines, onyx et émail noir, constituent ma parure pour cette soirée de gala.

— Vous êtes parfaite. Exactement comme je l'imaginais…

Il me couve du regard et j'aurais été rassurée si je n'avais vu briller, dans son œil si bleu, quelque chose de glacial, de terrifiant. De la haine ?

Je me nomme Annabelle. Cendrillon des temps modernes, je m'apprête à assister à mon premier gala, au bras d'un prince peut-être pas si charmant que cela.

Chapitre 17
Princesse et voyou

Mardi 21 avril 2015

J'ai l'intention de lui donner une leçon dont elle se souviendra. Personne ne m'a jamais parlé comme elle l'a fait. Annabelle se trompe. J'ai un cœur. J'ai aussi une âme. Enterrés six pieds sous terre, victimes d'Eva la garce, mais néanmoins bien vivants.

Annabelle n'a pas la moindre idée des efforts qui ont été les miens pour incarner l'homme qu'elle connaît. Elle ne sait pas ce que je peux devenir lorsque j'éteins mon cœur et muselle mon âme, et elle va déguster. J'ai perdu le contrôle de ma vie et j'entends redresser la situation au plus vite.

Elle veut que je sois un sale con sans cœur ? Ça, je sais faire ! Elle ne va pas tarder à s'en rendre compte.

J'ai fait d'elle une princesse, l'ai laissée choisir une robe de rêve, l'ai couverte de bijoux. J'ai vu la lumière, le plaisir dans ses yeux. Le luxe, les robes, les bijoux, l'argent, toutes ces futilités illuminent le regard des femmes. Tout se résume à l'argent. J'avais cru voir l'innocence en elle, mais elle n'est finalement pas si différente des femmes que je baise habituellement.

J'en suis là de mes réflexions amères lorsque la limousine nous amène sur les lieux de la réception. Le chauffeur nous ouvre la portière. Je descends le premier et aide galamment Annabelle à en sortir, ce qu'elle fait sans la moindre gaucherie. Étonnant.

Ma cavalière d'un soir au bras, je pénètre dans la salle de réception. Je suis l'invité d'honneur de la soirée, et mon arrivée est saluée par un joyeux brouhaha.

Tenant Annabelle par le coude, je la guide à travers la foule des curieux et me dirige vers le Doyen de la Faculté à qui je la présente.

— Nous nous connaissons déjà. J'ai eu le plaisir d'avoir votre compagne à mon bras, cet après-midi.

— Mademoiselle Maury n'est pas ma compagne, mais mon assistante.

Remettons les choses à leur place. Je regarde Anna, et je vois qu'elle tique un instant, mais elle se rattrape rapidement et honore le Doyen d'un sourire discret.

Notre hôte nous présente à quantité de professeurs, étudiants, donateurs et autres personnalités parisiennes que je salue avec déférence. On ne sait jamais de qui l'on aura besoin, dans le monde des affaires.

L'un d'entre eux salue Annabelle avec plus d'attention. Il garde sa main dans la sienne quelques instants de trop, la gratifiant d'un :

— Vous êtes réellement rayonnante, Mademoiselle…

Son arrogance me donne ainsi la première occasion de marquer un point :

— Oui, n'est-il pas ? C'est fou ce qu'un peu de maquillage et une robe de couturier peuvent transformer une jeune provinciale en femme du monde.

Annabelle se fige et dégage vivement son bras. Elle tourne la tête vers moi, interloquée.

« Tu n'as pas fini de déguster, ma belle », me dis-je en lui souriant.

Je lui ai montré ce qu'elle aurait pu avoir avec moi, et je vais tout lui ravir. Je vais rétablir les choses et reprendre le contrôle.

La valse des serveurs et de leurs plateaux ouvre le bal. Proposant champagne et petits fours, ils se faufilent entre les groupes. Lorsque l'un d'entre eux passe près de nous, je me saisis d'une coupe et commence à la siroter. Le serveur, gêné, s'adresse à ma cavalière :

— Une coupe de champagne, Mademoiselle ?

— Non, elle ne boit pas d'alcool. Trouvez-lui un verre d'eau avec une rondelle de citron.

— Mais…à quoi jouez vous, me demande-t-elle, outrée ? Je suis une grande fille. Je suis tout à fait apte à choisir ce que je veux boire.

— Vous êtes tellement instable, Annabelle. J'ai pensé qu'il valait mieux vous éviter à nouveau le ridicule. Excusez-moi, je vois quelqu'un là-bas que je dois absolument rencontrer. Restez donc là.

Je ne lui laisse pas le temps de répondre et me dirige vers une belle femme, vingt-cinq ans à tout casser, rousse, allure athlétique et magnifique robe fourreau qui sculpte son corps de déesse. Me voyant approcher, elle me sourit. Classique…

Elle entame la conversation sur un air badin. En voilà une que je ne laisse pas indifférente. Je passe en phase d'attaque, l'instinct du chasseur chevillé au corps, même si je sais que je n'aurai pas besoin de la courser bien longtemps. Je glisse ma main dans son dos et plante mes yeux dans les siens. Sa bouche s'ouvre délicatement en un charmant O de surprise et de contentement.

J'approche mon nez de son oreille, humant son parfum délicat. Elle frémit. Trop facile…

— Je m'appelle Greg…

— Greg Delcourt. Oui, je sais qui vous êtes, dit-elle en rougissant opportunément.

Du coin de l'œil, je cherche Annabelle. Elle n'a pas bougé. Elle est exactement là où je l'ai laissée, regardant de droite et de gauche au passage des invités qui s'interpellent et se saluent. Elle est au cœur d'une salle comble qui discute gaiement, mais elle est seule.

Je souris, satisfait. J'aime l'idée qu'elle soit seule au milieu de tous. Que sait-elle de la solitude ? Que sait-elle de **ma** solitude ? Comment peut-elle se permettre de juger mon style de vie ? Que connaît-elle, du haut de ses vingt-deux ans d'une existence sans heurts ? Je vais lui apprendre que la vie n'est pas toujours aussi simple qu'elle le pense.

J'ai presque pitié d'elle. Elle semble désormais si misérable et triste, dans sa robe de conte de fées et ses escarpins à strass.

— Vous êtes accompagné ? Avez-vous des projets pour la soirée ?

La rousse aux yeux verts tape déjà des plans sur la comète.

— Non, je suis seul. Pourquoi ? Me suggérez-vous un… accompagnement ?

Elle rougit encore. Elle n'assume pas franchement ses avances, mais je devrais arranger cela. Alors, j'annonce la couleur.

— Nous pourrions peut-être trouver un endroit plus calme pour discuter ?

— Je n'osais vous le proposer.

— Mais osez, ma chère, osez !

— Je connais votre identité, mais vous ne m'avez pas demandé la mienne…

« Je m'en tape, chérie. »

— Je suis un rustre. J'étais tellement captivé par votre beauté que j'ai manqué à tous mes devoirs. À qui ai-je l'honneur ? lui demandé-je en la gratifiant de mon sourire le plus charmeur.

— Mon nom est Camille de Villancourt.

— … de Villancourt… comme les casinos ?

— Tout à fait. Paul de Villancourt est mon père et je suis son unique héritière.

Tiens, tiens, la demoiselle essaierait-elle de m'appâter avec son argent ? Cherche-t-elle à se caser ? Vraiment toutes les mêmes. C'est effarant !

— Enchanté de faire votre connaissance, Camille. Et si nous cherchions un coin tranquille ?

Je lance de nouveau un regard vers Annabelle. Elle nous observe. Blême, elle mord sa lèvre inférieure avec force. Elle est en train de comprendre que je la délaisse pour une autre. Elle me supplie du regard de ne pas l'abandonner au milieu de la foule. Je détourne la tête et enlace ma conquête que j'attire dans un couloir attenant.

Trois petits salons en enfilade s'offrent à nous. Je choisis le second, y fais entrer Camille et referme la porte sur nous.

Je me nomme Greg Delcourt, j'ai besoin de reprendre le contrôle et cette jolie rousse fera amplement l'affaire.

Chapitre 18
Camille

Mardi 21 avril 2015

Camille se retourne vers moi, lorsque je ferme la porte.

— Aurais-tu une idée derrière la tête ?

— J'ai des tas d'idées derrière la tête… Tu serais étonnée.

— On ne se connaît pas vraiment, nous pourrions peut-être apprendre à…

Putain, elle minaude. J'ai horreur de ça. Elle veut ou elle ne veut pas, c'est simple. Pas besoin de me servir le blabla habituel. Nous sommes des adultes obéissant à nos instincts, point barre. Je ne suis pas venu ici pour faire la causette.

Je la plaque contre le mur, saisit son visage entre mes mains et, basculant sa tête en arrière, j'accède à son cou gracile que je frôle du bout de mon nez. Je hume son parfum, entêtant. Trop capiteux. Celui d'Annabelle est plus… Putain ! Je fais quoi, là ?

Mes lèvres prennent possession de sa gorge et la picorent de baiser légers. Je la retourne. Elle est désormais dos à moi, ses fesses collées contre ma queue frémissante. D'un geste, je réunis ses cheveux sur le côté et replonge dans son cou. Du bout des dents, je grignote sa peau chaude et sucrée. Elle gémit. Mes mains posées sur ses hanches remontent lentement le long de son torse et trouvent ses seins voluptueux. Je m'en saisis, les soupèse, les prends à pleines mains et, du pouce et de l'index en titille les mamelons à travers la soie de sa robe de cocktail.

— Enlève-la… la robe. Retire-la-moi, dit-elle dans un souffle.

— Je n'aime pas que l'on me donne des ordres. Je n'ai pas l'intention de laisser les commandes, Camille, compris ? Pour cette fois, je vais t'accorder ta requête. Pour le reste, laisse-moi faire.

Elle acquiesce et se laisse aller contre moi, mon sexe aux abois se logeant tout naturellement contre ses fesses.

Je descends habilement la fermeture de sa robe, fait glisser les bretelles le long de ses épaules et accompagne la chute du tissu de mes mains, le long de ses seins, de son ventre, frôlant du bout des doigts le string en dentelle plus que minimaliste.

Tandis qu'elle enjambe sa robe désormais au sol, je retire ma veste et ma cravate tout en la regardant. C'est une jolie femme, ses seins ronds dorment dans un soutien-gorge de dentelle noire, assorti au minuscule string qui laisse deviner une très légère toison, aussi rousse que ses cheveux. Elle porte des bas. J'adore les bas, je trouve cela incroyablement excitant.

Je la pousse en direction d'un canapé et l'y allonge brusquement. J'ai bien du mal à contrôler le désir que j'ai d'en finir avec les préliminaires et de m'enfouir en elle jusqu'à la garde. Mais j'ai une réputation à tenir !

Je glisse une main sous la dentelle de son string, introduit un doigt entre ses lèvres duveteuses et, d'un mouvement lent masse doucement son sexe, de l'entrée de son vagin à son clitoris. Elle est humide, mon doigt navigue en eau calme, paresseusement.

Elle soupire, puis gémit. Elle retient son souffle à chaque fois que mon doigt caresse son point sensible. J'insère mon majeur en elle et, tout en initiant un lent va-et-vient, j'écarte les bonnets de son soutien-gorge et lèche ses seins, l'un après l'autre, mordillant ses mamelons, durement. Elle crie. J'introduis mon index pour seconder mon majeur. Mes mouvements se font de plus en plus rapides. Elle est désormais trempée, et le frôlement de la pulpe de mon pouce sur son clitoris n'y est pas étranger.

— Prends-moi, s'il te plaît. Je suis prête pour toi.

Tu es sûre, fillette ? Ce n'est pas que je veuille me vanter, mais ce que j'ai à te présenter est loin d'être menu.

En même temps, pourquoi je me pose la question ? Elle veut que je la baise, je la baise.

Je la relève du canapé et la pousse à nouveau contre le mur.

— Enlève cette minuscule culotte, tu veux ? Et le soutien-gorge aussi.

Tandis qu'elle retire les quelques grammes de dentelle qui couvrent encore son corps, je déboutonne mon pantalon et le laisse glisser le long de mes jambes, bientôt suivi par mon boxer, non sans avoir saisi un préservatif dans la poche arrière. J'enjambe le tout, enlève nonchalamment ma chemise et la laisse tomber sur le sol.

Toujours face au mur, désormais totalement nue, elle se retourne légèrement et pose sur ma queue un regard plein d'envie, en se mordant la lèvre.

Tout en enfilant le préservatif, je m'approche d'elle, caresse ses fesses, écarte ses longues jambes gainées de soie noire et m'introduit légèrement en elle. Putain, que c'est bon !

Je donne immédiatement le ton et m'enfonce au plus profond de sa chaleur. Elle crie.

— Attends un peu, laisse-moi le temps de me faire à ton engin. Vas-y tout doux.

Doux ? Ce n'est clairement pas dans mes intentions. Elle me voulait, elle m'a. Madame est servie !

Fini de mégoter, passons aux choses sérieuses. Je me retire presque complètement et m'enfonce de nouveau jusqu'à la garde. Elle souffle, gémit, se trémousse, tentant de s'habituer à mon imposante présence.

Je me saisis de son cou, tirant sa tête en arrière jusqu'à ce qu'elle vienne se plaquer contre mon torse, la maintenant fermement contre moi, tandis que je la possède. Le visage d'Annabelle se superpose à celui de Camille, l'espace d'un instant.

« Putain, barre-toi ! »

Je pilonne Camille rageusement. Elle ne doit rien comprendre à ma hargne, cette colère qui monte, au même rythme que le plaisir que je sens fondre sur moi. Je perds lentement les pédales ; mon souffle court peine à alimenter mon cerveau. Je m'entends grogner comme l'animal que je me sens devenir.

— Attends, je ne suis pas encore prête !

Maintenant sa tête d'une main, je glisse l'autre entre ses jambes. Du bout des doigts je masse son clitoris tandis que mes va-et-vient se font de plus en plus désordonnés.

Soudain, au milieu de mon brouillard, je perçois ses gémissements sourds, puis ses cris. La délivrance approche, je serre les dents. Il ne sera pas dit que Greg Delcourt finira la course en premier.

Le bruit fugace d'une porte qui s'ouvre interrompt mon rythme, l'espace d'une seconde. Je sais que c'est elle, ça ne peut être qu'elle. Son timing est parfait ! Et tandis que Camille jouit en hurlant, la simple satisfaction de savoir Annabelle au martyre suffit à me faire basculer à mon tour, éjaculant à longs jets dans les entrailles de la belle.

Puis, avec une lenteur calculée, je tourne la tête vers la porte et, sans surprise, je découvre Annabelle, dans sa robe haute couture et ses escarpins Louboutin. Elle a une vue parfaite sur mon fessier musclé. Je veux qu'elle sache ce qu'elle a loupé.

Je me retire lentement du ventre de Camille et pivote sur moi-même pour faire face à la petite peste qui a osé me tenir tête. Ses yeux descendent le long de mon corps jusqu'à la meilleure partie de moi-même, encore pleine de vigueur. Je lui souris en arrachant le préservatif. Je me sens tellement soulagé. J'en danserais presque.

Et puis, soudain, elle hurle. Je n'ai jamais entendu une chose pareille. C'est le cri d'un animal pris dans un piège, les pattes broyées par les dents de métal acérées.

Je m'appelle Greg Delcourt et je découvre qu'Annabelle Maury peut verser des larmes.

Chapitre 19
Réminiscences

Lundi 26 juillet 2010

Quand ils ont eu fini de se rejeter mon corps, comme une poupée de chiffon, je suis restée un moment debout, immobile, au milieu du cercle qu'ils formaient autour de moi.

— Déshabille-toi, maintenant. Tant que tu seras dans cette maison, tes vêtements te seront inutiles.

L'homme relève brutalement mon menton et me fixe droit dans les yeux.

— Regarde-moi !

Je m'exécute à travers les larmes qui ruissellent.

— Si tu es obéissante, il est possible que tu sortes d'ici vivante. Ça ne tient qu'à toi... Déshabille-toi, et vite ! Je ne me répéterai pas ! Je suis sûr que tu ne veux pas me mettre en colère, n'est-ce pas ?

Je soulève mon tee-shirt. Je ne me suis jamais dénudée devant personne. Je ne suis pas particulièrement pudique, mais la nudité, c'est autre chose. Je le passe par la tête et, les bras croisés sur mon soutien-gorge en coton blanc, je regarde l'homme.

— Continue !

Je défais le bouton de mon jean et baisse lentement la fermeture. Je sais ce qui va m'arriver, je ne suis pas stupide. Je lis beaucoup, je surfe sur internet. Même si je n'ai jamais couché avec un garçon, j'ai une petite idée de la chose.

Je n'ai pas encore rencontré celui avec qui j'aurais envie de le faire. Je suis fleur bleue, je n'ai jamais envisagé de le faire juste pour être comme les autres filles de mon lycée. Je veux une première fois dont je puisse me souvenir, avec un garçon qui m'aime et que j'aime, qui sera doux et tendre. Mais cela n'arrivera pas. Si je ne trouve pas une échappatoire rapidement, ma première fois sera sordide, brutale et certainement très douloureuse.

L'homme tend la main vers moi pour enlever mon pantalon. Il perd patience. Je ne suis pas une gentille fille. Il va me punir, si je le mets en colère. Je baisse vivement mon jean, me tortillant pour le faire descendre en bas de mes chevilles.

— Voilà qui est mieux ! dit-il, satisfait.

Ils sont toujours près de moi, me tournent autour, m'examinant sous toutes les coutures, effleurant mes courbes d'un air appréciateur.

— Enlève le soutien-gorge, maintenant.

— Non, je ne peux pas. Pas devant vous !

Les mots se sont échappés de ma bouche sans que je puisse les en empêcher.

La gifle qui tombe sur ma joue droite est si violente que ma tête est projetée sur le côté.

— Fais ce que je te dis !

Je m'exécute en prenant bien soin de protéger ma poitrine de leurs regards, avec mes bras. Il les écarte vivement.

— La culotte, maintenant !

Je les regarde l'un après l'autre, guettant un peu de pitié, de bienveillance. Mais je n'en découvre pas la moindre trace. Les sanglots déboulent. Les larmes roulent à tombeau ouvert sur mes joues, tandis que je fais ce qu'on exige de moi.

Je suis désormais nue devant mes ravisseurs. Je le resterai quatre jours durant. Et ils feront en sorte que je n'ignore rien, moi non plus, de leur nudité, de leurs mains rugueuses, de leurs torses en sueur, de leurs sexes dressés, de leur putain de désir qui me dégoûte. Je pleure sans plus pouvoir m'arrêter, et je fais ce que je pense être le mieux pour me sortir de là :

— Je vous en supplie, ne me faites pas de mal. Laissez-moi rentrer chez moi, je ne dirai rien. Je vous le promets…

Ils rient et m'empoignent bientôt. Pas la moindre once de pitié. Rien ni personne ne me sauvera. Je me laisse glisser vers la lente agonie qui m'attend.

*****

Debout dans l'encadrement de la porte, je regarde les fesses de Greg bouger en rythme tandis qu'il…

La fille crie et Greg crie à son tour. Et puis, il se retourne, se tenant face à moi, totalement nu. Ses yeux sont glacials, son sourire est cruel et semble me demander : *« Tu veux ta part, toi aussi ? »*

Les miens descendent, malgré moi, le long de son corps, de ses biceps fermes, de son torse musclé, vierge de tout poil, de son ventre plat et ferme laissant apparaître des abdominaux légèrement dessinés, de son sexe dressé.

Je ne contrôle pas le cri puissant qui s'échappe de mes lèvres. La terreur que je ressens, le souvenir des mes quatre tortionnaires dont le visage me hante nuit après nuit, la sueur coulant de son torse à son ventre, les cris de la fille, tout se confond dans mon esprit. Je ne suis soudain plus très sûre d'être ici ou là-bas. Alors, je hurle.

Faisant volte-face, je me mets à courir droit devant moi. Je dévale des escaliers, parcours des couloirs, ouvrant des portes à la recherche d'une sortie.

Une femme interrompt ma course folle.

— Mon Dieu, mais que vous arrive-t-il, mon petit ? Il faut vous calmer, vous êtes dans un état épouvantable, ma pauvre chérie…On dirait que vous venez de voir le Diable en personne !

Se saisissant d'un mouchoir, elle essuie mon visage trempé. Mais d'où peut bien provenir cette eau qui roule sur mes joues ? Du bout du doigt, je pars à la rencontre de cette humidité incongrue. Je porte mon doigt à ma bouche. C'est salé. Ce sont des larmes. Elles coulent pour la première fois depuis cinq ans.

Au loin, j'entends une voix masculine crier mon prénom. Je dois disparaître, rentrer chez moi et ne plus jamais en ressortir. J'avais raison de bout en bout. Ce monde est mauvais et violent, peuplé de bêtes immondes dont je serai toujours la victime.

La voix de Greg s'élève encore, me rappelant pourquoi je suis ici. Dans le grand miroir face à moi, je regarde la jolie robe, les bijoux, les chaussures, le chignon d'où s'échappent désormais de multiples mèches folles. Je ne veux plus de tout cela, les douze coups de minuit ont résolument sonné. Le carrosse s'est transformé en citrouille. Je me sens sale.

— Il faut que je retire tout ça. Je vous en prie aidez-moi, ça me brûle !

Frénétiquement, je cherche la fermeture dans mon dos.

— Mais enfin, vous n'allez pas vous déshabiller ici !

Je ne l'écoute pas. D'un geste vif, j'arrache le collier et les boucles d'oreilles somptueuses. Le bracelet qui consume ma peau les rejoint bientôt sur le sol. Tandis que je fais glisser la robe, la femme s'éloigne, l'air effaré, pour revenir rapidement, un long manteau élégant à la main. La robe est tombée et je suis désormais en sous-vêtements et escarpins, au milieu d'un petit couloir, je ne sais où.

— Que vous a-t-on fait ? Dites-le-moi ? Voulez-vous que j'appelle la police ?

« On m'a violée, et la police n'a jamais rien fait. »

J'enfile à la hâte le manteau, remercie la femme, me saisis de mon sac et m'élance vers la sortie. Je ne sais pas si je hurle encore, si les sons sortent réellement de ma bouche, mais dans ma tête je n'entends qu'eux.

Un homme me propose un taxi. Rapidement, une portière s'ouvre. Je m'engouffre dans le véhicule et donne l'adresse du George V au chauffeur. Les larmes ont cessé. Du moins à l'extérieur, tandis qu'à l'intérieur de moi, des trombes d'eau puissantes et glacées menacent de m'engloutir.

Je me nomme Annabelle, j'ai 22 ans, j'ai 17 ans. Je suis en plein Paris, je suis dans une masure de Provence. Je suis moi et une autre. Je ne suis plus rien ni personne. Je ne suis que souffrance à vif.

Chapitre 20
Extinction d'une étoile

Lundi 27 avril 2015

Voilà déjà presque une semaine qu'Annabelle n'a pas réapparu.

Je regarde son bureau où trône désormais une blonde platine qui ne me fait pas envie le moins du monde. Elle est pourtant sculpturale, longue, fine, élancée, comme je les aime et pourtant je ne l'ai même pas invitée à dîner.

À mon retour de Paris, Ava m'a appris, avec un air convenu et triomphant, qu'Annabelle avait jeté l'éponge et donné sa démission. Mon bras droit avait d'ores et déjà lancé un recrutement pour la remplacer, et la blonde était déjà installée quand je suis rentré, jeudi en fin de matinée.

Ava connaît mes goûts en matière de femmes et, trop heureuse de se débarrasser d'Annabelle, elle m'avait choisi une appétissante sucrerie pour une prochaine nuit.

Seulement voilà, je suis rentré sans le moindre appétit.

*****

Six jours plus tôt…

Merde ! Merde ! Merde

Annabelle vient de décamper en hurlant, comme si les sept portes de l'enfer s'étaient ouvertes, jetant à sa poursuite une cohorte de démons plus sanguinaires les uns que les autres.

Ce que j'ai lu dans ses yeux, juste avant qu'elle me tourne le dos, reste gravé dans ma mémoire et me laisse un goût amer en bouche.

Bien sûr, j'ai repris le contrôle. Bien sûr, je lui ai fait douloureusement regretter ses propos. Mais la leçon a été bien plus rude que je ne l'avais prévue. Pour une raison que j'ignore, me voir en compagnie de Camille n'a pas déclenché une once de jalousie ni de colère. Elle ne s'est pas effondrée en se tordant les mains, pleine de regrets. Elle s'est désintégrée. Tout bonnement. Le feu s'est éteint dans ses yeux verts magnifiques. Et puis, elle s'est désagrégée. J'ai l'impression d'avoir assisté à la mort d'une étoile, en plein milieu du cosmos.

À la hâte, je me rhabille. Je dois savoir ce qu'elle fait, où elle va. Je dois savoir si elle va bien.

« Pauvre con arrogant, tu crois vraiment qu'elle va bien ? »

Camille pose sa main sur la mienne au moment où j'enfile ma chemise.

— Tu ne veux pas que nous remettions ça ? Je suis sûre que l'on peut faire encore mieux.

« Dans tes rêves, chérie. Il n'y aura pas de second round. Tu te fais des films. »

— Désolé, Camille, je dois y aller. C'était vraiment… sympa. Merci pour ce moment.

Je tente de rester courtois, tout en enfilant mes chaussures.

Elle griffonne quelque chose sur une carte en vélin qu'elle a sortie de sa pochette Hermès.

— Voilà mon adresse, et mes numéros de téléphone. Appelle-moi très vite. Nous allons faire de grandes choses, toi et moi.

« Cours toujours, la rouquine ; tu ne me reverras jamais. »

Je fourre la carte dans la poche de ma veste, histoire de ne pas la vexer et la gratifie d'un :

— Je dois vraiment y aller. On se rappelle plus tard.

Je sais pertinemment que je ne la rappellerai jamais et qu'elle n'a pas mon numéro. Hasta la vista, baby. J'ai d'autres chats à fouetter.

Je m'élance à la poursuite d'Annabelle qui a une certaine avance sur moi. Je me laisse guider par les mines ahuries des gens qui se sont trouvés sur son passage, lors de sa fuite. Une belle fille hurlant comme une sirène, ça ne passe pas inaperçu.

Je me perds dans le dédale des couloirs de cet immense bâtiment. Je dois la retrouver. Je crie son prénom, plusieurs fois, mais mes appels restent sans réponse.

Au détour d'un énième corridor, je tombe nez à nez avec une femme tenant entre ses mains les bijoux et la robe d'Annabelle. Elle ne perd pas le nord, celle-ci. Mais comment est-elle rentrée en possession de ses effets. Où se trouve la femme qui les portait, il y a encore quelques minutes ? Bon sang, Annabelle se promène en sous-vêtements ? Elle si prude, j'ai du mal à l'imaginer.

— Vous pouvez me dire où se trouve la femme qui portait ceci ?

Elle me montre le bout du couloir qui semble déboucher sur la sortie.

— Je lui ai donné mon manteau de fourrure… Elle semblait…

Oui, mais encore ? Son air abasourdi m'excède au plus haut point ; je garde mon calme.

— Elle semblait ?…

— Elle était dévastée. Je crois que quelqu'un lui a fait du mal. Elle semblait souffrir d'un stress post-traumatique. Elle a subitement enlevé sa robe et ses bijoux en disant qu'ils la brûlaient. Comme si elle ressentait, pour ces objets au demeurant magnifiques, une véritable aversion. Vous connaissez cette jeune femme ?

— Oui, je la connais. Si vous le voulez bien, je vais tâcher de la retrouver et lui remettre tout cela.

Je lui tends ma carte professionnelle.

— Appelez-moi à ce numéro afin que je puisse vous restituer votre manteau.

Je lui tends ma carte et récupère le précieux butin. Elle me le cède, avec déception. Pas de ça, Lisette, j'ai choisi ces bijoux pour Annabelle, et pour personne d'autre. Je reprends ma course vers la sortie et me retrouve nez à nez avec un homme qui me propose un taxi. Je l'interroge brièvement. Oui, il a bel et bien vu une jeune femme dans un manteau de fourrure. Avec un clin d'œil, il me dit :

— Je crois bien qu'elle était nue dessous. Vous vous rendez compte ?

Non, pas bien justement. J'aurais adoré découvrir de quoi il en retourne, mais j'ai bien peur de ne jamais le savoir, après ma partie de jambes en l'air avec Camille.

— Où se rendait-elle ?

— Vous savez, cette jeune femme était tellement désespérée. C'est un miracle qu'elle ne se soit pas jetée sous les roues du taxi. Elle répétait sans arrêt la même phrase : *« Je veux rentrer chez moi, je veux rentrer chez moi ».* Elle pleurait tellement qu'il était difficile de la comprendre. Elle m'a fait beaucoup de peine.

Elle pleurait. C'est la première chose que j'ai remarqué lorsque je me suis retourné vers elle, nu comme Adam au jardin d'Éden. Ses larmes. Une larme qui glissait sur chacune de ses joues. Plusieurs fois, depuis que nous nous connaissons, j'ai cru la voir pleurer, mais ça n'est jamais arrivé… jusqu'à aujourd'hui… jusqu'à ce que je baise Camille devant elle, et que je lui mette mes bijoux de famille sous le nez.

Je sors mon téléphone portable et appelle le chauffeur de la limousine qui m'a été dévolue le temps de mon séjour à Paris. La fête est terminée. Avec un peu de chance, je vais retrouver Annabelle dans notre suite et, peut-être, je dis bien peut-être, pourrai-je réparer un minimum les dégâts que j'ai volontairement occasionnés… En même temps, elle et moi ne sommes rien l'un pour l'autre. Pourquoi n'aurais-je pas le droit de me payer du bon temps ? Nous ne sommes pas mariés, à ce que je sache ! Je suis son patron, elle est mon employée. Point barre. Pourquoi devrais-je me soucier de ce qu'elle a pu ressentir en nous voyant batifoler ?

« Parce que tu sais que ce que tu as vu dans ses yeux n'a rien de normal. Elle te regardait comme si tu l'avais foudroyée. »

Je m'appelle Greg Delcourt, et je viens probablement d'éteindre une étoile.

Chapitre 21
Le monde du silence

Lundi 27 avril 2015

Maman est venue me rendre visite, ce matin. Elle m'a longuement raconté sa journée, le nouveau look de sa collège de bureau, les heures supplémentaires que son boss lui a proposé de faire le mois prochain, les courses rapides à l'hypermarché du coin et d'autres choses encore, que je n'ai pas écoutées. Je n'ai rien répondu. Je ne parle plus. Je suis ailleurs, dans ma bulle, recroquevillée sur mon lit que je ne quitte que pour aller m'allonger dans le transat, sur la terrasse ensoleillée. Mon petit monde rassurant, mon univers, en somme.

Cette clinique est vraiment calme, loin de tout et de tous. Je m'y sens bien. J'y suis arrivée mercredi matin. C'est Maman et Antoine Delcourt qui m'y ont amenée. Pour que je me repose, pour que j'aille mieux.

Ils espèrent que je vais sortir du mutisme dans lequel je me suis enfermée. Ils espèrent que je pourrai enfin leurs raconter ce qui m'est arrivé, mardi soir, à Paris.

Mais moi, je ne veux pas leur raconter, je ne veux même pas y penser. Je ne veux penser à rien d'autre qu'au blanc du mur, à ce tableau qui représente la garrigue, à cet autre qui dépeint un bateau bleu et blanc. Tout est paisible, reposant, immensément calme.

Je ferais n'importe quoi pour ne pas penser à Greg, pour ne pas penser à EUX… Mon souffle devient tout à coup plus rapide, je me noie de nouveau. Je ne veux pas mourir, Maman !

Elle appuie sur une petite sonnette d'alarme et, presque instantanément, une infirmière douce et souriante se dirige vers moi et me prend la main.

— Tout ira bien, Annabelle. Respirez lentement. Vous verrez, tout ira bien.

Et puis je sombre.

*****

Six jours plus tôt…

Le taxi roule vers l'Hôtel George V. C'est l'adresse que j'ai donnée. Je ne savais pas où aller.

J'étouffe. Je ressens cette sensation que l'on a lorsque l'on plonge sous l'eau et que l'on retient son souffle. Si je respire, l'eau va s'engouffrer dans mes poumons et je vais mourir. Est-ce que je veux mourir ? Est-ce ce que je désire ? Dois-je inspirer et laisser la vallée de larmes s'engouffrer dans mes poumons ou dois-je persister à retenir ma respiration. Je ne sais pas ce qui serait le moins douloureux.

Je crois que je me berce d'avant en arrière, comme après le drame, lorsque je ne faisais que me balancer, comme poussée par le vent, les yeux perdus je ne sais où, ne pensant plus à rien, assommée par les médicaments, au rythme des journées qui défilaient doucement.

Mais aujourd'hui, je n'ai rien pris. C'est une sensation étrange. Je me sens comme anesthésiée, dans du coton. Je flotte.

— Nous sommes arrivés à votre hôtel, Mademoiselle.

Je ne veux pas être là finalement. Cet endroit m'est hostile. J'y suis en danger. Je veux rester dans le taxi. Je reste dans le taxi. Je ne bouge pas. Je ne réponds pas au chauffeur, lorsqu'il me donne le montant de la course et me réclame le paiement. Je reste là. Je suis bien.

Je ne sais pas au bout de combien de temps il monte à l'arrière du véhicule avec moi. Il est maintenant assis près de moi, il a ma main dans la sienne et il me parle, doucement.

— Vous avez des soucis, petite demoiselle ? Je peux faire quelque chose pour vous ? Je peux peut-être appeler quelqu'un ?

J'attrape lentement ma pochette, l'ouvre au ralenti et attrape mon smartphone. Il est lourd dans ma paume. Je le regarde fixement, sans même me souvenir de ce que je peux bien en faire. Le chauffeur de taxi le prend doucement et parcourt rapidement le répertoire téléphonique.

— Je peux peut-être appeler votre Maman ? Je vois son numéro ici. Il est écrit *« Maman »*. Vous voulez que je l'appelle ?

Je lève la tête vers lui, le regarde fixement sans répondre. Je n'ai pas même la force d'articuler un oui. Alors, il décide pour moi. Il porte le téléphone à son oreille. J'entends au loin une sonnerie et puis une autre, et puis la voix de Maman.

— Bonjour, Madame. Je suis le chauffeur de taxi de votre fille. Nous sommes à Paris, devant le George V. Elle ne veut pas descendre de mon taxi. Elle ne parle pas, elle bouge à peine, elle semble… en état de choc peut-être. Je ne suis même pas sûr qu'elle comprenne tout ce que je lui dis. Elle est ailleurs, vous comprenez ? Non, Madame, elle ne semble pas blessée. Oui, je peux vous la passer, mais je doute qu'elle vous réponde.

L'homme place l'appareil sur mon oreille gauche et j'entends la voix de Maman. J'ignore ce qu'elle me dit, je l'entends mais ne l'écoute pas. Je suis bien. Je suis loin.

— Je suis désolé, Madame, elle ne parle pas… Oui, Madame…Il y a une clinique pas très loin. Bien sûr, je peux l'y emmener. Vous allez venir la chercher ? Vous prenez l'avion. Bien entendu, Madame. Au revoir.

L'homme repose le portable dans ma main et sort de la voiture pour reprendre sa place à l'avant. Il démarre et nous roulons pendant une durée que je ne quantifie pas, pour enfin nous arrêter devant l'entrée d'un service d'Urgences.

Le chauffeur vient me chercher. Je ne veux pas sortir du taxi. Je veux rester ici.

L'homme reprend alors mon mobile et appelle de nouveau. Il le place une fois de plus contre mon oreille et j'écoute Maman. Elle me dit que tout ira bien, que je peux suivre le chauffeur de taxi, qu'elle sera près de moi dans trois heures tout au plus, qu'elle va tout arranger.

Alors je suis l'homme. Il sonne devant la porte vitrée bien éclairée, et lorsqu'une infirmière se présente, il lui tend mon téléphone. L'infirmière parle un instant avec Maman. Elle hoche la tête, elle dit qu'elle comprend. Puis, elle raccroche, rend le smartphone au chauffeur de taxi qui me le tend.

L'infirmière s'avance alors vers moi et pose une main sur mon épaule. Je serre contre moi ma pochette et mon mobile, emmitouflée dans le manteau de fourrure. J'ai besoin de ces choses pour être bien. J'avance lentement, l'infirmière aussi. Nous franchissons les portes vitrées et elle m'emmène avec elle, tandis que le chauffeur s'éloigne. Je me retourne pour le regarder et lui souris. Il m'a sans doute sauvée, ce soir.

Nous marchons dans le couloir blanc et rentrons dans un box. L'infirmière m'assoit précautionneusement sur un brancard. Elle veut me prendre ma pochette et mon portable, mais je ne veux pas. Je veux les garder. Ils me rassurent. Elle n'insiste pas.

Doucement, elle retire mon manteau et marque un temps d'arrêt en découvrant mes dessous. Elle m'aide à m'allonger, me recouvre d'un drap et relève les barrières, de chaque côté. C'est bien. Je me sens en sécurité. Je m'endors.

La voix de Maman me réveille légèrement. Elle parle avec Antoine. Il est gentil avec Maman. Il est gentil avec moi, lui au moins.

Maman m'explique qu'elle me ramène chez nous, que je vais aller à la clinique pour me reposer. Ça me va. Je me rendors.

Je m'appelle Annabelle Maury, j'ai choisi de m'évader plutôt que d'avoir mal, j'ai choisi de disparaître plutôt que de me souvenir.

Chapitre 22
Conséquences

Mardi 28 avril 2015

Ava sort à l'instant de mon bureau. Nous avons eu une très vive discussion, à la sauce Brown. Elle crache, elle griffe, elle peste, elle invective, elle humilie, et moi je l'écoute sans broncher. Et puis, elle tourne le dos et claque la porte. Voilà à quoi ressemble une discussion avec mon bras droit.

Celle-ci n'a pas dérogé à la règle. Elle m'a dit que je n'avais plus rien à voir avec l'homme qu'elle a connu jadis, que je me ramollis, que je ne suis plus le lion d'antan, mais un pauvre lionceau perdu au milieu de la savane. Elle m'a dit qu'Annabelle avait eu une mauvaise influence, et que son départ précipité est une bénédiction pour moi, que je ferais bien de me secouer sous peine de devenir le patron le plus minable qu'elle ait côtoyé, que je devrais m'envoyer ma secrétaire, que ça me libérerait l'esprit. Elle a aussi dit qu'elle envisageait de quitter l'entreprise.

Quand elle a eu terminé, je lui ai répondu que la porte était grande ouverte, que si Delcourt Ingénierie n'était pas à la hauteur de ses ambitions, je ne la retenais pas. Alors, elle est sortie en claquant la porte. Si seulement elle pouvait me prendre au mot.

Je n'ai toujours aucune nouvelle d'Annabelle. Elle semble avoir disparu de la surface de la Terre. Je suis allée chez elle, hier en fin d'après midi. Les volets étaient clos. Pas âme qui vive à l'horizon. Je suis rentré chez moi, frustré.

Je n'arrive pas à me persuader que le fait qu'elle soit sortie de ma vie est une bonne chose. J'ai pourtant tout fait pour ça. Chaque heure, je change d'avis. À 10 heures, je me disais que j'étais enfin libre de reprendre mes virées nocturnes. À 11 heures, je me demandais si elle pleurait encore. À midi, j'envisageais d'inviter ma secrétaire à déjeuner. Il est maintenant 13 heures 30, celle-ci est partie grignoter un sandwich à la cafétéria, et moi je suis seul dans mon bureau à me demander comment je vais pouvoir tenir un jour de plus sans savoir comment va Annabelle.

Ava a raison… Je suis pitoyable.

*****

Une semaine plus tôt…

Lorsque je suis enfin entré dans le hall du George V, je n'ai pu m'empêcher de me précipiter vers les ascenseurs. Lorsque les portes se sont ouvertes, je me suis rué vers la suite Royale. En pénétrant dans ce décor envoûtant, j'ai compris immédiatement qu'Annabelle n'y était pas. Je me suis dirigé vers sa chambre. Rien n'avait bougé. J'ai exploré sa salle de bain, effleuré du doigt les flacons alignés sagement sur l'étagère. J'ai pris son parfum dans ma main, en ai ôté l'élégant bouchon, l'ai porté à mon nez et, l'espace d'un instant, elle était là. Puis, je me suis dirigé vers ma propre chambre.

J'avais horreur de l'odeur que je portais sur moi. Celle de Camille, de son parfum capiteux, de nos sueurs mêlées, celle de nos fluides intimes respectifs, l'odeur du sexe qui me rend euphorique en temps normal. Alors, j'ai pris une douche, pour redevenir moi-même. Pour effacer Camille.

La victoire n'est pas aussi exaltante que je l'avais imaginé. Je ne me sens pas victorieux et rassasié. Je me sens… sale ?

Je me défais vivement de mes vêtements, pénètre dans l'immense douche, tourne les robinets et, les deux mains appuyées sur la paroi de marbre, la tête baissée, je laisse l'eau me purifier, me laver de Camille, me laver de son odeur, de sa moiteur, du goût sucré-salé qu'avait sa peau. Je laisse glisser hors de moi le mouvement de son corps contre le mien, ses soupirs, ses gémissements, ses cris. J'expulse Camille. Comme si elle n'avait jamais existé. Comme si je pouvais tout effacer. Ce qui ne s'efface pas, en revanche, c'est le regard d'Annabelle, la terreur, cette impression qu'elle voyait en moi une bête, un monstre.

Je tarde à me coucher. À de multiples reprises, je tente de l'appeler, mais elle ne répond pas. Je ne trouve pas le sommeil dans ce lit et cette suite immenses qui, soudain, me pèsent.

Où peut-elle bien être-être ? Est-elle en danger ?

Si je n'ai pas de nouvelle demain matin, je chargerai Franck Merlin de la localiser. Et puis, non ! Je l'appelle maintenant. Il faut que je sache.

— Franck ? C'est Greg ! J'ai besoin d'un service. C'est urgent. Peux-tu me localiser le téléphone portable d'Annabelle Maury ?

— Maintenant ? Tu plaisantes ! Je suis au lit avec une jolie femme et, vu son regard, je dirai que je m'apprête à passer une nuit de rêve !

— Elle est peut-être en danger, Franck…

— Tu y tiens à cette fille, j'ai l'impression.

« Mais non !!! »

— C'est pas ça. Elle est sous ma responsabilité à Paris. Mon père m'en voudrait s'il lui arrivait quelque chose, tu comprends ?

« Mais bien sûr !!! »

L'attente est interminable, mes ongles pianotent sur la table du petit salon.

— Greg, tu es toujours là ?

« Où veut-il que je sois, sans blague ? »

— Elle se trouve dans une clinique, Greg.

Il me donne le nom et l'adresse.

— Merci, Franck, je te revaudrai ça et… bonne nuit !

Stupeur ! Il lui est arrivé quelque chose, je le savais, je le sentais. Est-elle blessée ? J'envisage toutes les éventualités, des plus rassurantes aux plus morbides. Serais-je capable de vivre avec sa mort sur la conscience ?

Je me rhabille à la hâte, appelle le chauffeur de la limousine et le rejoins dans le parking.

Il est 00:30. Annabelle a disparu depuis plus de deux heures… Je l'imagine dans cette clinique, étendue sur un lit, tellement pâle qu'elle fait concurrence à la blancheur des draps, ses incroyables yeux verts et bleus vides d'expression.

Je chasse cette image, tandis que la limousine se gare sur le parking des Urgences. Je jaillis de la voiture, sans même laisser le temps au chauffeur de m'ouvrir la portière et m'avance d'un pas décidé vers les portes vitrées. Je sonne, plusieurs fois, tout en me demandant comment je vais faire pour la voir. Je ne suis rien pour elle. Me laissera-t-on l'approcher ? C'est peu probable. Comment vais-je me débrouiller ?

— Monsieur ?

— Bonsoir ! Ma jeune sœur a été amenée dans votre service il y a une heure environ. Je suis extrêmement inquiet. Pourrais-je la voir ?

Je mens, mais je lui fais mon regard de chien battu. Elle me sourit.

— Comment s'appelle votre sœur ?

— Annabelle. Annabelle Maury.

— Tout à fait, elle est ici. Je vous accompagne ? Elle dort, il ne faudra pas la réveiller. Elle semble très éprouvée.

— Sait-on ce qui lui est arrivé ? dis-je, jouant à fond mon rôle de grand frère protecteur.

— Non, elle ne parle pas. Elle est nerveusement épuisée.

L'infirmière me précède. Nous déambulons dans les couloirs jusqu'à un box qu'elle m'indique.

— Elle est ici. Je vous le répète : ne la réveillez pas. Néanmoins, si elle émerge, ne lui posez aucune question. C'est bien compris ?

J'acquiesce et pénètre dans la petite salle d'examen.

Je m'appelle Greg Delcourt et, à la voir là, étendue, je jurerais qu'Annabelle est morte.

Chapitre 23
Introspection

Mardi 28 avril 2015

Ce matin, Maman m'a demandé si Greg m'avait fait du mal. Elle a voulu savoir s'il m'avait touchée, s'il avait tenté de me forcer à faire des choses, le soir où ils sont venus me chercher à Paris. Derrière elle, en retrait, il y avait Antoine, le père de Greg. Ses sourcils étaient froncés, sa tête baissée, et je savais qu'il guettait ma réponse.

J'ai fait non de la tête, énergiquement, en fronçant les sourcils et en prenant une mine horrifiée. Elle a expiré lentement, comme si elle se retenait de respirer depuis de longues minutes. Antoine s'est alors approché de mon lit, gardant une certaine distance. Il m'a interrogée sur la soirée en question. Il a insisté gentiment sur la possible responsabilité de son fils dans ma rechute. Je ne lui ai rien dit. De toute manière, je ne parle plus. Pas encore. Je n'ai pas terminé.

Je ne lui ai pas dit que, pour se venger de mes paroles, Greg m'a abandonnée au milieu d'une salle pleine à craquer d'inconnus, qu'il a ensuite emmené une femme rousse dans un petit salon et qu'il l'a… lui a… comment dire cela ?

« Bon sang, Annabelle ! Les mots ne tuent pas ! Dis les choses ! »

Qu'ils ont eu une relation sexuelle. Et que, quand je les ai découverts, il s'est tourné vers moi, totalement nu, se moquant de ma terreur, fier de m'avoir ébranlée au point de provoquer l'impensable : j'ai versé des larmes, de vraies larmes !

Pour comprendre à quel point c'est incroyable, il faut connaître les faits. Pour une raison que j'ignore, depuis que j'ai repris connaissance, à l'automne 2010, je ne peux plus pleurer.

Ce n'est pas tout à fait exact : je pleure. Mais je ne verse pas de larme. J'ai pleuré des milliers de fois ces cinq dernières années, mais sans extérioriser. Cinq ans que les larmes n'ont plus franchi le seuil de mes paupières, que leurs traînées salées n'ont plus laissé de sillons sur mes joues, cinq ans que, lorsque je pleure, mes larmes se déversent directement dans mon âme et, lorsqu'elles dévalent avec force en moi, tel un torrent incontrôlable, je me noie.

*****

Six jours plus tôt…

Lorsque je me réveille, je me trouve dans un endroit que je ne connais pas ou plutôt que je ne connais que trop bien. Le blanc glacé d'une chambre d'hôpital, le bip régulier du scope.

J'ai cru que tout allait recommencer : le réveil dans la chambre blanche, après l'innommable et les trois mois de coma, les souvenirs qui affluent comme autant de lames aiguisées s'enfonçant dans mon âme. J'ai cru que les hurlements allaient revenir.

Et puis le visage de Maman s'est penché sur moi.

— Tout va bien, Annabelle. Nous sommes à Marseille, dans la clinique du Dr Schmitt, où tu pourras te reposer quelques jours.

Ma respiration s'est accélérée, mon pouls s'est emballé. Non, rien ne va ! Je suis où ? Je suis quand ? Je suis qui ?

Suis-je l'Annabelle de 2015 ou bien celle de 2010 ? Celle de 2015 n'a-t-elle jamais existé ailleurs que dans mon esprit dérangé ? Vais-je devoir retraverser ces cinq années de cauchemar ? L'air manque dans mes poumons. Je veux m'enfuir d'ici, ça ne peut pas recommencer ! Ça ne peut pas être vrai.

Maman blêmit, se jette sur la sonnette, la serrant dans ses mains crispées. Elle se rue sur la porte et crie. Elle appelle au secours ; elle panique, elle aussi. Moi, je suffoque, les larmes déferlant de nouveau à l'intérieur, en un torrent dévastateur. Je me noie encore et encore, sans jamais sombrer dans l'inconscience. J'agonise perpétuellement…

Un homme vêtu d'une blouse blanche apparaît à la porte de la chambre et s'approche de mon lit. Il fait signe à une infirmière qui installe un pochon de je ne sais quoi sur la perfusion qui troue le dessus de ma main.

— Annabelle ! Regardez-moi ! Concentrez-vous sur moi, sur ma voix, me dit-il d'un ton monocorde.

Je lui obéis. Je le connais.

— Nous sommes le mercredi 22 avril 2015, Annabelle. Tout va bien. Hier, vous avez eu un léger malaise et un chauffeur de taxi vous a conduite à l'hôpital. Votre Maman est venue vous chercher et vous a ramenée à Marseille, cette nuit, dans ma clinique, afin que vous vous reposiez. Vous vous en souvenez ?

Oui, je m'en souviens, maintenant.

Nous sommes en 2015, je vais bien, je peux gérer ça, je peux le contrôler, je peux tenir le chaos à distance, je sais le faire.

Les flots refluent lentement ; les cascades de larmes se tarissent peu à peu. Je remonte doucement à la surface, cherchant l'air qui manque à mes poumons, et je le trouve. Il s'engouffre, emplissant ma poitrine et alimentant enfin mon cerveau.

Je me souviens d'hier. Je me souviens de la soirée, de Greg et de cette femme rousse, de ce que j'ai vu et de ce qu'il m'a montré de lui. Je sais où je suis, je sais pourquoi je suis ici, je sais ce qui a motivé tout cela. Maman est avec moi. Je ne fais pas de cauchemar, je ne suis pas retournée dans le passé. Il faut juste que je me reprenne.

— C'est une crise d'angoisse. Elle s'est réveillée dans un environnement similaire à celui de 2010. Elle a paniqué. Nous aurions dû l'anticiper.

Le médecin semble contrarié, mais il rassure Maman, tandis que je sombre dans les ténèbres réconfortantes du sommeil.

*****

Lorsque j'ouvre à nouveau les yeux, il est plus de midi et les choses sont plus claires. Je n'ai plus peur d'être ici.

Maman dort près de moi, dans un fauteuil profond. Elle semble tellement vidée. Toutes ces années à me soutenir à bout de bras, à veiller sur mon sommeil torturé, à se soucier de moi, de ma santé physique et mentale, ont fait d'elle une femme au bord de l'épuisement. Elle ne tiendra plus longtemps, je le vois sur son visage. Elle pourrait être heureuse, vivre une histoire d'amour avec Antoine. Je sais qu'il en meurt d'envie, lui aussi. Mais je suis, sans le vouloir, un obstacle au bonheur de Maman.

Je n'y avais jamais pensé en ces termes. Je ne m'étais jamais demandé ce qu'aurait été sa vie sans tout cela, sans ce fardeau qui pèse sur ses épaules depuis cinq ans. Serait-elle encore avec Papa ? Tout cela doit cesser. Je dois arrêter de détruire sa vie. Elle a le droit d'être heureuse. Elle m'a tellement donné.

Et moi ? À quoi ai-je droit ? Ai-je le droit de cesser de payer, jour après jour, pour les crimes que d'autres ont commis ? Combien de temps vais-je encore accepter de verser des larmes sur moi-même ? Combien de temps vais-je accepter que mon passé détermine mon futur ?

— Tu es réveillée, ma chérie, me dit Maman en me souriant. Tu te sens mieux ?

Je la regarde, mais ne réponds rien. Je dois d'abord songer à toutes ces questions qui se bousculent dans ma tête. Je dois réfléchir. J'ai besoin de réfléchir. Je ne peux pas m'encombrer du reste. Je ne veux pas parler avec les autres. Je veux me parler à moi-même.

Je m'appelle Annabelle et j'ai décidé d'écouter ce que j'ai à me dire.

Chapitre 24

Un cœur qui bat ?

Mardi 28 avril 2015

Ma secrétaire vient de rentrer de déjeuner et me tourne autour. Elle connaît ma réputation. Toutes les femmes, ici, la connaissent. Bien que je chasse rarement sur mon lieu de travail, beaucoup d'entre elles, à l'image de Sabrina ici présente, ont tenté leur chance. J'ai dérogé à la règle avec deux ou trois d'entre elles et les ai virées le lendemain. À chaque fois, la décision de m'en séparer était prise bien avant, pour des raisons dictées par leurs piètres résultats professionnels. Mais qui a dit que l'on ne peut pas culbuter une employée que l'on compte remercier ? C'est une forme de prime de licenciement, après tout.

Si Sabrina m'intéressait un minimum, je pourrais songer à agir de la sorte, mais elle ne m'excite pas le moins du monde. Tout ce qui m'intéresse, c'est de savoir comment va, Annabelle.

Depuis que je l'ai vue, allongée sur sont lit, dans le box des Urgences, je n'ai eu de cesse de savoir où elle a été transportée et comment elle va. Si, grâce à Franck, j'ai rapidement localisé Annabelle dans une clinique marseillaise, spécialisée dans les troubles de stress post-traumatique, je n'ai toutefois pu avoir de ses nouvelles, pas plus que je n'ai pu la voir.

Je suis *persona non grata.* Des instructions ont été données afin que je ne l'approche pas. Je ne peux même pas poser un pied sur le perron de la clinique, sans que deux gardes du corps me mettent le grappin dessus et me raccompagnent fermement à ma voiture. Mme Maury a bien insisté pour que je n'approche pas sa fille. Je ne peux pas lui en vouloir. J'imagine qu'Annabelle lui a tout raconté.

Bien sûr, je me suis comporté comme un crétin, je l'avoue. Non pas que je regrette cette petite partie de jambes en l'air avec Camille. Techniquement, du moins. C'était exactement ce dont j'avais besoin : intense, impersonnel, dénué de toute forme de sentiment. Du sexe à l'état pur. Comme je l'aime. Mais je regrette l'apparition d'Annabelle. Je regrette ma joie stupide de la voir plantée là, à nous regarder faire. Je regrette le regard que je lui ai lancé, salace, tout comme le sourire obscène qui a dû défigurer mon visage. Je regrette de lui avoir laissé penser que je suis une sorte de chien en rut, tout juste bon à tirer son coup, entre deux portes, avec une parfaite inconnue.

Je sais qu'elle a été horrifiée. Je sais aussi qu'elle a été affreusement meurtrie, et je déteste repenser à ses yeux éteints et à cette expression sur son visage, comme si j'assistais en direct à la décomposition de son âme. Je ne crois pas trop en cette notion purement religieuse qui veut que l'âme soit le dépositaire de nos sentiments et de nos émotions, le reflet de notre moi profond, le siège de ce que nous sommes réellement, mais je pourrais jurer qu'Annabelle en avait bel et bien une et qu'elle s'est vaporisée sous mes yeux.

Et si j'ai parfaitement conscience d'avoir provoqué toutes ces choses en elle, je ne comprends pas pourquoi. Pourquoi Annabelle a-t-elle réagi avec une telle violence à ma farce, aussi stupide et tordue soit-elle ?

*****

Une semaine plus tôt...

Lorsque je pénètre dans le box où a été conduite Annabelle, je reste pétrifié.

Elle est étendue sur un brancard, comme repliée sur elle même, serrant contre elle son téléphone, comme si sa vie en dépendait. Elle est vêtue d'une casaque bleue et recouverte d'un drap blanc. Comme dans mes visions les plus noires, elle est livide. Je l'ai vue blêmir plusieurs fois, mais je ne me souviens pas l'avoir déjà vue aussi blanche, presque diaphane, comme si sa peau était soudain devenue aussi fine que du papier à cigarettes.

Elle est allongée sur le côté, face à moi, les jambes recroquevillées contre elle. Son visage et ses lèvres sont du même blanc. On la croirait morte, à dire vrai.

Paniqué, je ressors du box et appelle l'infirmière qui accourt aussitôt.

— Il y a quelque chose qui ne va pas. Elle est bien trop blanche, on dirait qu'elle est ...

Vanessa (son prénom est inscrit sur son badge) vérifie les constantes d'Annabelle.

— Elle va aussi bien que possible. Son pouls est normal et régulier, sa tension un peu basse, mais rien d'alarmant.

— Pourquoi est-elle si blême ?

— Elle est épuisée physiquement et psychologiquement. Le psychisme a une influence considérable sur notre corps, vous savez. Plus il est atteint et plus le corps répond à cette souffrance, calquant son rythme sur celui du mental. J'imagine que vous avez dû la voir ainsi plus d'une fois, à l'époque ?

De quoi me parle-t-elle ? Je suis censé comprendre, je suis son frère, alors je dis :

— Oui, bien entendu, mais elle allait mieux et j'avais oublié…

— Ce sont des choses que l'on a envie d'oublier, je comprends. Mais votre sœur, elle, n'oublie pas, et il n'a sans doute pas fallu grand-chose pour qu'elle replonge dans les fantômes du passé.

L'infirmière s'éclipse et me laisse à nouveau seul avec Annabelle.

Lentement, j'abaisse la barrière qui la protège, et, sans que je puisse comprendre pourquoi ni m'en empêcher, mon pouce se met à caresser sa tempe, lentement, comme si ce contact pouvait l'apaiser. Je repousse une mèche de cheveux et le replace derrière son oreille. Mes doigts viennent se positionner sur sa nuque, très légèrement, tandis que sa joue repose dans ma paume.

Je veux lui faire du bien. Je veux l'apaiser. Je veux qu'elle ouvre les yeux et qu'elle voie dans mon regard que je suis sincèrement désolé. Parce que je le suis, profondément. Les paroles de Vanessa, évoquant un traumatisme dont j'ignore tout, me reviennent en mémoire.

— Que t'est-il arrivé, Annabelle ? Quelle mésaventure as-tu subie qui t'ait marquée aussi profondément ? Quels démons ai-je réveillés en toi ?

Je reste ainsi, un long moment, les yeux rivés sur son visage diaphane.

— Je suis sûre que ce que vous faites la rassure, vous savez ? Vous êtes vraiment très attentionné.

Je ne relève pas la tête vers l'infirmière qui est arrivée sans bruit. J'analyse ce qu'elle me dit... *Je la rassure... Je suis attentionné...* C'est tellement loin de ce que je suis, tout ça. Je ne suis pas tendre. Je suis dur et froid. Par nécessité, plus que par goût. Mais c'est ainsi que je suis.

Et pourtant, Annabelle déclenche en moi des choses que je n'arrive pas à analyser. Un besoin de la protéger qui m'était étranger. Est-ce que je...

— Que fais-tu ici ? Éloigne-toi d'elle immédiatement. Tu ne crois pas que tu as fait assez de mal comme ça ? Il faut encore que tu viennes constater ton œuvre ?

Mon père se tient à l'entrée du box. Il me regarde avec une telle rage dans les yeux, son visage se crispant dans une grimace de dégoût. Et puis, brusquement, il arrache ma main du visage d'Annabelle qui gémit et se recroqueville davantage.

— Je crois que c'est toi qui lui fais du mal, pour le moment ! lui dis-je en quittant la salle.

Je me nomme Greg Delcourt. Aux yeux de mon père, comme à ceux d'Annabelle, je suis une sorte de monstre sans cœur et pourtant, l'espace d'un moment, il m'a semblé le sentir battre dans ma poitrine.

Chapitre 25

Le bon Docteur Schmitt

Mardi 28 avril 2015

Le soir tombe et Maman vient de partir. Je suis enfin seule avec moi-même.

Allongée sur le transat de la terrasse de ma luxueuse chambre financée, à n'en pas douter, par Antoine Delcourt qui ne quitte pas Maman, j'arrive au terme de ma réflexion. Il me reste la douloureuse tâche de prendre les décisions qui s'imposent et qui, peut-être, changeront le cours de ma vie.

Il a été assez aisé de pointer du doigt ce qui gâche ma vie actuelle, ce qui la pollue et m'empêche d'avancer. Je suis arrivée à la conclusion que je ne peux pas continuer ainsi. Deux choix s'offrent à moi.

Le premier est celui de la facilité, celui qui sera le moins douloureux, celui qui mettra fin à ces cinq ans de calvaire incessant et qui m'apportera la paix.

Le second est beaucoup plus difficile. Il sera long, douloureux, semé d'embûches. Il y aura des moments de doute, des moments de détresse, mais il y aura aussi, parfois, de petites victoires qui, cumulées les unes aux autres, avec beaucoup de chance et de courage, m'amèneront vers la lumière. Un combat féroce contre moi-même et contre mon passé et ses fantômes. Suis-je à la hauteur de ce combat ? Ne m'apportera t-il pas plus de douleur que de soulagement ? Et la véritable question : ai-je envie de le mener ?

En cette fin de journée, tandis que la nuit tombe lentement sur Marseille, je suis résolue à poser le choix qui s'impose : vivre ou mourir. Une fois ce choix fait, je mettrai tout en œuvre pour le mener à bien.

Il est tellement plus simple de m'imaginer mettre un terme à ma vie, et cette idée, qui ne m'a jamais quittée depuis mon réveil en octobre 2010, m'est douce. Pourtant, si elle a été dans mon esprit chaque matin, découvrant la triste réalité de ma condition, et chaque soir, avant de m'endormir, épuisée par la souffrance morale endurée, je ne l'ai jamais mise en œuvre.

Je me suis accrochée à ce dogme que Maman m'a mis en tête : *« Dieu ne t'impose jamais une épreuve que tu ne peux surmonter »*. Et celui-ci, encore meilleur : *« Choisir de mourir c'est perdre la foi en la miséricorde et en l'amour infinis de Dieu »*.

Il faut être en dehors de la douleur pour prêcher de telles paroles. Dieu devait avoir une haute opinion de moi pour m'envoyer une telle horreur et imaginer que je serais capable de la surmonter. Je suis flattée d'avoir été placée aussi haut dans son estime, mais je crains qu'il n'ait fait fausse route, ou qu'il ne m'ait confondue avec quelqu'un d'autre.

Personne ne devrait avoir à vivre une chose pareille. Personne ne devrait avoir à souffrir autant, et si Dieu m'a envoyé cette ignominie pour éprouver ma foi, alors je le hais du plus profond de mon âme ravagée.

Quatre jours plus tôt…

Ces deux derniers jours, j'ai beaucoup dormi et j'ai peu rêvé. J'imagine que le cocktail prescrit par le bon Docteur Schmitt et qui coule dans mes veines, goutte à goutte, n'y est pas étranger. Toutefois, il m'empêche de réfléchir et ça ne me plaît pas. Je ne doute pas que ses intentions soient bonnes, mais je sais, en mon for intérieur, que la solution ne se trouve pas dans le sommeil, mais dans la réflexion, l'introspection.

Si je ne parle plus, si je me suis enfermée dans une bulle protectrice, c'est pour m'éloigner du monde et me concentrer sur moi-même. Je me suis découverte égoïste envers Maman, et je persiste malgré tout, pour mon propre bien. Je flotte dans ma bulle, entre deux eaux, le cerveau paralysé par les médicaments, la volonté muselée. Aussi agréable que soit cette situation, je dois y mettre fin.

Pour Maman, pour le Docteur, j'ai besoin de ne penser à rien, de me ressourcer. Mais ils ont tort. Ce dont j'ai besoin, c'est de réfléchir à ce que je suis, à ce que je veux devenir, ou pas. J'ai besoin de me pencher sur ces cinq dernières années, avec détachement, comme si j'assistais à une projection cinématographique. Je dois observer sans m'identifier, même si je sais parfaitement que le film est l'histoire de mon parcours. Je dois constater par moi-même les ravages causés par cette longue période. Je dois me regarder évoluer, passer du statut d'adolescente insouciante à la femme que je nie aujourd'hui.

Être une femme, mon esprit le refuse. Parce qu'être une femme, et non plus une enfant, c'est rentrer dans le monde des adultes et de la sexualité. De tout temps, les mères disent à leurs filles, avec fierté, lors de leur première menstruation : *« Tu es une femme, maintenant. »* Bien entendu, dans leur esprit, cela ne signifie pas : *« Tu vas enfin pouvoir faire l'amour »* ! Bien sûr que non ! Une mère digne de ce nom ne l'envisagerait pas de cette façon. Mais, dans son esprit, cela signifie que sa fille est apte à procréer et donc à devenir une mère, comme elle. La mienne me l'a dit, à moi aussi, à l'aube de mes quinze ans, quand la nature a fait de moi une pseudo femme. Elle était fière. Moi, j'étais mortifiée.

Faire étalage de ce sang qui coulait, l'annoncer fièrement à mon père, qui a botté en touche et s'est réfugié dans la cuisine, à ma grand-mère, qui a constaté qu'il était plus que temps, cette célébration d'une potentielle et future création de la vie, m'avait horrifiée…

Mais je ne suis plus la future mère en devenir. Mon corps lui-même le refuse. Au terme de quatre jours d'enfer et de trois mois de coma, mes règles avaient disparu et n'ont jamais réapparu. Le traumatisme, le choc psychologique, l'inconscient, le subconscient, toutes les explications possibles m'ont été données pour expliquer ce phénomène. Rien de physique. Tout dans la tête.

Ça n'a jamais été un drame pour moi. Je n'ai jamais envisagé avoir une vie de couple, et encore moins des rapports intimes. Mais ma mère, elle, ne désespère pas de voir le processus se débloquer. Ma mère rêve d'une fille idéale, d'une fille qui n'a pas été violée et torturée, d'une fille dont l'esprit n'a pas plongé dans le chaos, d'une fille comme les autres, de la fille dont on l'a privée…

Tandis que j'en suis là de mes réflexions embrumées, je prends une décision. Je ferme le petit robinet qui rythme le débit de ma perfusion et, doucement, je décolle le pansement transparent qui recouvre le cathéter, planté sur le dessus de ma main droite. Je saisis une compresse dans le paquet qui reste toujours sur ma table de nuit et retire ce qui me lie aux drogues que préconise le bon docteur Schmitt.

Je me nomme Annabelle, j'ai 22 ans, et j'ai décidé qu'il est plus que temps pour moi de sortir du brouillard.

Chapitre 26
Reprise en main

Mardi 28 avril 2015

Il est 18 heures 30, et je suis sur le point de quitter le bureau. Cette journée, aussi inutile qu'improductive, me pèse. Comme celle d'hier et la précédente.

Je ne cesse de repenser à Annabelle, recroquevillée sur le brancard, son téléphone serré contre elle, clignotant encore des messages que je lui ai laissés et des appels auxquels elle n'a pas répondu…

Même si cette soirée s'est terminée par la fureur de mon père, les deux heures que j'ai passées près d'elle, à la caresser doucement, me hantent. Ce que j'ai ressenti près d'elle était… nouveau.

La seule femme pour qui j'ai jamais eu des sentiments, c'est Ava. Elle est la seule pour qui j'ai ressenti quelque chose, la seule à qui j'ai eu envie de lier ma vie. Détrompez-vous si vous pensez que notre relation était du type fleur bleu. Pas du tout !

Lorsqu'Ava a débarqué dans ma société, je n'ai plus vu qu'elle. Elle était une énigme pour moi. Elle était forte, indépendante, elle n'attendait pas de moi que je la couvre de cadeaux ou que je lui ouvre la porte au restaurant. Elle était différente. Où que nous allions, elle rentrait la première et tout le monde se retournait sur son passage. Elle était dominante et j'ai dû batailler ferme pour garder mon identité. Nous nous disputions beaucoup. Avec Ava, les querelles entraient dans la catégorie dramaturgie. C'était haut en couleurs, bruyant, à la limite de la violence parfois. Nos caractères si identiques faisaient que, tout à la fois, nous étions insolemment attirés et puissamment réfractaires l'un à l'autre.

Ce cocktail explosif a duré près de deux ans. Elle me fascinait, malgré sa jalousie, ses crises, et ses bravades, mais je la voulais. Je ne voulais qu'elle. Dans mon lit, dans ma vie, à chaque seconde. À bien y réfléchir, avec le recul, je crois que cette histoire autodestructrice me faisait me sentir vivant. Sa flamme me consumait, et j'aimais la douleur qu'elle me procurait.

Ava pensait sexe, vivait sexe, exhalait le sexe. Elle était mon égale, et nous formions un duo explosif. Pas de tendresse avec Ava, mais du grand spectacle. Je raffolais de nos corps-à-corps torrides dont nous sortions rarement indemnes. Je dissimulais sous mes chemises les longues balafres qu'elle m'infligeait, lorsque ses ongles se plantaient dans mes épaules pour descendre jusqu'à mes reins. Je cuisais secrètement des morsures dont elle jalonnait parfois mon corps lorsqu'elle atteignait la jouissance. Ava hurlait pendant l'orgasme et ses cris étaient autant d'aphrodisiaques se déversant dans mes veines. J'adorais ça. J'étais comme drogué par elle.

Tout cela pour dire que je n'ai jamais eu l'occasion d'explorer la palette des sentiments amoureux, tels que la majorité des gens la définissent. Je n'ai jamais regardé une femme en me disant : *« Bon sang ! Elle est tellement belle, tellement douce, tellement fragile. Je voudrais prendre soin d'elle pour le reste de ma vie »*. Ça ne m'est jamais arrivé, jusqu'à l'autre soir, tandis qu'Annabelle dormait et que je caressais sa tempe de mon pouce, dans le box impersonnel d'un hôpital parisien.

*****

Mercredi 23 avril, trois heures du matin…

Après avoir remis mon père à sa place, dans la petite chambre blanche, j'ai regardé Annabelle dormir, juste une seconde, pour me souvenir, et puis j'ai tourné les talons et suis parti.

Tandis que la limousine roulait dans Paris, je songeais à ce que j'avais éprouvé auprès d'elle. Ce besoin de la protéger m'était totalement étranger. Je n'ai jamais imaginé avoir envie de protéger une femme. La séduire, abuser de son corps de toutes les manières que je juge adéquates, la faire jouir et jouir d'elle, oui. Mais la protéger, jamais.

Annabelle éveille en moi des choses que je préférerais garder enfouies. J'ignore de quoi il s'agit exactement : de la compassion, de la pitié, de la culpabilité ? Je n'en ai pas la moindre idée…

Tandis que la voiture approche de l'hôtel, je demande au chauffeur de me trouver un endroit où je pourrais prendre un peu de bon temps. Quelques verres, une femme excitante, voluptueuse, et surtout ouverte à toute proposition me permettrait de décompresser. Il faut que je remette les choses à leur place, que je me défasse de ces émotions inconnues qui me polluent la tête. J'interroge le chauffeur qui me propose un club où les femmes sont libérées et où le whisky est à tomber. J'accepte sans hésiter.

Rapidement, il me dépose devant une porte noire, sans signe distinctif ni enseigne. J'y frappe et un gorille de deux mètres de haut et cent vingt kilos l'ouvre. Il hausse un sourcil, je sors ma carte American Express Centurion, nous nous comprenons et je pénètre dans le saint des saints. Simplissime.

Une hôtesse me dirige vers une table légèrement en retrait. C'est parfait. Je vais pouvoir observer sans être vu, recenser les proies possibles, les regarder évoluer dans leur habitat naturel et évaluer leurs aptitudes à satisfaire mes désirs.

Après une vingtaine de minutes à siroter mon whisky, je repère enfin la femme parfaite. Elle est brune, grande, elle a environ vingt-cinq ans, une poitrine opulente et un cul plus que prometteur que l'on devine sous sa jupe ultra courte. Elle a le bon goût de porter des bas de dentelle noire et des escarpins aux talons vertigineux.

Elle évolue sur la piste de danse, lascive et souple comme une liane, ondulant au rythme de la musique qui semble la transcender. Je l'observe tandis qu'elle se dirige vers le bar, d'une démarche chaloupée qui fait tanguer son fessier de gauche à droite, dans un rythme lent et quasi hypnotique.

Assise sur un haut tabouret, elle englobe la salle du regard et s'arrête lorsqu'elle me repère. Je lui souris et lève mon verre. Elle fait de même avec le sien. Après quelques secondes passées à nous dévorer des yeux, elle se lève et s'avance vers ma table. Elle s'installe sur la banquette, près de moi et il ne nous faut pas plus de deux minutes pour nous retrouver collés l'un à l'autre, ma langue contre la sienne, une main sur un sein généreux, l'autre maintenant sa tête dans un baiser enflammé. Ma main caresse son visage, mes doigts maintenant sa nuque. Instinctivement, je pose alors mon pouce sur sa tempe, que je masse d'un mouvement léger. J'observe mon pouce danser sur sa peau, marque un temps d'arrêt, stupéfait, le visage d'Annabelle se substituant soudain à celui de ma brune inconnue. Je me lève d'un bond, laissant ma conquête désemparée, balbutie un semblant d'excuse et fonce vers la sortie.

Je suis Greg Delcourt, coureur de jupons invétéré, addict aux aventures d'une nuit, et je viens de planter là ma proie providentielle. Ce n'est pas d'elle dont j'ai envie. J'ai envie d'une petite brune aux yeux verts et bleus, que je n'aurai probablement jamais.

Chapitre 27

Zéro et Blondin

Mercredi 29 avril 2015

Je songe à l'infirmière, l'autre soir, qui n'a pas été ravie de découvrir que j'avais ôté la perfusion. Elle a immédiatement appelé le Docteur Schmitt qui est venu me parler.

— Que voulez-vous, Annabelle ?

J'ai fait le geste d'écrire, dans le vide. Il m'a donné un bloc note et un crayon papier. J'ai griffonné :

« Je veux réfléchir. Vos drogues m'en empêchent. »

— Dans ce cas, je vous propose de maintenir l'anxiolytique qui vise à éviter les crises d'angoisses. Il ne perturbera pas vos pensées. Mais, à la première alerte, promettez-moi de m'appeler !

J'ai griffonné de nouveau :

« O.K. pour les anxiolytiques. Je vous promets de vous demander autre chose si je ne vais pas bien. »

Il a hoché la tête. Nous avions un accord.

Depuis cinq jours, je ne suis donc plus sous perfusion. Je ne reçois plus le cocktail magique, et mes pensées sont de plus en plus claires. Je n'ai toujours pas répondu à la question fatale : vivre ou mourir, mais, depuis deux jours, j'arrive à me trouver quelques raisons d'espérer, ne fût-ce qu'un peu.

Et puis, il y a Greg. Il m'envoie des SMS, plusieurs fois par jour. Depuis deux jours que je les ai découverts sur mon téléphone portable, j'en ai déjà lu plus de vingt. Dans le journal des appels, j'ai vu qu'il avait tenté de me joindre, à plusieurs reprises. En regardant la date, j'ai compris que ces appels dataient du soir où je l'ai découvert avec la rousse et où j'ai « lâché la rampe ».

Je n'ai pas écouté les messages vocaux qu'il m'a laissés, mais j'ai lu ses textos. Il semble inquiet, il a l'air de regretter, il veut savoir comment je vais, où je suis, s'il peut venir me voir (pas question !), il veut savoir si je mange et aussi, si je reviendrai travailler avec lui.

Un ding me surprend soudain. C'est encore lui, un nouveau SMS :

« Je pense beaucoup à toi. J'espère que tout le monde est gentil là-bas, que tu te reposes et que tu seras bientôt sur pied. J'aimerais te parler, Annabelle. Il faut que je comprenne des choses. Il faut que tu m'expliques... Et moi aussi, j'ai besoin de te parler. Greg »

Il m'a tutoyée. C'est la première fois. Il veut me parler. Non, ça, je ne peux pas. Il saura à quel point je suis déglinguée. Et puis, je ne saisis pas son attitude. Pourquoi me démontrer clairement son mépris pour, maintenant, me dire qu'il ne me comprend pas. C'est moi qui ne comprends pas ce qu'il veut. Alors, je ne réponds pas à ce message, pas plus que je n'ai répondu aux précédents. Mais je me rends compte que j'attends le suivant.

*****

Trois jours plus tôt…

Les cauchemars sont revenus. Les drogues ne suffisent plus à les museler et ils me ramènent en 2010.

Nue comme un ver, debout au milieu de la pièce, j'attends que les fauves fondent sur moi. À ma grande surprise, deux d'entre eux s'installent confortablement sur le misérable canapé défoncé, siégeant dans un coin de la pièce commune. Ils sont affalés comme pour assister au spectacle, un sourire de contentement sur le visage. Je me retourne vers les deux autres qui, tout à coup, m'empoignent.

Le premier a environ trente ans, il est blond très clair, il n'est pas très grand, il est coiffé en brosse. Son regard n'est pas méchant, mais ses yeux sont exorbités. Il s'appellera Blondin pendant les quatre jours à venir.

Le second est plus trapu, la boule à zéro, une petite moustache rousse, il fait environ 1 mètre 75, il doit avoir la quarantaine. Il me regarde avec méchanceté, en se léchant les lèvres. Il se nommera Zéro.

Zéro s'empare de moi, me positionne à genoux, face à lui, mon visage au niveau de son entrejambe. Il porte un jean noir et un tee-shirt Metallica. Il ouvre sa braguette, en sort son sexe et me le présente. Il est très foncé et me semble exagérément dimensionné. Alors, c'est donc ça. Nous en sommes là.

— Tu vas faire connaissance avec Popol, ma jolie Et tu vas lui faire honneur. Tu sais comment on fait, n'est-ce pas ? Les filles de ton âge, aujourd'hui, sont dégourdies.

J'ai baissé la tête et j'ai fait non. J'ai imaginé cette chose dans ma bouche, et j'ai cru que j'allais vomir. S'il essaie, je le mordrai, c'est sûr.

Il a relevé ma tête, a sorti une arme de la poche arrière de son jean et l'a pointée sur ma tempe. De son autre main, il a attrapé mes joues, a appuyé violemment dessus, me forçant à ouvrir la bouche. Et puis, il a ajouté :

— Je te conseille de ne pas me mordre, si tu ne veux pas que ta jolie petite cervelle retapisse le mur. Nous sommes d'accord ?

J'ai dit oui et j'ai ouvert la bouche.

Son goût est salé, mes larmes sont salées, je ne sens que le goût du sel sur ma langue et cette sensation que je suis sur le point de m'étouffer, à chacun de ses mouvements. Cette chose qui envahit ma bouche grossit à chaque va-et-vient qu'il fait faire à ma tête, comme si j'étais une marionnette. Je ne pense qu'à une seule chose : faire attention à mes dents, ne pas le mordre par maladresse, ne pas poser mes dents sur son truc.

Blondin se tient près de nous, son sexe entre les mains, lui imprimant un mouvement ample.

— À mon tour, maintenant, frangin. Je veux y goûter aussi.

Zéro se retire de ma bouche et Blondin prend sa place. Son sexe est plus long et moins gros, il est tout rose. Zéro se saisit de ma main, la lève et m'oblige à le caresser.

— De haut en bas, très bien comme ça, ne t'arrête pas.

Je vais devenir folle. Je suis tentée de regarder les deux autres, spectateurs attentifs, pour les supplier de mettre fin à tout ça. Et puis je me reprends : et s'ils ne faisaient rien cesser du tout ? Et s'ils se joignaient à eux ?

Je découvre à quel point mon avenir est sombre. Je découvre que plusieurs hommes peuvent vouloir avoir des relations sexuelles avec une seule femme. Je ne vois pas comment c'est possible.

Anne-Julie, en cours de maths, a dit que ça fait un mal de chien, la première fois. Je ne veux pas d'une première fois avec Zéro et Blondin !

Je me réveille en hurlant, des frissons violents secouant mon corps entier. Je suis à la clinique du bon Docteur Schmitt, en sécurité dans mon lit blanc. Maman est près de moi et, une fois encore, elle agite la sonnette. L'infirmière surgit, son pochon miracle dans la main, de quoi installer une nouvelle perfusion dans l'autre. Je fais non de la tête. Je vais y arriver seule.

Je me lève, fébrile, attrape au vol le sac en papier Mac Donald's que me mère a amené avec elle, en vide le contenu sur mon lit et me précipite sur la terrasse. Je m'assois sur le transat, place le sac devant ma bouche et, comme me l'a montré le médecin dans l'avion, je respire lentement dedans. Je regarde le ciel, contemple la diversité des petits nuages blancs, cherche à reconnaître une forme dans chacun d'entre eux et, lentement, la crise passe.

Je m'appelle Annabelle, j'ai vingt-deux ans, et non plus dix-sept. Je dois être capable de gérer mes peurs, faute de pouvoir les museler.

Chapitre 28
Short Message System

Mercredi 29 avril 2015

Je viens à peine d'arriver au bureau lorsque Sabrina se précipite vers moi tenant deux tasses de café et un sac de viennoiseries.

Comme hier et les jours précédents, elle est très légèrement vêtue et maquillée comme une voiture volée. Elle porte un chemisier en voile rouge, noué à la taille pour le raccourcir, une courte jupe portefeuille rouge et noire, des bas résilles noirs et de vertigineux escarpins vernis rouges (Mademoiselle a étudié ses leçons et sait ce que j'aime, visiblement).

Peu habituée aux talons hauts, elle se dandine dans ma direction.

— Je nous ai prévu un petit-déjeuner, Patron. Il faut commencer la journée le ventre plein, c'est ce que m'a toujours dit ma mère.

Elle dispose les tasses grand format et les croissants sur mon bureau, repoussant les quelques dossiers qui y étaient posés et sortant un set de table de je ne sais où, elle nous arrange une petite dînette.

Elle s'installe, les fesses sur le coin de mon bureau, lissant sa mini-jupe sur ses cuisses et, dans un geste totalement anodin, se penche vers moi pour me servir mon café.

La chemise habilement déboutonnée, me donne une vue plongeante sur ses seins, sagement lovés dans un soutien-gorge pigeonnant.

— J'ai déjà pris mon petit-déjeuner, Sabrina, lui dis-je en lorgnant sans vergogne dans son décolleté.

Il faudrait vraiment que je songe à la virer et à la remercier comme il se doit...

— Sabrina, j'ai beaucoup de travail, et je pense que vous aussi. Alors, je vous remercie pour le café, mais vous pouvez remballer tout ça.

Un instant, je me demande si je suis en train de parler des viennoiseries ou bien du reste, puis décide de ne pas chercher à connaître la réponse.

— Vous faites attention à votre ligne, c'est ça ? Je ne suis pas étonnée. Vous avez un corps parfait, vous devez faire beaucoup de sport...

J'ai envie de lui dire que je pratique surtout le sport en chambre, au niveau olympique, puis me ravise en songeant à ces huit derniers jours, où j'ai quelque peu négligé l'entraînement.

— En effet, je fais beaucoup de sport, Sabrina, et je vous remercie pour vos compliments qui me vont droit au cœur. Ceci dit, il est temps de nous remettre au travail.

Je m'installe à mon bureau, ouvre un dossier au hasard et m'y plonge, avec un air tellement concentré et professionnel, que l'Oscar du meilleur rôle masculin me semble tout à fait à ma portée.

Sabrina repart bredouille, se dandinant sur ses escarpins rouges qu'il n'y a pas si longtemps, j'aurais parfaitement imaginés de chaque côté de mes oreilles, délicatement posés sur mes épaules.

Mais je n'ai pas la tête à ça.

À travers la paroi vitrée de mon bureau, que je peux, à volonté, obscurcir, j'aperçois Ava qui observe le petit manège de Sabrina.

Encore loupé, Ava. Tu perds la main !

*****

Deux jours plus tôt...

Je suis en route pour l'aéroport. Je m'envole pour la Chine à 10:30, afin d'y visiter une usine qui, si le contrat de rachat est signé, me permettra de produire moi-même certains composants que j'achète actuellement à prix d'or, en Chine précisément. Cette manufacture réputée, située à Shanghaï, a connu de sérieux déboires, après la mort accidentelle de son P.-D.G. Son héritier, totalement incapable de gérer une entreprise de cette dimension, l'a quasiment coulée en moins de six mois, perdant d'importants clients dans le monde entier, licenciant les meilleurs éléments de l'équipe de son défunt père, qu'il ne portait visiblement pas dans son cœur.

Avant même que la déconfiture soit rendue publique, tenu au courant par une indiscrétion au plus haut niveau, je me suis positionné en racheteur potentiel, offrant au fils prodigue un dessous de table plus que généreux. Les affaires sont les affaires.

Installé à l'arrière de la limousine, je consulte mes e-mails, puis, comme je le fais dix fois par jour, je pars à la recherche d'un providentiel SMS d'Annabelle. Je veux qu'elle sache que je pense à elle et que je souhaite m'excuser pour mon attitude plus qu'irrévérencieuse. Bien entendu, elle ne répond à aucun de mes messages. C'était à prévoir. Peut-être même n'a-t-elle pas son portable avec elle, à la clinique. Je l'ignore et, dans le doute, je lui envoie un message toutes les quatre heures. Tantôt tendre, tantôt drôle, tantôt dirigiste ou paternaliste, parfois même implorant, je déploie toute une palette de textos qui restent malheureusement sans réponse.

J'ai renoncé à l'appeler. Je ne veux pas faire peser sur elle une pression qui pourrait compromettre sa guérison. Bien que la petite demoiselle Maury ne soit rien pour moi, et moi rien pour elle, je ressens malgré tout un besoin compulsif de la savoir en meilleure forme, physiquement et moralement.

Je me creuse la tête, depuis un peu plus de quatre jours, afin de comprendre à quoi l'infirmière de la clinique parisienne faisait allusion en évoquant le « douloureux passé d'Annabelle ».

J'ai échafaudé des théories, multiples, que j'ai soumises à Franck Merlin, afin de lui apporter différentes pistes dans son enquête. J'ai triplé le budget que je lui avais alloué, ai autorisé certains dessous de table, afin d'accélérer les choses et, malgré ses talents multiples, Franck n'a encore rien trouvé de probant.

Depuis que j'ai vu mon père se poser en protecteur d'Annabelle, l'autre nuit, j'en suis venu à me demander s'il ne serait pas à l'origine des actions menées pour enterrer cette histoire. Si tel est le cas, et considérant son immense fortune, il y a fort à parier que ce secret soit enfoui six pieds sous terre, sous des tonnes de béton armé. Mais j'ai moi-même une fortune considérable, et je compte bien mettre au jour ce secret. Je ne suis pas homme à baisser les bras. Je dois, coûte que coûte, découvrir ce qui est arrivé à Annabelle. J'en ai fait mon objectif ultime. D'abord parce que je déteste que l'on me cache des choses, une manie héritée des nombreuses infidélités d'Ava, sans doute. Mais surtout, je sais que je ne pourrai jamais comprendre Annabelle, sans savoir ce qu'elle me cache. Je sens, au plus profond de moi, que je peux faire quelque chose pour elle. Je ne sais pas encore quoi, mais je me sens en quelque sorte investi d'une mission de sauvetage.

« Et après ça, tu nous rediras qu'elle ne représente rien pour toi ! »

En fait, j'ignore ce qu'elle est. Je suis totalement incapable de décrypter les messages que m'envoie mon cerveau, tandis que ceux de mon corps me disent clairement que je la veux, sexuellement parlant. Toutefois, ces signaux n'ont qu'une valeur très relative, si on considère que mon corps me les envoie constamment, depuis des années.

Ce qui change, avec Annabelle, c'est que je ne peux y répondre dans la foulée. Je la veux, mais je ne peux pas l'avoir. Et je veux savoir pourquoi.

Je m'appelle Greg, j'ai vingt-huit ans, j'ai toujours réponse à tout, j'ai toujours une longueur d'avance, et je n'ai pas l'intention de perdre ces règles de vie.

Chapitre 29
Voyage intérieur

Jeudi 30 avril 2015

Je suis restée un long moment à rêvasser au soleil, à humer l'air, à écouter les grillons. Maman n'est pas venue, aujourd'hui. Je le lui ai demandé. Je voulais savoir si j'étais capable de tenir une journée entière face à moi-même. Ai-je besoin de la béquille qu'elle est devenue depuis cinq ans ? Puis-je me regarder en face, pendant vingt-quatre heures et résister à l'envie de m'enfouir sous terre ? La réponse est oui. Au terme de cette journée, j'ai survécu à ce face-à-face avec moi-même.

Je me suis longuement demandé ce que je pouvais faire pour changer ma vie, pour ne pas retourner me terrer dans ma chambre d'adolescente, dans le mas provençal de mon enfance. Je sais ce que je ne veux pas : redevenir l'Annabelle d'avant mon boulot dans l'entreprise de Greg. Parfois je me dis que je veux y retourner ; parfois je me dis que je ne pourrai pas.

Que se passera-t-il la prochaine fois qu'il se conduira comme un enfoiré ? Que se passera-t-il la prochaine fois qu'il voudra m'emmener avec lui, dans un de ses déplacements ? Comment pourrai-je gérer les cauchemars récurrents qui peuplent la majorité de mes nuits ? Devrai-je avaler des psychotropes pour éviter de hurler dans mon sommeil ? J'y réfléchis sans cesse parce que ce job a été ma toute première chance de sortir de mon isolement. Bien sûr, je pourrai chercher autre chose, un boulot où je serai sûre de rentrer chez moi chaque soir, afin de vivre et revivre encore ces choses, dans le silence nocturne de ma chambre d'enfant.

J'étais une enfant. Voilà ce que j'étais. J'étais fine, j'étais belle, j'avais une jolie poitrine, je m'habillais de manière sexy, un peu trop peut-être. Mais je n'étais qu'une enfant. Si j'avais porté autre chose que ce jean ajusté et ce tee-shirt décolleté qui dévoilait l'une de mes épaules, auraient-ils passé leur chemin ? Si j'avais eu l'air de la gamine que j'étais et non pas d'une jeune femme, m'auraient-ils laissé continuer ma route ? Ces questions me hantent depuis des années : ai-je fait quelque chose qui ait provoqué mon malheur ? Suis-je responsable de ce qui m'est arrivé ?

Voilà cinq ans qu'en silence, je bascule du statut de victime à celui de coupable, sans jamais l'avoir évoqué avec qui que ce soit. J'ai lu que c'est un des stades obligés du deuil, après ce genre de choc, croire que l'on aurait pu influer sur son destin et éviter l'insoutenable.

Chaque nuit, je revis des scènes qui se sont déroulées pendant ces quatre jours. Les viols, les tortures, mais aussi les moments où j'aurais peut-être pu m'échapper, au lieu de rester paralysée par la peur d'être tuée, les choses que j'ai dites, les choses que j'ai faites, qui les ont mis en colère et qui ont provoqué toujours plus de douleur. Si je ne m'étais pas débattue, si j'avais accepté mon sort, si j'y avais mis de la bonne volonté, serais-je la même, aujourd'hui ?

Je relève mon tee-shirt et observe les lignes blanches qui quadrillent mon ventre, mes hanches et mes cuisses. Chacune de ces marques est reliée à un souvenir précis et à une douleur précise. Il n'y a pas toujours eu de raison. Parfois, Zéro s'ennuyait. Alors il m'immobilisait sur le sol, me chevauchant tout en me tenant par la gorge et il promenait la lame de son couteau de chasse sur ma peau, au hasard, m'effleurant à peine, me laissant me demander à quel moment il déciderait d'appuyer davantage sur le manche, à quel moment il ferait céder ma peau, dans une rigole rouge serpentant lentement. J'ai vite compris que plus je hurlais, plus je pleurais, plus longtemps durait la torture. Alors, j'ai appris à me taire, à crier dans ma tête, à pleurer à l'intérieur de moi-même.

J'ai souvent regardé ces cicatrices, pour ce qu'elles sont : le reflet de mon calvaire. Aujourd'hui, je les vois différemment, comme la preuve que je suis vivante, que j'y ai survécu, que, contre toute attente, mon corps a cicatrisé de ses blessures. Pourquoi ne pourrait-il en être de même de mon esprit, de mon âme ?

Pour la toute première fois, j'envisage mes blessures, physiques et morales, dans leur ensemble, comme les deux maillons d'une même chaîne. Je les ai toujours dissociées, considérant que les blessures physiques étaient partie négligeable de ce qui m'était arrivé, tandis que les blessures psychologiques étaient les pires et prenaient le dessus sur tout le reste. Pourquoi ne pourrais-je pas espérer guérir de chacune d'entre elles, de la même manière ?

Utopie ? Peut-être ! Rêve éveillé ? Et pourquoi pas ? C'est toujours mieux qu'un cauchemar, non ?

Un ping sonore attire mon attention. Je lis le SMS, qui vient une fois de plus de Greg :

« J'en ai assez d'attendre. Je viens te voir, gardes du corps ou pas. Ma patience a des limites, et je viens de les atteindre. »

« *Quoi ? Mais non !* »

Je me regarde dans la glace et découvre une sorte de harpie échevelée, en pyjama molletonné. Je suis bien loin de la princesse du bal de l'autre soir.

Pour une raison que j'ignore, je me précipite dans la salle de bain, brosse mes dents, arrange mes cheveux, passe un jean et un chemisier bleu et, désespérée par mon teint résolument pâle, renonce à tenter d'avoir l'air d'être ce que je ne suis pas. Après tout, si je suis ici, si je ressemble à un fantôme, c'est bien de sa faute, non ?

Bon, pas que de la sienne, je l'avoue. Je traîne derrière moi un sacré lot de casseroles qui ne m'aident pas vraiment à communiquer avec le monde extérieur. Les cris, les pleurs, les évanouissements, tout cela ne m'a jamais aidé à me faire des amis.

Des amis. J'en avais des tas, des amis. Avant… Aujourd'hui, si je fais le bilan de mes relations sociales, j'ai bien peur de n'avoir que lui en magasin.

Puisque je viens, je crois, de choisir la vie, douloureuse et difficile, à la mort, douce et salvatrice, il me reste à faire un pas, juste un petit pas, vers le monde extérieur. Ce petit pas ne résoudra rien, il ne me fera pas oublier, il ne me guérira pas, il aura juste le mérite d'exister. Et si Greg Delcourt est un sale con, à n'en pas douter, il est aussi le seul être humain que je connaisse, hormis Antoine, qui ait fait montre d'un tant soit peu d'intérêt pour moi, sans pour autant être ni un membre de ma famille, ni un psychiatre.

Tandis que j'en suis là de mes réflexions, une violente altercation semble avoir lieu, dans la cour de la clinique, quasiment sous mes fenêtres. Me penchant par la balustrade, je regarde, avec circonspection, quatre malabars, ne pesant pas moins de cent kilos chacun, deux d'entre eux en costume cravate impeccable, les deux autres, dans un style décontracté, jean, tee-shirt et blouson de cuir, se roulant sur le sol et s'empoignant dans une chorégraphie digne des plus grands combats de catch, tandis qu'une ombre se faufile entre eux et gravit le perron.

Je me nomme Annabelle Maury, je viens de faire un choix qui m'engage dans une voie dont je n'ai jamais voulu jusqu'à présent, et, tandis que les cris redoublent, j'attends que la porte de ma chambre s'ouvre.

Chapitre 30
Opération musclée

Jeudi 30 avril 2015

Lorsque mon père se présente à mon bureau, je sais immédiatement qu'il ne vient pas pour une visite amicale. Son regard est dur et il y flotte encore un peu du mépris qu'il m'avait montré, ce soir-là, à Paris.

Lui et moi avons toujours été soudés. Il n'a jamais cessé d'être là pour moi, seul parent de cette cellule familiale bancale, patient et à l'écoute du petit garçon solitaire que j'étais. Vivre sans la tendresse d'une mère n'est pas aisé. Je ne doute pas que, dans l'homme que je suis devenu, il y ait une certaine part de ce manque affectif. L'image que j'ai de la femme, en général, s'est forgée avec mes expériences d'adulte et, si l'on considère que l'unique femme pour laquelle j'ai ressenti de l'attachement m'a largement trompé, j'imagine que ma vision des choses s'en est trouvée dégradée. C'est le moins que l'on puisse dire.

D'un clic de télécommande, j'obscurcis la paroi vitrée. Inutile de nous donner en spectacle.

— J'imagine que tu n'es pas là pour une visite de courtoisie, alors finissons-en. Je t'écoute.

Je suis sur mes gardes et toujours blessé par ses propos de l'autre soir, même si je les ai sans doute mérités. Antoine, quant à lui, paraît décontenancé par mon approche.

— Que veux-tu à Annabelle ?

La question est directe, nous rentrons dans le vif du sujet.

— Je veux l'aider.

— Quelqu'un comme toi ne peut pas l'aider, Greg !

— Quelqu'un comme moi ?

— Tu sais bien ce que je veux dire…

— Non, Antoine, je ne sais pas. Explicite, tu veux ?

J'appelle rarement mon père par son prénom et, il le sait, lorsque je le fais, c'est que je veux mettre une distance entre nous.

— Tu es cynique, tu n'as aucun respect pour les femmes, tu es incapable d'éprouver de la tendresse ou de la compassion. Je sais parfaitement que toute la faute ne te revient pas. Tu n'as jamais eu de référence féminine. J'aurais dû refaire ma vie au lieu de pleurer ta mère. Ton enfance aurait été différente. J'imagine parfaitement que ton histoire avec Ava a également forgé tes pas. Mais tu n'en restes pas moins quelqu'un qui ne peut aider Annabelle.

J'écoute mon père brosser mon portrait au vitriol, et, même s'il me trouve quelques circonstances atténuantes, face à son jugement, la tristesse me submerge.

— Je ne suis pas aussi mauvais que tu veux bien le dire !

— Je ne dis pas que tu es mauvais, Fils, se reprend-il. La vie a fait de toi ce que tu es, et crois bien que j'assume ma part de responsabilité. Mais tu n'en es pas moins la pire personne pour aider cette fille.

— Elle compte pour moi, Papa.

Voilà qui est dit. J'en suis moi-même surpris, mais c'est dit. Elle compte pour moi…

Comment ? Pourquoi ? Je l'ignore encore, mais force est de constater que, depuis neuf jours, ma vie est un désert, et qu'elle y est pour quelque chose.

— Elle compte ? Comme toutes celles qui l'ont précédée ? Une femme de plus sur ta liste ? Tu la veux et tu ne peux pas l'avoir, alors tu te fixes sur elle, comme un chasseur sur sa proie. Mais quand tu auras eu ce que tu veux, tu la laisseras sur le carreau, sans même te soucier du mal que tu auras causé. Annabelle n'est pas de cette race de femmes, Greg. Elle est immensément fragile. Elle est la rescapée miraculée de ce qui se fait de pire chez l'être humain. Elle ne peut être confrontée à la vision misérable que tu as des femmes. Si elle compte réellement pour toi, tu feras en sorte de ne plus jamais croiser son chemin.

Le plaidoyer de mon père est vibrant. Il s'est attaché à elle comme à la fille qu'il n'a jamais eue. Il cherche à la protéger, tout comme moi. Mais il sait ce que j'ignore, et je perçois dans ses paroles la face émergée d'un iceberg immense qui pourrait bien me faire couler à pic.

— Pour la première fois depuis Ava, je ressens le besoin d'être près de quelqu'un, de l'entourer, de l'aider. Je veux dire… bien sûr qu'elle me fait envie ! Mais il y a autre chose, Papa. Quelque chose de plus fort, quelque chose, qu'à bien y réfléchir, je n'ai jamais ressenti pour personne et que je n'arrive pas à définir, mais qui me pousse vers elle, sans que je puisse m'y opposer.

— Elle ne supportera pas que tu la rejettes. Tu ne comprends pas, tu ne sais pas …

— Alors dis-moi, bon sang ! crié-je.

Je ne maîtrise pas cette détresse qui point, et qui me dit que ce que je vais découvrir sera terrible.

— Je ne peux pas, Fils. Ce secret ne m'appartient pas, je te l'ai déjà dit.

— D'accord ! Alors, je vais le découvrir par moi-même !

— Je te l'interdis ! hurle-t-il à son tour.

— Je découvrirai ce que tu as mis tant de force à cacher et, lorsque ce sera fait, je l'aiderai, que tu le veuilles ou non.

— Ne t'approche pas d'elle. Ne remue pas son passé !

— Je crois que le sujet est clos, Antoine.

Je viens de congédier mon propre père. Il tourne les talons, se dirige vers la porte, puis ajoute :

— Si tu persistes dans ton entêtement, tu vas provoquer un drame d'une telle force qu'il pourrait bien la tuer. Et si tu tiens réellement à elle, ce n'est certainement pas ce que tu souhaites.

Il quitte mon bureau, les épaules voûtées. Je sais ce qu'il me reste à faire. Je décroche mon téléphone et appelle mon chef de la sécurité.

— Alex, j'ai besoin des deux gars les plus imposants et costauds que tu aies dans ton équipe. Je pars en expédition, et j'ai besoin d'une diversion.

Alex me demande quelques détails concernant l'opération.

— Nous prendrons le SUV Mercedes. Fais en sorte qu'il soit prêt d'ici cinq minutes.

C'est ainsi que nous nous retrouvons, mes deux molosses et moi, devant la clinique. À peine sortis de la voiture, les gardes du corps de mon père nous tombent dessus. Ils sont immédiatement pris en charge par mon équipe qui va les occuper un bon moment.

Tandis qu'ils se battent, je pénètre dans le bâtiment et me rends directement au premier étage. Je sais où se situe la chambre d'Annabelle, Franck Merlin a piraté leur système informatique. Dans les couloirs, le personnel et les patients se sont attroupés devant les fenêtres, pour assister au combat qui fait rage. Je trace mon chemin. Arrivé devant la porte, je prends une profonde inspiration, frappe puis entre, sans même attendre qu'elle m'y autorise.

Elle est là, debout au milieu de la spacieuse chambre, vêtue d'un jean et d'un chemisier à fleurs bleues. Elle est très pâle, mais aussi très belle, à peine coiffée, naturelle, simple, presque enfantine. Elle ne semble pas surprise de me voir. Elle me regarde d'un air interrogateur. Je lui dis le premier truc qui me passe par la tête :

— Annabelle, je veux que tu reviennes travailler avec moi !

Je m'appelle Greg Delcourt, ma vie a changé le jour où cette fille s'est écroulée dans mes bras, je serais stupide de ne pas l'admettre et je suis beaucoup de choses, sauf stupide.

Chapitre 31
Cause perdue

Jeudi 30 avril 2015

Il se tient dans l'encadrement de la porte, en jean, tee-shirt et baskets. Il porte un blouson de cuir marron. C'est la première fois que je le vois habillé décontracté et ça lui va assez bien, je dois dire.

— C'est vous, tout ce bruit en bas ?

— Oui, c'est moi. Je devais me débarrasser des gorilles qui m'empêchent de venir te voir depuis neuf jours.

— On se tutoie maintenant, si j'ai bien compris…

Il me regarde, amusé. Je suis encore en colère, il le sait et il l'accepte.

— Tu as l'air de te porter beaucoup mieux…

— Ce n'est pas grâce à toi !

— J'en ai conscience, Annabelle.

Il baisse la tête. C'est étrange de le voir ainsi. Il est différent de l'homme sûr de lui, à la limite de l'arrogance, que j'ai côtoyé jusqu'à aujourd'hui.

— Je vais bien, ce n'était rien.

Je tente de minimiser ma présence ici. Je ne veux pas qu'il sache à quel point je suis brisée, à quel point il a réussi à me faire basculer.

— Tu ne t'en souviens sans doute pas, mais j'ai passé deux heures près de toi, ce soir-là, à la clinique à Paris. Je sais parfaitement que c'était beaucoup de choses, mais certainement pas rien. Tu étais dévastée, infiniment pâle, j'ai même cru un instant… Peu importe ce que j'ai cru. Tu semblais totalement perdue. Tu ne peux pas dire que ce n'était rien, Annabelle.

Je le regarde, interdite. Il est venu, il était là-bas… Mais pourquoi ?!?

Je tente de me remémorer les quelques heures qui se sont écoulées, après que l'infirmière m'a déshabillée et allongée dans le lit. Je me souviens à quel point j'étais anéantie par le spectacle de ces deux corps nus, liés par une transe que je ne connais que trop. Bien sûr, je suis consciente qu'elle n'était pas moi. C'est aujourd'hui très clair dans ma tête. Mais ça ne l'était pas, ce soir-l. En les regardant, il m'a semblé voir Snake.

Snake avait facilement quarante ans, il était assez grand et incroyablement musclé, sans doute un bodybuilder. Il portait de nombreux tatouages, mais celui qui m'a le plus frappé était un serpent, enroulé sur son biceps, la gueule ouverte et les crochets en avant, comme s'il allait les planter dans l'instant. C'est pour cette raison que je l'ai appelé ainsi.

Snake était inventif. Il ne se contentait pas de m'immobiliser sous le poids de son corps, allongée sur le sol, il aimait varier les positions. La première fois qu'il s'en est pris à moi, c'était ainsi. Mon visage écrasé contre le mur et lui, derrière moi, volant mon innocence pour la troisième fois.

Je recule et regarde Greg. Ce n'est pas lui que j'ai vu ce soir-là, enfin, pas que lui. J'ai vu Snake. J'ai vu Snake prenant la rouquine, et puis, je suis devenue la rouquine. Ma respiration s'emballe, mon rythme cardiaque s'accélère, lui aussi, et cette boule qui grossit dans mon estomac, compressant mes poumons, semble expulser le peu d'air qu'ils contiennent. Je recule encore, bute contre le lit et tombe à la renverse.

Rapide, Greg se porte à mon secours, me rattrape et m'assoit sur le lit.

— Annabelle, respire lentement. Tu peux y arriver.

D'un regard affolé, manquant d'oxygène, je lui désigne le sac en papier sur ma table de nuit. Il comprend immédiatement le message, s'en saisit et me le tend. Tandis que je le porte à mes lèvres, Greg s'agenouille devant moi, une main de chaque côté de mes cuisses et il tente de m'apaiser.

— Parfait, Annabelle. Respire aussi lentement que possible. Quelque chose me dit que tu as relevé de nombreux challenges, ces dernières années. Tu es à la hauteur de celui-ci. J'ai confiance en toi. Regarde-moi.

Je plonge mon regard affolé dans le sien et tente de me concentrer sur cet œil noisette qui pétille constamment et sur cet œil bleu, incroyablement bleu aujourd'hui, ni glacial ni sombre, mais fiévreux. Je passe de l'un à l'autre, y découvrant une empathie fébrile, une réelle inquiétude.

Tandis que je me noie dans ses yeux tellement étranges, qu'il me berce de ses paroles d'encouragement, je sens la crise passer doucement. Le mouvement léger de ses mains sur mes cuisses n'a rien d'inconvenant, il ne me touche pas pour me sentir, il me touche pour m'apaiser.

Je baisse enfin le sac en papier, désormais inutile. Il me le prend doucement et le repose sur la table de nuit, sans lâcher mes yeux du regard. Il ne dit plus rien. Il me sourit. Son sourire n'est ni moqueur, ni pervers. Il sourit, tout simplement.

Il s'assoit sur le lit, près de moi, me tourne légèrement vers lui, se saisit de mon visage, plaçant une main légère de chaque côté de mes joues et m'interroge :

— Tu veux bien me dire à quoi tu as songé, pour que cette crise se déclenche ?

Je fais non de la tête.

— Annabelle, je veux t'aider, je le veux vraiment. Mais je ne peux rien faire si tu ne m'accordes pas un minimum de confiance. Je sais que je n'ai rien fait pour la mériter. Je me suis comporté, avec toi, comme un…

— Un sale con ?

Il me regarde, interdit. Ses sourcils se froncent, il baisse les yeux un instant, comme s'il réfléchissait à cette option, puis revient les planter dans les miens. Quelque chose me dit qu'on ne l'a jamais insulté ainsi. Je regrette un peu mon impulsivité, alors qu'il y a quelques minutes à peine, il m'aidait à combattre mes démons.

— Va pour le « sale con ». C'est plutôt un bon résumé de ce que j'ai été ce soir-là.

Il sourit de nouveau, un sourire navré et fataliste…

— Je suis désolée. Ce n'était pas approprié…

— C'est la vérité, autant la dire. Personnellement, j'aurais utilisé le terme « enfoiré », mais ce n'est qu'une histoire de synonyme.

— Ça te va plutôt bien, en effet !

Ses yeux brillent, maintenant. Il se retient manifestement de rire. Il se moque de moi. Je m'écarte un peu, boudeuse.

— Je ne me moque pas de toi, Annabelle. Je constate juste que tu es la seule personne qui puisse me traiter de sale con ou d'enfoiré, sans que je ne la renvoie ou ne l'assomme.

Je ris à mon tour et me détends. Ses mains se repositionnent sur mes joues, ses pouces les effleurent et, l'espace d'un instant, comme une réminiscence du passé, je reconnais cette douce caresse apaisante, je la sens également sur mes lèvres. J'ai déjà vécu cela, il a déjà fait cela.

— Pourquoi ai-je la sensation que j'ai déjà senti tes doigts caresser mon visage, comme tu le fais à l'instant ? Pourquoi ce geste m'est si familier ?

— Sans doute parce que je l'ai déjà fait. À Paris. Pendant que tu dormais.

— Pourquoi aurais-tu fais cela ?

— Je ne savais pas quoi faire d'autre, je voulais t'apaiser, t'apporter du réconfort. Je ne suis pas très doué à ce genre de jeu, Annabelle. La tendresse n'est pas vraiment mon fort. Quant à ce qui est de s'occuper de quelqu'un d'autre que moi-même, je manque de la pratique la plus élémentaire.

Le regard contrit qu'il me lance alors m'attendrit et me fait sourire.

Je me nomme Annabelle Maury, j'ai vingt-deux ans, et tandis que je constate soudain que les mots me sont revenus, je me prends également à penser que Greg Delcourt, sous ses dehors agaçants, n'est peut-être pas la cause perdue que j'imaginais.

Chapitre 32
Enfoirés

Jeudi 30 avril 2015

Non, je ne suis pas un romantique, ni un tendre. Bien sûr, je peux l'être, si je suis motivé. Mais la seule et unique chose qui me pousse à me mettre en quatre pour une femme, c'est l'idée de pouvoir la culbuter à la fin de la soirée, une fois que le rituel des préliminaires intellectuels se termine enfin, lorsque j'ai éclusé le classique spectacle qui en met plein les yeux, le dîner aux chandelles, avec bijou de chez Cartier à la clé, la balade au clair de lune et le dernier verre dans ma suite.

Tout ce qui peut me mener à dévêtir l'invitée du jour est bon à mettre en œuvre. Ne croyez pas que je déteste cette phase. Elle est indispensable, comme la roue du paon ou la parade nuptiale du flamant rose. Ceci dit, elle n'a pas la moindre valeur romantique, à mes yeux.

Tandis que mon regard est profondément imbriqué dans celui d'Annabelle, alors que mes mains encadrent toujours son visage, je comprends parfaitement que la danse que je vais mener sera très différente. D'abord, parce que son but ultime ne sera pas l'accouplement, mais la conquête d'une certaine confiance. Je n'ai pas menti, lorsque j'ai affirmé à mon père que je voulais l'aider et que je le ferai, avec ou sans son aide.

Mon problème majeur est que je ne sais pas contre quoi je me bats. Gagner sa confiance, soit, mais ensuite ? Si elle refuse de se confier à moi, comment atteindre mon but ? Je dois d'abord m'assurer que je ne serai plus obligé de faire appel à des colosses pour pouvoir la voir.

— Tu n'as pas répondu à ma demande, lui dis-je.

— Laquelle ?

— Celle que je t'ai suggérée à mon arrivée. Reviens travailler avec moi.

— Tu n'étais pas sérieux ? Notre collaboration s'est avérée être un fiasco total, reconnais-le.

Elle a cent fois raison. Je n'ai fait que penser à la mettre dans mon lit, dès le premier jour, et quand j'ai réalisé que ce serait impossible, je me suis conduit comme le dernier des crétins.

— Annabelle, je reconnais que mon comportement n'a pas été très… adéquat.

— Adéquat ? Tu plaisantes, j'espère ? Tu m'as transformée en princesse de contes de fées, pour m'amadouer, puis tu m'as abandonnée au milieu de la foule pour aller cueillir la première fille venue. Tu as scrupuleusement veillé à ce que je ne rate rien du spectacle, à ce que je voie parfaitement où tu l'emmenais, que la porte serait ouverte et tu l'as…

— Culbutée ?

Elle me regarde en rougissant. Le simple verbe « culbuter » la met dans un émoi incroyable. Qui se trouble pour un tel mot, à vingt-deux ans, de nos jours ?

— Tu l'as… culbutée en sachant très bien que j'assisterais au spectacle et, pour finir, tu t'es présenté à moi, totalement nu, me mettant quasiment au défi de me joindre à vous ! Non, en effet, ce n'était pas « adéquat ».

— Tu m'as regardé, Annabelle. Tu as détaillé chaque centimètre carré de mon anatomie. Peux-tu me dire, en me regardant dans les yeux, que tu as détesté ce que tu as vu ?

— Le problème n'est pas là…

— Réponds à la question, lui dis-je, fermement.

Elle semble totalement désemparée. Une fois de plus, je vais trop loin. Une fois encore, je la pousse dans ses retranchements. Elle rougit davantage, et je trouve cela adorable et émouvant. Une vierge rougissante. Sauf qu'elle m'a dit ne pas l'être. Alors, qu'est-ce qui motive cet émoi ?

Elle balbutie quelques mots incompréhensibles et tente d'échapper à mes mains. Enroulant mes doigts autour de sa nuque, je raffermis ma prise et rapproche son visage du mien, ne lâchant pas son regard un seul instant. Je lui dis, d'une voix très douce :

— Réponds juste à ma question. Sois honnête, tu peux faire ça ?

Elle me dévisage. Elle voudrait être honnête, je le sens. Elle me jauge, se demandant où est le piège. Et puis elle répond :

— Je ne ressens que de la peur et du dégoût face au corps d'un homme, Greg.

— Explique-moi pourquoi ?

Mon ton reste doux comme le velours, je veux la mettre en confiance. Mais ses démons intérieurs luttent farouchement contre le désir, que je sens pointer au fond d'elle, de lâcher un peu de la pression qui pèse sur ses épaules depuis un temps sans doute infini.

— Quoi que tu aies à me dire, je te promets de ne pas me moquer. Je te promets de ne pas te juger. Ce genre de chose n'arrivera plus.

Elle hésite longuement, baisse les yeux, laisse échapper une fine larme, choisit de me faire confiance et lâche, lentement, en pesant chacun de ses mots :

— Le peu d'expérience que j'ai des hommes m'a montré que l'usage qu'ils font de leur corps est purement bestial, que leur seul objectif est d'avilir, de faire souffrir, de torturer les femmes, pour le seul aboutissement de leur plaisir animal. La majorité des femmes voient de la beauté dans le corps d'un homme ; moi je n'y vois qu'une bête prête à me déchiqueter. Je ne vois que de la sueur et des larmes. Et si, je l'imagine, les femmes s'extasient sur ton…

— … sexe ?

— … sur ton sexe, moi je ne vois rien d'autre qu'une arme dont le but est de provoquer douleur et humiliation.

Elle expire subitement, comme si elle avait dit tout ceci en apnée, ce qui est probablement le cas.

Sa vision des hommes est totalement altérée, et pour cause. Ce que je me refuse à envisager depuis quelques jours, cette hypothèse que je préfère ignorer pour ne pas lui donner corps, est hélas une vérité.

Le combat que mène Annabelle est un combat qui me dépasse. Je dois me rendre à l'évidence, mon père avait raison, je suis très exactement le contraire de l'homme qui pourra lui rendre vie. Qui que soit l'enfoiré qui lui a fait ça, je suis certainement plus proche de lui que du preux chevalier qui la délivrera de ses démons.

Mes mains retombent sur mes genoux. Sans un mot, je me lève et me dirige vers la porte. Elle me laisse aller. Elle est résignée. Je fais très exactement ce qu'elle pensait que je ferais. Je ne suis pas le putain de prince charmant qui viendra la sortir de sa tour d'ivoire. Je ne suis pas armé pour ce combat. Je n'ai pas le cœur pur nécessaire à la panoplie du héros. Je suis un type pourri jusqu'à l'os, je suis l'ombre, là où elle a besoin de lumière.

— Je suis désolé…

Je ne trouve rien d'autre à dire. Décidément, je ne suis pas un homme de formule.

Je me retourne un instant vers Annabelle, juste à temps pour voir ses lèvres murmurer un *« Ne me laisse pas »,* et quitte la pièce en refermant la porte derrière moi.

Je fais quelques pas dans le couloir, m'adosse à un mur le long duquel je me laisse glisser, jusqu'à toucher le sol. Mes jambes sont incapables de me porter plus loin.

De l'autre côté de sa porte, pas un bruit. Pas de pleurs, pas de sanglots. Je l'imagine inerte, assise sur le lit, regrettant de toute son âme d'avoir ouvert son cœur au mauvais gars.

Je me nomme Greg et je suis le pire putain d'enfoiré que cette Terre ait porté.

Chapitre 33

Franck Merlin

Vendredi 1er mai 2015

Greg Delcourt a débarqué chez moi en pleine nuit. Je le regarde, affalé dans mon canapé, un verre de whisky à la main… son troisième déjà.

Je connais Greg depuis un peu plus de cinq ans maintenant. Lorsqu'il a eu des doutes sur la fidélité de sa compagne, Ava Brown, il m'a contacté. Normal, je suis le meilleur dans ma partie. Détective privé doublé d'un hacker de classe internationale, rien ne me résiste lorsqu'il s'agit de découvrir la vérité, où qu'elle se soit cachée.

L'affaire de Greg était simplissime. Ava couchait avec quasiment tout ce qui portait un pantalon, dans la société. Elle n'avait d'ailleurs rien contre ce qui portait des jupes, si vous voyez ce que je veux dire. Pas besoin d'entrer dans le système informatique de la Défense pour comprendre qu'elle le faisait cocu, dans les grandes largeurs.

En moins d'une semaine, je lui avais découvert six liaisons. Elle n'avait peur de rien, se cachant à peine, tant Greg était aveugle, à cette époque. Elle le rendait fou, et cet écran de fumée, qu'elle avait habilement déployé tout autour de lui, suffisait à cacher l'arbre au milieu de la forêt.

À cette époque, Grégory Delcourt était un type cool, un poil charmeur, mais foncièrement fidèle. Il ne jurait que par elle, complètement subjugué par l'aura dominatrice d'Ava et par ses prouesses dans leur lit.

J'avais découvert qu'après chacune de ses escapades infidèles, elle se précipitait dans son bureau et lui offrait une belle partie de jambes en l'air, histoire de noyer le poisson. Il n'y voyait que du feu. Il était en adoration. Il voulait l'épouser.

Lorsque j'avais remis mes conclusions à Grégory Delcourt, il avait refusé de me croire et m'avait frappé. En fait, soyons francs, il m'avait foutu la raclée de ma vie. Son monde parfaitement utopiste s'était écroulé et j'en avais payé les pots cassés.

Lorsque nous n'avions plus eu la force de nous battre, me laissant sur le carreau, il s'était saisi du dossier que j'avais constitué et avait enfin pris la décision de l'ouvrir. À l'intérieur, des dizaines de photos, plus explicites les unes que les autres, la montrant avec différents amants, dans des chambres d'hôtel, dans son bureau, et même dans leur propre lit, avaient suffi à lui faire accepter l'idée qu'il était bel et bien cocu.

À la rage avait succédé l'abattement massif. Il s'était écroulé sur le canapé de mon bureau et n'en avait plus bougé pendant deux jours. J'avais sorti mon meilleur whisky, lui en avait servi un verre, puis nous avions vidé la bouteille et puis une autre encore, jusqu'à ce qu'il tombe. Il avait passé la nuit sur mon canapé, tandis que je veillais sur lui, inconfortablement installé dans le fauteuil.

C'était un môme. Il avait perdu ses illusions, il était dévasté. De cette cuite mémorable est née notre amitié. Elle dure depuis cinq ans, malgré son changement de personnalité évident. Grégory est devenu Greg. Il ne supporte plus son prénom de baptême, qu'elle hurlait à pleins poumons lorsqu'ils faisaient l'amour.

Greg est féroce en affaires. La gentillesse, la courtoisie qui étaient sa marque de fabrique ont fait place à quelque chose de plus cinglant et froid. Même s'il est resté correct, il ne s'en laisse plus conter. On ne dupe pas Greg Delcourt. Dans sa vie personnelle, il est devenu un serial baiseur. Il a un *modus operandi.* Il choisit ses victimes selon des critères prédéfinis. Chaque action, savamment orchestrée, a un but précis. Il n'est pas devenu brutal, il ne hait pas vraiment les femmes, il les utilise simplement pour son plaisir personnel, leur faisant croire, l'espace d'une nuit, qu'elles sont uniques. C'est ainsi que Greg a géré la trahison d'Ava Brown.

Je l'observe, du coin de l'œil, tandis que je remplis à nouveau nos verres.

— Bon, Greg, tu vas finir par me dire pourquoi tu es dans un tel état ? lui demandé-je en lui tendant son quatrième verre.

Il grogne, mais ne répond pas.

— Si je comprends bien, on va se prendre une biture jusqu'à en rouler par terre et point barre. Ton Annabelle t'en a fait voir des vertes et des pas mûres, c'est ça ? Une autre Ava en puissance, ta princesse en détresse ?

Il me saute immédiatement à la gorge, m'envoyant une droite en pleine figure. Je lève les mains en signe de reddition.

— Ne parle plus jamais comme ça d'Annabelle. Elle n'a rien à voir avec Ava. Elle est mille fois mieux, elle est… authentique.

— Si elle est vraiment si parfaite, tu peux me dire pourquoi tu es en train de te saouler dans mon canapé ?

— Elle n'est pas pour moi, Franck. Elle est trop bien pour moi. Si je la touche, je vais la réduire en poussière. Elle est plus fragile que de la porcelaine, et moi je suis plutôt de la trempe de l'éléphant qui ruine la boutique. Je vais la briser.

— Tu ne crois pas qu'elle l'est déjà, brisée ?

Il marque un temps d'arrêt. J'en sais beaucoup plus sur cette histoire que je n'ai bien voulu lui en dire, et ce que j'en sais ne m'a pas donné envie de fouiller davantage.

— Je crois qu'elle a été violée, Franck.

— C'est en effet ce que je pense…

— Pourquoi tu ne m'as rien dit ?

— Peut-être pour éviter que tu ne finisses saoul dans mon canapé.

Il hoche la tête, ça se tient. Il ne sait pas le tiers de ce que je sais, et il est déjà dévasté.

— Tu connais toute l'histoire, alors ?

— Non, pas tout. Mais ce que j'en sais est bien assez moche pour me convaincre de ne pas poursuivre mes recherches.

— Je te paie pour ça, Franck…

— Je peux te rembourser sans problème, Greg.

Il fait non de la tête.

— Crois-tu que j'ai la moindre chance de la guérir de ça ? Je veux dire… Moi, avec tout ce que je traîne, ce que je suis devenu ces dernières années, j'ai une chance de la sortir de là ?

— Je ne suis pas persuadé que l'on puisse guérir d'un truc pareil. Je ne suis ni une femme, ni un psy, j'en sais rien après tout, mais c'est tellement…

— Moche ?

— Ouais, moche, bien plus que moche.

Il ne cherche pas à en savoir davantage, et j'en suis heureux. Il a l'intelligence de ne pas tenter de gérer ce qu'il ne peut assumer. Tant mieux.

J'ai de l'admiration pour Annabelle Maury, pour la résistance dont elle a fait preuve ces cinq dernières années, pour son obstination à rester en vie, là où la majorité des femmes auraient choisi d'en finir.

— Je l'ai abandonnée, là-bas, Franck. J'ai tourné les talons et je me suis barré comme le lâche que je suis devenu. Avant, j'avais de la fierté. J'avais de la compassion. Je ne l'aurais jamais laissée en plan comme je l'ai fait. Je l'aurais prise dans mes bras, je l'aurais rassurée, je me serais battu avec elle…

— Et qu'est-ce qui t'en empêche ? Qu'est-ce qui t'empêche d'y retourner et de faire tout ça ? Tu peux me dire ?

Je m'appelle Franck Merlin, détective privé et hacker à mes heures, seul et unique ami de Greg Delcourt, que je soupçonne d'avoir enfin tourné la page Ava Brown.

Chapitre 34

Faux espoir

Samedi 2 mai 2015

Ce matin, je sors de clinique. Maman va venir me chercher et me ramènera à la maison. Seulement, je ne veux pas rentrer chez nous. Je sais que, si j'y retourne, je vais reprendre ma vie d'avant, enfermée entre les quatre murs de ma chambre, prisonnière de moi-même, de mes peurs, de mes cauchemars. Tout ce qui est arrivé ces derniers jours n'aura servi à rien.

J'ai choisi la vie et je dois désormais assumer ce choix. Après la nuit que je viens de passer, je me dis que j'aurais dû choisir l'autre option. Je pensais que, peut-être, j'aurais un ami pour cheminer avec moi, mais je n'ai pas d'ami. Comme aux autres, je lui ai fait peur. Je crois qu'il sait, ou du moins qu'il croit savoir, qu'il a entrevu la noirceur de mon âme et qu'elle l'a rebutée, comme la majorité des gens que je connaissais. Je ne le blâme pas. Je m'y attendais. J'y ai peut-être cru une poignée de secondes, mais pas plus.

L'espoir, quand on est comme moi, c'est une chose que l'on regarde dans la vitrine mais que l'on n'a pas les moyens de s'offrir. L'espoir, c'est la robe Oscar de la Renta qui vous fait croire un instant que vous êtes jolie, et qui vous brûle la peau, à la première occasion. L'espoir, c'est un homme qui vous dit qu'il ne vous jugera jamais et qui s'empresse de le faire, à la minute suivante. L'espoir, c'est une drogue douce qui détruit impitoyablement vos neurones tout en vous rendant accro. L'espoir, c'est cette chose que l'on appelle de ses vœux, alors qu'elle n'a pas cessé de vous détruire à petit feu.

Cette nuit, j'ai pensé à toutes ces fois où j'ai espéré. Espéré vivre, espéré être sauvée, espéré mourir aussi. J'ai si souvent rêvé que quelque chose de bien m'arriverait que je ne saurais dire combien de fois je me suis fait rouler dans la farine par un destin qui se joue de moi.

Il m'arrive même, parfois, d'espérer qu'ils reviennent : Blondin, Zéro, Snake et Blood. Ils apparaîtraient sur le pas de la porte, le couteau de chasse à la main, pour terminer le travail et c'en serait fini de ma misérable vie. Je l'ai rêvé cette nuit.

Voilà cinq ans que je me demande quand ils passeront à l'acte, parce que ça ne peut pas se passer autrement. Un jour, ils viendront pour s'assurer que je me taise à jamais. Cinq ans que je simule l'amnésie, cinq ans que je répète, à qui veut l'entendre, que j'ai oublié leurs visages, alors qu'ils sont là, devant mes yeux, chaque matin à mon réveil.

Comment peut-on raisonnablement espérer vivre en paix, lorsque l'on partage chaque jour de sa vie avec quatre fantômes ? Un espoir de plus, une utopie, un rêve éveillé, voilà ce que je fais de ma vie. Je me mens à moi-même, je ne suis que l'ombre de celle que je fus jadis, une pâle copie, un ersatz…

Je rassemble mes affaires, une à une. Maman va bientôt arriver et je vais la suivre.

J'allume mon ordinateur portable pour lire les messages impersonnels et publicitaires que je reçois parfois. Peut-être un message de mon père, espoir oblige. Je ne sais même pas si j'ai encore un père. Ou peut-être est-ce lui qui n'a plus de fille. Le résultat est le même.

Il a fait le deuil de sa petite fille parfaite. Je ne le vois qu'une fois par an, lorsqu'au terme de discussions téléphonique houleuses avec ma mère, il finit par céder à ses arguments et par débarquer un jour ou deux. À son arrivée, il dépose un léger baiser sur mon front et ne m'approche plus de tout le séjour. Il ne sait pas comment agir avec moi, il pense que, pour moi, tous les hommes sont des violeurs, lui y compris.

Je suis capable de faire la différence, mais lui ne le sait pas. Alors, dans le doute, tout le temps de sa présence dans notre maison familiale, il évite de me toucher, me parle sans me regarder, me questionne sur ma santé sans vraiment écouter les réponses qui restent invariablement les mêmes. Je vais bien. Je vais bien. Trois mots pour résumer la version officielle de ma vie. Je vais bien.

Un mail attire soudain mon attention. Greg Delcourt. Il a été écrit ce matin, à 09:35. Je l'ouvre.

« Chère Annabelle. Je n'ai pas la moindre idée de là où me conduira ce mail. J'ai passé la majeure partie de la nuit et de la journée d'hier à boire avec mon seul et unique ami, Franck. Je lui ai parlé de toi. Je lui ai raconté à quel point je me sens misérable, depuis que je t'ai laissée dans cette chambre, alors que tu m'avais ouvert une partie de ton cœur, alors que tu me faisais confiance…

Je t'ai promis de ne pas te juger et je veux que tu saches que je ne l'ai pas fait.

Je me suis jugé, moi. Jugé incapable de t'aider à sortir la tête de l'eau, alors que je cache la mienne dans le sable. Incapable de t'apporter l'attention, la compassion, la tendresse que tu mérites, moi qui n'ai d'humain que le nom. Incapable de te guider vers la lumière, moi dont la noirceur éclipserait même le soleil. Alors je suis parti, comme le lâche que je suis.

Je ne sais pas exactement ce que tu as vécu, Annabelle, je ne peux que l'imaginer. J'ignore tout de tes blessures. Je comprendrais que tu ne veuilles plus jamais t'ouvrir à moi, moi qui t'ai blessée. Je comprendrais que tu me rejettes, compte tenu de l'horreur que mon statut d'homme me confère à tes yeux.

J'ai commis des erreurs, trop d'erreurs avec toi. Je ne comprends que maintenant à quel point je me suis fourvoyé. Tu n'as absolument rien à voir avec les femmes qui m'entourent habituellement. Tu es leur parfait contraire. Et pourtant, ce que je veux plus que tout, là, maintenant, c'est être celui sur lequel tu t'appuieras, celui qui te rendra le sourire, celui qui t'ouvrira à nouveau au monde, à la vie.

Parce que, même si tu penses le contraire, je crois, moi, que tu peux te révéler à toi-même, déployer peu à peu tes ailes et, un jour, t'envoler. J'espère de tout cœur être près de toi, ce jour-là.

Alors, voilà, j'en viens au but de ce message :

Si tu veux d'un ami sans la moindre qualification, qui va très certainement commettre d'autres erreurs, trébucher dans le tapis, mettre les pieds dans le plat, mais qui fera de son mieux malgré tout, je suis en bas, dans la cour, et je serai heureux de te ramener chez toi.

Je serai également ravi de te rendre ton poste dans ma société, de t'enseigner tout ce que je sais et de faire de toi mon assistante de manière permanente.

Je m'engage formellement à museler le sale con et à tordre le cou à l'enfoiré.

J'espère de tout cœur que tu accepteras, et je te promets de me montrer à la hauteur de tes espérances.

Greg »

Je m'appelle Annabelle, je laisse une fois de plus l'espoir prendre le dessus, quitte à en souffrir, encore et encore, et me précipite hors de ma chambre, vers le grand escalier qui mène aux portes de la clinique.

Chapitre 35

Porsche 918 Spyder

Samedi 2 mai 2015

Voilà près de deux heures que je suis garé devant la clinique, nourrissant le fol espoir qu'elle aura lu mon e-mail et qu'elle y répondra positivement.

Lorsque je me suis réveillé, sur le canapé de Franck, une gueule de bois carabinée et un mal de crâne sans commune mesure avec ceux que j'avais connus auparavant, j'ai été tenté de replonger dans le sommeil réparateur. Et puis, Annabelle s'est imposée à moi.

J'ai soudain raccroché les wagons, analysé tout ce que moi et Franck avions pu nous dire, ces trente dernières heures, la langue déliée par un fabuleux whisky, envisagé les options qui s'offraient à moi désormais, et me suis précipité sous une douche glacée.

Après un gramme de Paracétamol et deux cafés, mon esprit était déjà plus clair. Franck avait raison, je devais y retourner, m'excuser et tout recommencer à zéro.

Mais était-elle toujours là-bas ? Après la déception que je lui ai causée – je la revois encore articuler ces quatre mots *« Ne me laisse pas »* et mon âme se déchire –, je ne serais pas étonné qu'elle ait plié bagages pour aller se réfugier chez elle.

Je pars à la recherche de mon portable, dans la poche de mon blouson et compose le numéro de la clinique. Je tombe sur une femme entre deux âges, d'après sa voix, et tente le coup du charme :

— Bonjour, Mademoiselle. Je suis fleuriste sur Marseille. J'ai reçu la commande d'un magnifique bouquet pour l'une de vos résidentes. Malheureusement, je suis à cours de lys et je ne pourrai pas livrer avant cet après-midi. Pouvez-vous me dire si ce délai de livraison risque de poser problème ?

— Quel est le nom de la résidente, je vous prie ?

— Maury… Attendez, je vérifie… Annabelle Maury.

— J'ai peur que ce soit impossible, Melle Maury nous quitte dans la matinée.

Bingo.

— Pourriez-vous me donner son adresse, alors ?

— Je ne suis pas autorisée à vous donner ce type de renseignement, Monsieur.

T'inquiète pas, chérie, tu m'as déjà dit tout ce que je voulais savoir.

— Je comprends parfaitement, Mademoiselle. Vous êtes vraiment charmante, lui dis-je d'une voix grave et sensuelle.

De ce coup de fil, elle ne se souviendra que de deux choses : elle a fait son travail en refusant de me donner l'adresse de sa patiente et un mystérieux inconnu, à la voix sexy, lui a dit qu'elle était charmante et lui a servi du Mademoiselle.

Je ne sais pas à quelle heure elle doit sortir, j'ai peu de temps. Je repasse chez moi pour me raser et me changer. Je crois qu'elle a été sensible au look décontracté d'avant-hier, alors je réitère l'expérience : jean, tee-shirt noir ajusté, Sneakers et blouson de cuir noir. Juste ce qu'il faut d'après-rasage, et c'est parti !

Ne vous méprenez pas ! J'ai bien compris que je ne vais pas à un rendez-vous galant, pas de proie à appâter, aujourd'hui. Inutile de me mettre la pression, vous ne ferez jamais pire que ce que je m'impose intérieurement.

En moins de vingt minutes, je suis devant la clinique. J'ai décidé de prendre la Porsche 918 Spyder. J'espère qu'Annabelle aimera les sensations qu'elle procure. Et puis, j'attends.

J'ai eu largement le temps de douter, de me rassurer et de douter encore, lorsqu'elle franchit enfin le seuil de la clinique en courant. Elle est essoufflée et cherche quelque chose du regard, examinant le parking. Et puis, elle trouve ce qu'elle cherche… et j'inspire profondément. Je sors du cabriolet, referme la portière et m'appuie négligemment contre la carrosserie, les bras croisés.

Elle porte une longue robe printanière, blanche, qui met sa fine silhouette en valeur. Ses longs cheveux sont attachés en une queue de cheval qui repose sur son épaule. Elle n'est pas maquillée, ses joues sont rouges d'avoir couru jusqu'ici, ce qui lui donne bonne mine, une fois n'est pas coutume. Elle ne sourit pas, son visage est juste doux. Sa tête penchée sur le côté, elle m'observe.

Je la laisse s'avancer vers moi, puis, chassant le macho qui bouillonne en moi, fais le reste du chemin vers elle. Je brûle de la prendre dans mes bras, mais préfère simplement saisir le bout de ses doigts. Elle ne les retire pas. Nous nous regardons en silence un bon moment. Elle cherche encore à me jauger, je cherche à la déchiffrer, le silence entre nous est apaisant. Nous nous apprivoisons.

— Tu es vraiment un sale con, tu sais… me dit-elle avec le plus grand sérieux.

— Je sais, mais je me soigne, lui dis-je en haussant légèrement les épaules.

Elle retire ses doigts, se dirige vers la Porsche et, effleurant légèrement la carrosserie, en fait le tour.

— Jolie voiture…

— Lorsque je la conduis, je me sens libre, en contact avec les éléments. Je me suis dit que tu aimerais peut-être, toi aussi, profiter d'un moment de liberté.

Elle me regarde encore, penche de nouveau la tête sur le côté en plissant un peu les yeux, comme si elle tentait de lire en moi.

— Tu es sûr d'être en état de la conduire ? Je me suis laissé dire que tu as bu plus que de raison, récemment…

— Je vais bien, Annabelle. Je peux parfaitement te ramener…

— J'aimerais bien voir ça ! Il n'en est pas question !

La voix de Mme Maury mère, vient de s'élever à quelques mètres de nous. Les poings sur les hanches, elle me fusille du regard.

— Éloignez-vous de ma fille, Greg Delcourt. Vous ne lui avez apporté que du chagrin. N'avez-vous pas compris qu'elle ne sera jamais une de vos poules d'un soir ?

Elle s'élance pour éloigner sa fille de moi. Je suis plus rapide et viens au-devant d'elle, utilisant mon corps comme un bouclier.

— Mme Maury, vous avez toutes les raisons d'être en colère. Je me suis conduit d'une manière indigne, mais j'ignorais beaucoup de choses. Aujourd'hui, même si je suis loin de tout savoir, j'en connais assez pour comprendre que ce type de rapport avec Annabelle est exclu. Elle n'est pas, elle ne sera jamais l'une d'entre elles, vous avez ma parole.

— Vous ne voulez pas comprendre, elle est extrêmement fragile. Votre inconséquence l'a conduite ici. Que lui arrivera-t-il, la prochaine fois que vous redeviendrez l'ignoble Greg Delcourt ? Jusqu'où son esprit tourmenté l'emmènera-t-il ? Vous avez songé à cela ? Ne pensez-vous pas qu'elle a suffisamment souffert, ces cinq dernières années ?

Cinq années… Le plaidoyer de Mme Maury est implacable, et néanmoins plein de sens.

Tandis que nous nous jaugeons du regard, la voix d'Annabelle s'élève dans les airs :

— Maman, j'aimerais rentrer à la maison avec Greg. J'ai très envie d'essayer son petit bolide. Tu as raison dans tout ce que tu viens de dire. Greg n'a pas été un modèle de courtoisie et de délicatesse, mais il m'a fait me sentir vivante, et c'est tout ce qui compte.

Je me nomme Greg Delcourt, j'ai la chance incroyable de voir Annabelle Maury se prononcer en ma faveur et je n'ai pas l'intention de la laisser passer.

Chapitre 36
Callelongue

Samedi 2 mai 2015

J'aurais sans doute dû répondre à son mail par un autre bien cinglant, l'insulter, le haïr pour m'avoir abandonnée, alors même que je l'ai supplié de ne pas le faire. J'aurais pu, mais je ne l'ai pas fait.

Au lieu de ça, j'ai dévalé les escaliers comme une folle, me suis ruée à la porte et je l'ai cherché. Et puis soudain il était là, adossé à un superbe cabriolet gris métallisé, les bras croisés sur la poitrine, un petit sourire sur le visage. J'ai marché vers lui, il est venu à moi et nous nous sommes regardés comme si nous nous retrouvions après une longue séparation.

Lorsque ma mère est intervenue et a tenté de m'éloigner de lui, il a été très bien. Ferme, poli et humble à la fois. Il a dit les choses que j'avais besoin d'entendre. Il ne me considère plus comme l'une de ces filles d'une nuit dont il fait son ordinaire, et cela me rassure.

En attendant, le vent nous fouettant le visage, nous roulons sur la route sinueuse, en direction des Goudes, vers Callelongue. Nous suivons les rues étroites qui longent le bord de mer. Greg a réservé une table à La Grotte, le fameux restaurant, installé sur le port. Il ne m'a pas demandé si j'en avais envie, il a juste décidé pour moi, et cela me va très bien.

Ce tête à tête, dans le patio fleuri, me semble paradisiaque. On se croirait au bout du monde. Je me sens libre, et c'est tellement bon.

Greg m'observe, tandis que nous dégustons notre dorade. Il sourit. Je l'interroge.

— Pourquoi souris-tu ? Je ne crois pas t'avoir déjà vu sourire ainsi.

— Je me sens bien, ici, avec toi. C'est paisible. Un peu comme si nous étions seuls au monde.

Il ressent la même chose que moi. C'est un moment unique, un aparté, une bulle de savon qui nous enveloppe.

Nous parlons de tout et de rien, de nos goûts, de nos rêves. Il parle surtout. Je n'ai plus vraiment de rêves. Je n'ai pas vraiment d'histoire à raconter non plus. C'est un peu comme si je m'étais endormie à l'adolescence et que je venais de me réveiller. Alors, je l'écoute. Il me raconte son enfance dorée, mais solitaire. Il ne s'étend pas sur le fait qu'il n'a pas connu sa mère et qu'il a grandi à l'ombre d'un père aimant, mais extrêmement occupé. Il édulcore. Il sélectionne. Je lui parle de mes quelques souvenirs heureux avec mes parents, mon frère, mes sœurs et Wolf, notre chien. Moi aussi je sélectionne.

Notre repas terminé, nous partons pour une balade sur le port. Il me tend sa main, j'y glisse la mienne. Ce geste est dénué d'ambiguïté. Il est juste rassurant.

Nous nous arrêtons un instant pour observer les petits bateaux amarrés à l'abri du Mistral, ondulant lentement sur l'eau. Il effleure ma taille, tout en se positionnant derrière moi et m'attire contre lui, ses mains croisées sur mon ventre, son menton posé sur ma tête, que je laisse aller contre lui. Il soupire, et je crois bien que moi aussi. Je suis juste tellement bien que j'aimerais que ce moment ne cesse jamais.

Contre toute attente, Greg Delcourt se montre attentif et protecteur sans qu'à aucun moment, je ne ressente de malaise à son contact. Il ne semble pas en être troublé, il ne combat pas une quelconque force intérieure qui bouillonnerait en lui. Il semble en paix, hypnotisé par le spectacle des barques dansant sur l'eau.

— Je crois que nous devrions rentrer. Nous avons sans doute donné suffisamment de sueurs froides à ta mère et je pense que nous devrions abréger ses souffrances.

Je me retourne vers lui, interloquée. Il me sourit et dépose un baiser sur mon front. Il hausse les épaules, comme pour me dire qu'il n'a pas pu s'empêcher cette boutade. Je ne lui en veux pas. À dire vrai, je l'ai trouvée drôle. Il a raison, je dois rentrer et rassurer ma mère. Cette première escapade touche à sa fin.

Nous faisons le chemin inverse tout en discutant. Greg évoque à nouveau le fait que je réintègre mon bureau… son bureau.

— Martha m'a informé qu'elle ne reprendra pas ses fonctions. Son mari sera muté à Toulon, dans quelques mois, et elle passera probablement les deux prochaines années à s'occuper des jumeaux qu'elle attend. Notre collaboration a été longue et profitable et, même si nous n'avons jamais été, à proprement parler, des amis, nous partagions un respect mutuel. Je vais sincèrement la regretter.

— Tu sais parfaitement que je ne peux pas la remplacer. Je ne suis qu'un… bébé dans ton entreprise. Comment veux tu que je m'y prenne ?

— Je vais t'apprendre. Tu seras constamment avec moi, tu assisteras à toutes les réunions, à tous les briefings, à la moindre signature de contrat, tu m'accompagneras aux petits-déjeuners, aux dîners, aux brunchs, aux soirées. Je te donnerai accès à chaque information nécessaire pour que tu apprennes vite et bien. Je peux être pédagogue quand je veux, tu sais.

— Tu veux dire lorsque tu ne penses pas à mettre la fille dans ton lit ?

Il soulève un sourcil, presque choqué par mes propos, pourtant anodins.

— Mademoiselle Maury, vous vous dévergondez ! Mais tu n'as pas tort. Puisque je ne peux pas te mettre dans mon lit, je ferai de toi la meilleure assistante que la Terre ait portée.

Je me raidis. Il le sent. Il prend ma main dans la sienne, tenant le volant de l'autre et me dit franco :

— Autant que tu le saches et que ce soit bien clair entre nous, il n'y aura pas d'autre femme.

— Je ne t'ai rien demandé de la sorte. Nous sommes des amis, juste des amis. Pourquoi vouloir changer tes habitudes ? Tu es ce que tu es, Greg. Je n'ai pas à juger ton mode de vie. Ça ne me regarde pas. En tout état de cause, à supposer que tu le souhaites, je ne peux te donner ce qu'elles t'apportent. Tu le sais bien…

— Alors, j'attendrai, dit-il fermement. Je ne suis pas pressé.

— Greg, tu dois…

— Tu veux bien me donner les lunettes qui sont dans la boîte à gants ?

Il met un terme à cette conversation étrange dont je ne comprends pas les tenants et les aboutissants. C'était une sorte de dialogue de sourds dont je retire deux informations : il n'a pas réellement renoncé à rendre les choses plus intimes entre nous, mais il est prêt à attendre le temps qu'il faudra.

Greg Delcourt renonçant à toute autre femme, dans l'attente d'une chose qui n'a pas la moindre chance d'arriver ?!?

— Tu te rends bien compte qu'il n'y a pas plus d'un pour cent de chance que cela arrive ?

— J'aime l'idée que tu n'exclues pas totalement cette possibilité, me dit-il en souriant.

— Tu es impossible.

— Oui, tu as raison, je suis impossible, c'est tout moi, ça.

Et il éclate d'un rire sonore, tandis que nous roulons vers ma maison.

Je m'appelle Annabelle, je roule dans une Porsche cabriolet, en compagnie d'un fou qui pense que je pourrais devenir la femme dont il a besoin.

Chapitre 37
Question d'éthique

Samedi 2 mai 2015

Je suis de retour à mon bureau, après notre petite expédition, très agréable, dans les calanques.

Ce matin, tandis que j'attendais Annabelle, à la sortie de la clinique, j'ai fait convoquer Sabrina, mon actuelle assistante, pour 14h30, afin de lui signifier la fin de sa période d'essai.

Je dois faire place nette pour le retour d'Annabelle, lundi. Car elle a accepté de retenter l'expérience, pendant un mois, le temps de voir si nous sommes capables de travailler ensemble.

Il est évident que je vais tout faire pour que cette courte période se prolonge indéfiniment. Je la veux avec moi. J'ai de très bonnes raisons pour cela, des raisons très professionnelles. Elle est brillante, indubitablement. Elle est attentive, assimile et comprend les informations à la vitesse de la lumière, et est capable de les restituer au moment opportun. Je ne doute pas de pouvoir en faire rapidement une assistante à la mesure de mes besoins.

Bien entendu, j'ai d'autres raisons…

Je me suis posé en sauveur, et l'une des voies à explorer pour ce sauvetage est celle de l'épanouissement professionnel. J'en suis convaincu. Elle a besoin de reprendre confiance en elle et si, pour le moment, lui redonner espoir dans sa vie personnelle est un challenge plus que délicat, faire en sorte qu'elle puisse s'estimer professionnellement me semble davantage à ma portée.

Les quelques heures que nous avons passées ensemble aujourd'hui m'ont montré qu'elle ne demande qu'à me faire confiance. C'est à moi de ne pas gâcher cette opportunité. Et Dieu sait que j'ai le chic pour tout foutre en l'air. Pourtant, après le déjeuner, les choses se sont passées tout naturellement. Je n'avais pas d'idée en tête, lorsque je lui ai tendu ma main et que la sienne est venue s'y blottir, presque instinctivement. Pas plus que lorsque je l'ai attirée contre moi, tandis que nous regardions les barques flotter langoureusement, au gré du vent. Je n'ai d'ailleurs pas bandé, malgré ses jolies petites fesses collées contre moi. J'imagine que l'on pourrait qualifier ce rapprochement de câlin. C'était un câlin asexué, juste une marque de tendresse, un partage. C'était une première. Je n'avais jamais fait un câlin à une femme sans que cela n'entraîne des débordements hautement explosifs.

Je suppose que savoir qu'elle a été victime d'une agression à caractère sexuel me refroidit dans mes élans.

Je frémis à l'idée que j'aurais pu la pousser dans ces retranchements, à Paris, et initier un rapprochement charnel entre nous deux, que j'aurais appelé de tout mon être, mais qu'elle aurait abhorré de tout le sien.

Mentalement, je me gifle, en repensant au spectacle que je lui ai imposé, avec Camille. Comment n'ai-je pas compris, dès le premier jour, à ses réactions violentes, qu'elle portait une souffrance psychologique démesurée ? J'étais bien trop occupé à assurer la satisfaction de mes instincts primaires pour voir à quel point elle était éloignée de tout cela. C'est une erreur que je ne dois plus commettre.

En regardant Sabrina entrer dans mon bureau, toute en jambes et pas plus couverte que d'habitude, j'en viens à me demander combien de temps je pourrai réfréner mes besoins, et même si j'en suis capable…

Je fais asseoir ma future ex-collaboratrice, lui propose un café qu'elle refuse et entre dans le vif du sujet, debout, ma hanche droite collée au bureau, les bras croisés :

— Sabrina, voilà une dizaine de jours que vous travaillez pour moi et je vous ai demandé de venir afin que nous fassions le bilan.

— Oh, mais j'adore travailler pour vous, Monsieur, dit-elle en baissant les yeux.

Je la vois venir à mille lieues. Elle la joue soumise, afin de flatter mon égo de mâle. Elle veut se montrer docile, me laisser entendre qu'elle fera tout ce que je veux. Intéressant.

Elle dirige les yeux vers moi et me sert un regard de biche mi apeuré, mi larmoyant. Elle est au bout de mon fusil, elle le sait parfaitement. Mon doigt est sur la gâchette, je suis sur le point de l'abattre et elle tente le tout pour le tout.

Elle se lève lentement, se dirige vers moi d'une démarche chaloupée. J'imagine parfaitement la scène vue de derrière, son cul rond que je pressens bien ferme, se balançant de droite à gauche, sous l'étoffe légère de sa micro-robe ajustée au chausse-pied.

Sans que j'aie le temps d'anticiper, le corps de Sabrina se colle contre le mien. Une main posée sur le bureau, l'autre installée sur ma fesse gauche, elle plonge son regard tout en faux cils dans le mien.

— Peut-être pourrions-nous trouver un arrangement qui nous satisfasse l'un comme l'autre ?

Sa main baladeuse descend sur l'arrière de ma cuisse, en une lente caresse, puis remonte évaluer la rondeur de mes atouts.

— Après tout, il est de notoriété publique que vous êtes un homme à femmes, que vous adorez le sexe, lorsqu'il est bien pratiqué et, croyez-moi sur parole, j'ai de grandes aptitudes dans ce domaine.

Sa main, jusque-là posée sur le bureau, s'aventure sous la veste de mon costume et explore mes pectoraux, à travers la chemise fine. Avec une lenteur calculée, sa main descend le long de mes abdominaux en direction de la bosse qui grandit dans mon pantalon et que je tente de contrôler, à grands coups de concentration et de prière. Doucement, elle y pose sa main, soupèse mes attributs et me lance un regard appréciateur.

« Oui, je sais... impressionnant. »

Des frissons me parcourent, tandis que, d'un mouvement hardi, elle descend la fermeture et plonge sa main à la découverte de ma virilité. Des éclairs de plaisir envahissent mon entrejambe, lorsqu'elle se saisit de mon sexe, à travers le boxer.

Léchant ses lèvres, elle imagine déjà la suite de nos ébats. Mais j'ai fait une promesse, et même si celle à qui je l'ai faite m'a bien fait comprendre que je suis libre de m'adonner à mon passe-temps favori, je ne veux pas commettre ma première erreur, une heure à peine après l'avoir laissée chez sa mère. Alors, dans un soupir frustré, j'ôte la main délicate de Sabrina de mon pantalon, je remonte la fermeture et m'installe derrière mon bureau.

— J'ai bien peur de ne pas pouvoir répondre à vos attentes.

— Mais… Êtes-vous déjà amoureux ?

— Absolument pas, lui réponds-je honnêtement, en songeant que l'amour n'est probablement rien d'autre qu'une légende urbaine. Je ne mélange jamais travail et plaisir, c'est tout.

— Si j'ai bien compris vos intentions, je ne fais plus partie du personnel. Je me trompe ?

C'est une petite maligne, cette Sabrina…

— En effet, je vous ai convoquée pour vous signifier la fin de votre période d'essai et le non-renouvellement de votre contrat.

— Techniquement, je ne suis donc plus votre employée. Qu'est-ce qui nous empêche de poursuivre cet agréable moment ?

— L'éthique, Sabrina, l'éthique…

Je me nomme Greg Delcourt et Annabelle a raison : je suis un enfoiré de haut vol, doublé d'un faux cul, qui plus est.

Chapitre 38
Blood

Dimanche 3 mai 2015

J'ai passé la majeure partie du week-end à tenter de persuader Maman que retravailler avec Greg était une bonne idée.

Elle est loin d'en être convaincue et, moi-même, je ne le suis pas. J'ai fini pas céder à sa demande, mais j'ignore encore pour quelle raison.

Pourquoi ne pas me contenter de passer un peu de temps avec lui, comme ce samedi, au bout du monde et limiter là nos relations ?

Il peut être charmant, facile à vivre et protecteur, tout comme il sait être odieux, manipulateur et obscène. Comment en suis-je arrivée à désirer la présence d'un être pareil ? Les opposés s'attirent, dit-on. Peut-être ! Mais pas à ce point. Je devrais le fuir comme la peste, des voyants rouges devraient clignoter dans mon cerveau, des sirènes y hurler, mais rien.

Quelque part, tout au fond de moi, je sais que, même si le sexe est un art de vivre pour lui, voire une raison de vivre, il ne me touchera jamais de cette manière, sans que je le veuille. Greg n'a rien à voir avec EUX. Il me veut du bien.

« EUX aussi, c'est bien ce qu'ils disaient, non ? »

Je chasse les souvenirs qui reviennent au galop et me prépare pour demain.

Je choisis le tailleur pantalon beige dans lequel je me sens à mon aise, des chaussures aux talons plus que raisonnables et une petite besace dans laquelle je pourrai fourrer les quelques objets qui contribuent à mon bien-être. Tout d'abord le mouchoir de mon enfance que je roule parfois entre mon pouce et mon index, lorsque l'angoisse menace de fondre sur moi. J'y ajoute un petit sac en papier, plié en quatre, en cas de besoin. Un peu de parfum, celui de ma mère, sous sa forme d'échantillon. Une odeur qui m'apaise depuis que je suis enfant. Quelques chewing-gums, une barre de céréales en cas de coup de mou, et quelques babioles typiquement féminines pour être parée à toute éventualité, ou presque.

Après une longue douche brûlante, je me glisse dans une chemise de nuit confortable et me couche, non sans avoir sacrifié à mon petit rituel. Chaque soir, j'inspecte ma chambre. Je vérifie que le loquet de la fenêtre est bien fermé. Puis, j'ouvre chacun des deux placards qui donnent sur la pièce, glisse ma tête dans l'entrebâillement et jette un coup d'œil rapide dans les endroits où un être humain pourrait se cacher. Je vérifie la petite salle de bain attenante, termine par le dessous de mon lit puis ferme consciencieusement la porte de ma chambre à clé. Maman en a un double, dans sa table de nuit, en cas d'urgence. Enfin rassurée quant à ma sécurité pour cette nuit, je me love sous la couette en plume et éteins le plafonnier, non sans laisser la veilleuse de ma table de chevet allumée.

Lorsque j'ouvre les yeux, il fait noir. Ma veilleuse a dû s'éteindre. Je panique et cherche le bouton qui allume le plafonnier. Je ne le trouve pas. Je ne suis pas dans mon lit. Je suis allongée sur le sol, j'ai froid et terriblement besoin d'aller aux toilettes. Je tente de me relever, mais la chaîne qui entrave ma cheville me retient violemment. Je suis de nouveau là-bas.

Sur ma droite, j'entends le froissement d'un corps qui bouge entre des draps. L'un d'entre eux s'est réveillé. Je ne bouge plus et fais semblant de dormir, malgré cette envie qui se fait de plus en plus pressante. Le bruit mat de pieds nus sur le sol me terrorise. Peut-être va t-il aller aux toilettes. Peut-être ne vient-il pas pour moi.

— Qu'est-ce que tu as à te tortiller comme ça ? me demande Zéro en chuchotant.

Il ne veut pas réveiller les autres. Il me veut pour lui tout seul.

— J'ai besoin d'aller aux toilettes, lui dis-je sur le même ton.

Il s'éloigne un instant, part à la recherche des clés de mes chaînes, les ouvre et me relève sèchement.

— Vas-y, dépêche-toi. Tu as deux minutes, sinon je viens te chercher.

À pas de loup, je rentre dans la minuscule salle de bain et satisfais à mes besoins naturels. Je dois faire vite. Je ne dois pas le contrarier.

— Quel joli tableau ! Tu es vraiment à croquer. Faire ton initiation est vraiment un bonheur, tu le sais ça ?

Je me relève rapidement et tente de le contourner pour retourner à la place qui est la mienne, près de la petite cheminée, à même le sol collant.

Mais il n'envisage pas les choses ainsi.

— D'ailleurs, puisque nous parlons de ton initiation, je pense qu'il faudrait la compléter afin que demain, nous puissions nous éclater tous ensemble. Qu'en dis-tu ?

Je ne sais pas où il veut en venir. Que peut-il bien vouloir m'apprendre que l'un d'entre eux ne m'ait déjà imposé, hier ?

Dans la pénombre, ses yeux brillent d'un éclat malsain. Il lèche ses lèvres et sourit méchamment. Il m'attrape soudain et me pousse vers le lavabo, sur lequel il me penche, tandis qu'il laisse tomber son pantalon de pyjama.

— Tu verras, au début, c'est un peu douloureux, mais ensuite tu aimeras ça. Et demain, lorsque nous passerons aux choses sérieuses, tu me remercieras, crois-moi.

Et tandis qu'il s'introduit en moi, d'une manière inédite et brutale, m'apprenant par la même occasion que tout orifice est bon à pénétrer, je hurle à pleins poumons, vaincue par la douleur et l'humiliation.

— Pas bien ça, ma chérie. Tu les as sûrement réveillés. Notre petit tête-à-tête ne va plus durer bien longtemps…

*****

Je me réveille dans mon lit en criant et criant encore, la douleur fantôme toujours ancrée en moi. Il fait noir. Je me précipite sur mon téléphone pour activer la torche et observer les moindres recoins de ma chambre. Sur le sol, ma veilleuse repose, réduite en miettes, victime de ma terreur. Je suis seule, seule avec mes fantômes.

La torche s'éteint alors et, frénétiquement, j'appuie sur tous les boutons. La lumière revient enfin, ainsi qu'une voix qui me parle. Je deviens folle. Suis-je vraiment réveillée ?

— Annabelle, réponds, bon sang, réponds !

La voix de Greg sort de mon téléphone. Je l'ai appelé par erreur, dans mon affolement.

— Je suis désolée, Greg, je n'ai pas fait exprès, lui dis-je en sanglotant. Je ne voulais pas te réveiller, je voulais juste la lumière.

Mes larmes m'aveuglent soudain. Elles ont de nouveau trouvé le chemin de mes paupières. La crise d'angoisse s'annonce, je panique et je crie à demi :

— J'ai peur !

— Annabelle ! Annabelle, tu es chez toi ?

— Oui, je suis dans ma chambre, j'ai… j'ai juste fait un cauchemar. Rendors-toi, ça va aller…

Je tente de me reprendre mais, visiblement, je ne le convaincs pas.

— J'arrive ! dit mon téléphone.

Je m'appelle Annabelle Maury, ma vie ne cesse d'osciller entre la réalité et les cauchemars, dans un univers torturé, dans lequel je viens d'inviter Greg Delcourt, bien malgré moi.

Chapitre 39
Damoiselle en détresse

Lundi 4 mai 2015, 3h15 du matin

À la hâte, je rassemble mes affaires, m'habille, attrape mon blouson et mes clés et fonce jusqu'au parking.

Annabelle m'a appelé, il y a moins de cinq minutes. Je l'ai entendue crier et pleurer, en proie à une panique incontrôlable. Elle me dit avoir fait un cauchemar, mais qu'elle ira bien. Ses sanglots, sa respiration saccadée me prouvent le contraire. Elle va mal. Elle m'a appelé au secours. Elle a besoin de moi.

Je roule vite dans la ville endormie et quitte Marseille en direction de sa maison. Je sais déjà que je ne serai pas le bienvenu. Sa mère fera obstacle. Mais rien ne m'arrêtera. Pas après ce que j'ai entendu au téléphone. Je bouillonne intérieurement. Je l'imagine en pleine crise, cherchant à remplir ses poumons désespérément collapsés, comme dans l'avion. Cette vision m'est insupportable.

Les pneus de la Porsche crissent sur le fin gravillon qui recouvre la cour. Les lumières sont éteintes, la maison endormie. Je me précipite sur la porte et sonne, de manière ininterrompue. Je tambourine, tente de l'ouvrir, mais elle ne cède pas. Personne ne répond. Serait-il possible qu'Annabelle soit seule ?

Au premier étage, j'entrevois un faisceau lumineux, balayant l'espace de manière anarchique. Il s'agit sans doute d'une lampe torche ou peut-être celle d'un téléphone portable.

Une voiture se gare soudain près de la mienne. Je reconnais celle de mon père. Anne Maury, la mère d'Annabelle, l'accompagne. Mes craintes étaient donc fondées ; Annabelle est seule.

Hors de moi, je me précipite vers la voiture et, les deux mains posées à plat sur le capot, je leur hurle de me laisser entrer dans la maison.

Mme Maury sort du véhicule, suivie d'Antoine. Je suis en colère, mais je n'ai pas le temps d'exploser. Je m'explique rapidement. Elle se précipite et ouvre la porte d'entrée. Je la bouscule, localise rapidement l'accès à l'étage et grimpe les marches, quatre à quatre. Arrivé sur le palier, j'entends les sanglots d'Annabelle. Elle s'étouffe littéralement. Je me dirige vers sa chambre, guidé par ses pleurs.

— Attendez, sa porte est fermée à clé. Je conserve le double dans ma table de chevet, je vous l'amène.

Quoi ? Elle l'enferme dans sa chambre lorsqu'elle sort ? Mais où suis-je tombé, bon sang ?

Je ne m'embarrasse pas de formalités et l'enfonce de l'épaule. Je m'y reprends à deux fois, mais elle finit par céder. Je m'arrête net sur le seuil et découvre Annabelle, recroquevillée en haut de son lit, les jambes empêtrées dans les draps, son téléphone portable, dont la torche danse, serré contre elle. Elle est trempée de larmes et de sueur, ses yeux fous balayent la pièce, sa respiration saccadée ne semble plus tenir qu'à un fil.

Anna Maury se précipite, la clé à la main, et reste interdite devant la porte enfoncée.

— Je m'en occupe, lui dis-je d'un ton qui n'appelle pas la moindre réplique.

— Mais enfin, c'est ma fille. C'est à moi de…

— Elle était seule, enfermée dans sa propre chambre. Elle m'a appelé au secours et j'ai répondu présent. Et vous, où étiez-vous ?

J'ai conscience d'être sans doute injuste envers cette femme. Mais mon angoisse me prive de tout comportement rationnel. Je repousse la porte qui ne se refermera pas de sitôt, et la bloque avec une chaise. Je veux que l'on nous fiche la paix.

Je m'approche doucement d'Annabelle, lui parlant calmement, d'un ton monocorde, pour ne pas l'effrayer plus qu'elle ne l'est déjà, mais je peine à établir un contact. Mon cœur bat à tout rompre, je cherche du regard quelque chose qui pourrait l'aider et avise une petite pile de sacs en papier, posée sur la commode. Les consignes du médecin, sur le vol Air France, me reviennent immédiatement à l'esprit. J'en attrape un et poursuis mon approche. Je suis tout près d'elle, maintenant.

— Regarde-moi, Annabelle ! lui dis-je, calme mais ferme.

Elle recule encore davantage vers la tête du lit.

— Annabelle, c'est Greg. Je suis venu parce que tu m'as appelé, tu t'en souviens ?

Elle hoche la tête. Je lui tends doucement le sac. Elle le prend et le serre contre elle.

Je retire rapidement mes chaussures et m'assieds en tailleur, sur le lit, face à elle, en gardant une distance respectable.

— Toi et moi, nous allons respirer ensemble. Tu vas tenter de calquer ta respiration sur la mienne. D'accord ?

Elle éclate en sanglots, ses épaules se voûtent, je la sens découragée, incapable de se battre seule. Alors, je change de tactique.

— Écoute-moi, Annabelle. Je vais me placer à tes côtés et te prendre dans mes bras, comme hier, sur la jetée, tu te souviens comme nous étions bien ?

Elle ne répond rien, elle me regarde, le visage baigné de larmes. Elle se souvient.

Je m'avance dans le lit, lentement pour ne pas l'effaroucher, m'installe près d'elle puis, m'assurant qu'elle comprend bien ce que je veux faire, je la saisis doucement par la taille et l'attire contre ma hanche. Je l'entoure de mes bras, attrape le sac en papier et le positionne devant sa bouche.

— Vas-y, maintenant. Inspire profondément et relâche aussi lentement que tu pourras.

Tandis que je lui donne mes directives, je les mets en pratique avec elle et, lentement, nos souffles s'accordent et s'apaisent. J'en avais besoin, moi aussi.

À son oreille, je chuchote des mots apaisants, des encouragements, je lui dis qu'elle s'en sort bien, que je suis fier d'elle, que je vais l'aider, qu'elle peut me faire confiance, que je serai toujours là, qu'un jour la vie sera belle. Ce sont des vœux pieux, je ne suis pas sûr d'y croire tout à fait, je ne suis même pas sûr que cela soit possible. J'ai peur que les dégâts soient trop profonds, mais je l'espère sincèrement. Elle mérite de quitter cet enfer, elle mérite d'avoir ce qu'il y a de mieux en matière d'aide et de soutien. Et je vais faire le nécessaire.

Doucement, je sens son corps se détendre et s'affaisser contre moi. Ses larmes coulent toujours, mais plus doucement. Quelques rares sanglots persistent encore.

— Tout ira bien, Annabelle, tu verras. Je vais m'occuper de tout. Tu vas venir avec moi, et je veillerai sur toi.

— Je ne veux plus y retourner, Greg. Je t'en prie, je ne veux plus retourner là-bas.

De toute évidence, nous tenons deux discours différents. Je ne sais pas de quoi elle parle, mais elle semble tellement y tenir que j'abonde dans son sens :

— Tu n'y retourneras plus. Je ferai en sorte que tu n'y retournes plus.

Je fais une promesse dont j'ignore tout. Tandis qu'elle glisse lentement dans le sommeil, je me dis que je dois avoir une discussion sérieuse avec sa mère et avec Antoine. Ce qui est arrivé ce soir ne doit plus se produire. Je ne peux pas influer sur le passé, mais je peux faire en sorte de sécuriser son présent, désormais.

Je m'appelle Greg Delcourt. Moi qui ne suis même pas fichu de veiller sur moi-même, moi qui ne serais même pas capable de maintenir en vie une plante verte, je veux, plus que jamais, prendre soin d'Annabelle Maury. Ne me demandez pas pourquoi, je n'en sais fichtre rien !

Chapitre 40
Réveil en douceur

Lundi 4 mai 2015

Ma montre sonne 7h15, comme chaque matin. Mon réveil est toutefois différent : un corps chaud dort contre le mien.

Je suis dans la chambre d'Annabelle. Allongé sur le côté, tout habillé, je la tiens dans mes bras. Ses cheveux chatouillent mon menton qui repose sur sa tête. Mes mains se rejoignent sur son estomac, son dos repose contre mon torse. Elle dort paisiblement, une main posée sur la mienne et l'autre étendue sous l'oreiller. Je respire l'odeur de miel qui se dégage de sa chevelure, appuie légèrement ma main sur son ventre, pour le sentir se soulever doucement, au rythme de ses inspirations. C'est le calme avant la tempête. Ce matin, j'ai un combat à mener. Il est temps d'affronter Anne Maury et Antoine Delcourt.

Lentement, je dégage mes bras qui la quittent à regret. Lorsque je repose délicatement sa tête sur l'oreiller, un léger soupir s'échappe de ses lèvres, mais elle ne se réveille pas. C'est mieux ainsi. Sans bruit, je me lève et remonte la couette sur son corps, que je devine gracile sous la fine étoffe de sa chemise de nuit. À la voir si paisible et si belle, on croirait un ange.

Je suis ridicule. Je m'en rends très bien compte. Je ne suis plus moi-même lorsque je suis près d'elle. Elle fait de moi un être stupidement heureux et m'inspire un sentiment romantique proprement écœurant. Je dois reprendre le contrôle de mes émotions.

La porte de la chambre est grande ouverte. Je suppose que nous avons été étroitement surveillés pendant la nuit. Je ne m'en offusque même pas. Je franchis le seuil et entends, au loin, des casseroles qui s'entrechoquent. L'affrontement se déroulera donc dans la cuisine.

Lorsque j'y arrive, je découvre mon père, déjà prêt à partir au bureau. Il est assis à la petite table en formica et sirote un café, tandis qu'Anne lui sert ses sacro-saints œufs brouillés. Ils s'aperçoivent de ma présence, lèvent la tête dans un bel ensemble et me gratifient d'un bonjour. Anne me désigne une chaise et m'invite à m'y asseoir. Il semblerait que je ne sois pas le seul à attendre cette conversation. Je m'installe, elle me sert un jus d'orange, tandis que mon père verse dans un bol le quart de litre de café qui m'est nécessaire, chaque matin.

Antoine prend finalement la parole :

— Tu as été très bien avec Annabelle, cette nuit, Fils.

— J'ai fait de mon mieux, Papa.

— Oui, mais tu l'as fait avec ton cœur, je t'ai observé. La chaise que tu avais placée pour bloquer la porte n'a pas résisté bien longtemps, dit-il comme pour s'excuser de son indiscrétion.

— Nous étions inquiets, explique la mère d'Annabelle.

— Je comprends. Je n'aurais moi-même pas été rassuré de la savoir en ma compagnie, dis-je en souriant.

Je suis l'homme qui collectionne les femmes et les jette après usage. Je suis le type qui a baisé une parfaite inconnue devant elle pour la punir. Je ne me confierais même pas un poisson rouge.

— Pourquoi était-elle enfermée dans sa chambre. Est-ce vous qui l'y contraignez, Anne ?

Elle sourit tristement.

— Personne ne l'enferme, Greg. Elle le fait elle-même. Annabelle a besoin d'un rituel bien précis pour s'endormir, chaque soir. Elle a besoin de se sentir en sécurité. Fermer sa porte à clé et la ranger dans le tiroir de sa table de nuit clôture ce rituel. J'ai ma propre clé.

Je me suis fait un film, visiblement. J'ai imaginé que Mme Maury séquestrait sa fille, la nuit venue. Je suis ridicule, une fois de plus. Mais autre chose me chiffonne.

— Pourquoi était-elle seule ? Si, comme je le crois, elle est coutumière de ces cauchemars, pourquoi être sortis si tard ?

— Ma fille a longuement insisté pour que je me change un peu les idées. Elle s'est mise en tête que j'ai gâché ma vie, ces dernières années. Elle veut que je recommence à sortir et à vivre pour moi-même. Hier soir, j'ai cédé à sa demande et j'ai pensé un peu à moi. Croyez bien que je le regrette.

Mon père se lève et se positionne derrière elle, ses larges mains posées sur ses épaules.

— Ne te fais pas de reproches, Anne. Tu n'es pas responsable de ses cauchemars.

Elle est accablée par le remords. Je songe à ce qu'a dû être sa vie, depuis que… cette chose est arrivée.

— C'est arrivé il y a cinq ans, c'est bien ça ? Vous l'avez évoqué hier matin, à la clinique…

— Oui, Greg. Ça fera cinq ans cet été.

— Je ne vous demande pas de détails, mais j'ai besoin de savoir un minimum de choses pour l'aider. Car je vais l'aider et vous ne m'en empêcherez pas, je peux vous l'assurer, me crois-je obligé d'ajouter avec défiance.

Ni l'un ni l'autre ne s'élève contre cette affirmation.

— Que voulez-vous savoir, Greg ?

— J'en suis arrivé à la conclusion qu'elle a été violée…

— C'est exact. Annabelle a été enlevée, séquestrée, violée, torturée et laissée pour morte. Elle avait dix-sept ans.

Anne Maury prononce cette phrase avec un calme impressionnant et un détachement qui glace le sang. C'est sans doute sa manière à elle de prendre de la distance. Quant à moi, je suis atterré. Ce qu'elle a vécu est encore pire que ce que j'avais imaginé. Je suis anesthésié, incapable de réagir. Je pose mon menton entre mes mains dont je recouvre mon visage. Je dois reprendre le contrôle, une fois de plus.

— Le salaud qui a fait ça est en prison ?

Sa réponse me glace le sang :

— Ils n'ont jamais été retrouvés.

Le *« ils »* finit de m'anéantir. Je ne veux pas en savoir davantage. Pas pour le moment, en tout cas. Je frôle dangereusement mes limites personnelles.

Un léger reniflement me sort de ma torpeur. Annabelle se tient debout, à l'entrée de la cuisine et nous observe avant de parler enfin, sur un ton empreint de reproche :

— Est-ce que vous êtes en train de parler de moi ? Est-ce que vous êtes en train de parler de… ça ?

Le « ça » a, dans sa bouche, l'amertume du dégoût, de l'interdit, de l'intolérable.

— Viens t'asseoir avec nous, lui dis-je en tirant la chaise près de moi. Tu dois prendre un bon petit déjeuner. Nous devons être au bureau à neuf heures, ce matin. Tu n'as pas oublié ?

— Tu… Tu veux toujours de moi comme assistante ? Après cette nuit… Après tout ça ?

Elle désigne la table et la balaie d'un geste de la main, à distance, comme si le contenu de la conversation que je viens d'avoir avec Anne et Antoine, était répandu sur la nappe en dentelle.

— Bien sûr que je veux de toi, quelle question ? Aurais-tu changé d'avis ?

Ma réponse semble la rassurer. Elle fait non de la tête, se retourne et s'élance vers l'escalier.

— Alors, je dois aller prendre une douche et m'habiller.

— Et ton petit-déjeuner ?

Je dois crier pour me faire entendre, elle est déjà loin.

— J'ai pas faim ! me répond-elle, criant elle aussi.

Je me nomme Greg Delcourt, je viens d'entendre une vérité bien pire que celle que je pensais détenir. J'ai découvert que IL prend désormais un S. Ma vie bien rangée et contrôlée vient de prendre un virage à 180 degrés.

Chapitre 41

Règles et Préjugés

Lundi 4 mai 2015

Je me précipite dans ma chambre pour me préparer.

Greg m'a dit que nous devions être à neuf heures à son bureau et je suis tellement heureuse qu'il veuille me donner une seconde chance, que je saute presque de joie.

Je ne veux pas penser au reste, à ce que Maman et Antoine ont bien pu lui révéler sur moi et mon passé. Pas grand-chose, j'imagine. S'ils avaient levé le voile sur « l'affaire », il se serait sans doute enfui le plus loin possible de moi, de mon esprit dérangé et de mon corps abusé et anesthésié. Maman ne lui a rien dit, j'en suis convaincue. Elle a toujours protégé mon secret. Elle ne m'a jamais trahie et ne me trahira jamais. J'ai confiance en elle et aussi en Antoine. Il a fait beaucoup pour moi. Rassurée par toutes ces certitudes, je passe sous la douche et enfile la tenue préparée la veille. Je me coiffe d'un chignon négligé, attrape mon sac et cours à la rencontre de Greg.

Tandis que je me dirige vers la cuisine, j'entends les bribes d'une conversation qui semble s'envenimer. Sans bruit, je pose mon sac dans le vestibule et m'approche à pas de loup. Je ne veux pas révéler ma présence, je sens bien qu'ils se taisent lorsque je suis là, comme si j'étais une enfant qui ne peut pas comprendre les paroles des grands. Mais je ne suis plus une enfant, j'ai vingt-deux ans, et même si je me plais à croire que je n'en ai que dix-sept et que ma vie n'est pas encore devenue un cauchemar, je n'en suis pas moins une adulte qui s'est résolue à reprendre sa vie en main.

— Il n'en est pas question, Greg ! Je vous le dis tout net !

— Elle est enfermée ici depuis cinq ans et, de toute évidence, elle ne va pas mieux. Je ne dis pas que vous n'avez pas agi comme il le faut, Anne. Vous avez donné tout ce que vous pouviez à Annabelle, vous l'avez choyée, protégée, aimée comme seule une mère peut le faire, j'en suis sûr. Mais cela ne suffit pas. Elle a désormais besoin d'avancer, et je ne crois pas qu'elle puisse le faire entre ces murs.

— Mais enfin, c'est un comble ! Vous vous êtes découvert une conscience il y a à peine six heures et vous pensez désormais détenir la vérité universelle ? Annabelle est ma fille, ce n'est pas à vous de prendre des décisions pour son avenir.

— Annabelle a vingt-deux ans, Anne. Il ne nous appartient, ni à vous ni à moi, de décider pour elle. Il est temps qu'elle prenne ses propres décisions. Je vais lui faire cette proposition, et j'espère qu'elle y répondra favorablement.

— Greg… Fils… de ton propre aveu, à l'instant, tu affirmais que tu ne te confierais pas la responsabilité de qui que ce soit. Qu'est-ce qui te fait croire que, tout à coup, tu sois capable de veiller sur elle et de lui apporter ce qui lui est nécessaire ?

— Je n'ai peut-être pas toutes les réponses, et je ne suis certainement pas un modèle de stabilité et de sagesse, je te l'accorde. Mais je n'ai pas toujours été ainsi, Papa. Ces dernières années ne peuvent pas définir ce que je suis. Tout comme ces cinq années ne définissent pas ce qu'elle est. Elle peut reprendre sa vie là où elle l'a laissée, j'en suis convaincu… et peut-être que moi aussi.

J'ignore de quoi ils parlent. J'ignore tout de Greg, à dire vrai. Qu'est-il arrivé, il y a quelques années, qui ait fait de lui cet homme désabusé par les femmes et par les choses de l'amour ? Je n'y connais pas grand-chose, je n'ai jamais vraiment aimé, je n'ai jamais su ce que l'on pouvait ressentir lorsque quelqu'un vous aime d'amour. J'ai bien eu quelques petites histoires avant tout ça, de petites tocades d'adolescents qui se sont limitées à se tenir par la main et à se murmurer des mots doux. Je n'ai même jamais embrassé un garçon. Rien qui puisse ressembler à l'idée que je me suis faite de l'amour, en puisant dans la littérature en tout genre qui a bercé ma captivité volontaire.

— Toutes ces belles paroles et ces théories n'effaceront jamais ce qui lui est arrivé. Cette agression a forgé ce qu'elle est aujourd'hui. On ne peut rien y faire.

— Il est temps que cela cesse, vous ne croyez pas ? Ce viol va t-il définir le reste de sa vie ? C'est réellement ce que vous voulez pour votre fille ?

Mon monde s'effondre. Il sait. Maman lui a tout dit. Elle m'a trahie dans ce que j'ai de plus à vif en moi. Je m'appuie contre le mur qui sépare la cuisine du salon et me laisse doucement tomber.

Greg était ma normalité. Greg était l'espoir que je m'étais fait d'un retour à une vie ordinaire. Qu'il ne sache rien, qu'il ne sache pas à quel point mon âme et mon cœur sont noirs, à quel point mon corps est sale, repoussant, dégoûtant, était ma clé vers un autre avenir. Désormais, pour lui comme pour les autres, je suis Annabelle, la gamine violée.

Lentement, je me relève et marche en direction de la porte d'entrée. Je ne prends pas mon sac, je n'en ai pas besoin. Rien de ce qu'il renferme ne me sauvera de ce qui vient de me tomber sur la tête. Aucun grigri, aucun rituel, aucune habitude ne changera rien au fait que Greg est au courant. J'avais l'espoir qu'avec lui, les choses soient différentes. J'avais espéré qu'il me verrait comme je suis. Pas comme une pauvre victime qu'il faut protéger d'elle-même et des autres.

Je traverse la cour, mes chaussures crissant sur le gravier, franchis le portail en fer forgé et rejoins la route en contrebas. Je marche un long moment, laissant filer, tout près de moi les véhicules qui s'agitent en ce lundi matin. Je marche sur la droite, sur la berne herbeuse et perçois à peine les klaxons. Je ne marche pas à gauche. Et alors ? Appelez la police ! Je ricane intérieurement. La police ne m'a jamais été d'aucune aide. Je crois même que tout cela les excitait.

Combien de fois ai-je vu dans leurs yeux cette concupiscence propre aux mâles qui regardent une femme violée ? Cette certitude répugnante qu'en me regardant, ils déroulaient le film de mon calvaire, comme s'ils regardaient un porno, bien installés dans leur canapé. Cette langue qu'ils glissaient sur leurs lèvres, sans même en être conscients, tandis qu'ils m'imaginaient nue, à la merci de mes violeurs, je ne l'ai que trop vue. Je ne veux pas voir cela dans les yeux de Greg. Si tel était le cas, je crois bien que j'en mourrais.

Soudain, une voiture freine à grand bruit sur l'asphalte et stoppe tout près de moi.

— Je peux vous déposer quelque part, mademoiselle. Cette route est dangereuse, vous savez ? Vous ne devriez pas être ici. Où allez-vous ?

Je n'en ai pas la moindre idée, alors je dis :

— Je vais sur Marseille.

— O.K., alors montez, je vous déposerai au plus près de votre destination. Vous allez m'expliquer tout ça, mon petit.

Je m'appelle Annabelle et je monte dans la voiture de ce parfait inconnu, au mépris de toutes les règles de sécurité dont ma mère m'abreuve depuis mon enfance. À quoi bon les règles quand les fauves se targuent de les transgresser les unes après les autres ?

Chapitre 42

Tête à claques

Lundi 4 mai 2015

La discussion entre mon père, Anne et moi a tourné court depuis une bonne vingtaine de minutes, nous restons sur un *statu quo,* aucun d'entre nous ne voulant céder.

Je leur ai appris ma volonté de demander à Annabelle de venir passer quelque temps chez moi. J'ai largement la place pour l'accueillir sans que la promiscuité soit un obstacle. J'étais résolu à veiller sur elle et l'incident de la nuit m'en a définitivement convaincu. Anne aura enfin l'opportunité de vivre pour elle-même, et la présence de mon père au petit-déjeuner m'a fait prendre conscience du lien qui le lie à elle.

Je n'ai jamais vu mon père avec une autre femme. C'est la première fois. Et je me rends compte que cette histoire ne date pas d'aujourd'hui. Je n'y ai vu que du feu. Il faut dire que, mis à part ma petite personne, je n'étais pas intéressé par grand-chose, ces dernières années. Papa et moi allons devoir avoir une petite discussion. Mais pas aujourd'hui.

Pour le moment j'attends Annabelle, qui est montée il y a plus de trois quarts d'heure et qui ne redescend pas. Je consulte ma montre pour la troisième fois en cinq minutes et me résous à aller la chercher. Elle semble heureuse de venir travailler avec moi et la manière dont elle a foncé dans les escaliers pour se préparer m'a fait sourire. Elle a parfois des réactions d'adolescente, et j'aime vraiment ça. La différence nette entre l'adulte grave et tourmentée et l'adolescente gaie et insouciante est parfois troublante, mais ô combien stimulante.

Annabelle n'est pas dans sa chambre. La chemise de nuit qu'elle portait encore ce matin gît sur le sol, preuve qu'elle s'est préparée pour aller travailler. Un rapide petit tour dans la salle de bain me prouve qu'elle a pris une douche, les parois sont trempées et une serviette humide est négligemment posée sur le lavabo. Alors où peut-elle bien être ?

Je redescends en direction de la cuisine et, traversant le vestibule, j'aperçois le petit sac besace qu'elle avait avec elle, lorsque nous sommes allés à Callelongue.

Espérant la trouver dans la cuisine, je m'y rends d'un pas rapide quand je découvre le portable d'Annabelle, tout près du mur qui la sépare du petit salon. Je le ramasse, le tourne et le retourne dans ma main, et entrevois le début d'un problème.

Je l'ai vue, plus d'une fois, dans des moments de stress intense, serrer contre elle ce portable. Pour une raison qui m'échappe, il a pour elle une importance capitale, comme une sorte de grigri porte-bonheur. Elle ne peut l'avoir laissé tomber sans s'en rendre compte, c'est hautement improbable. Je me rue dans la cuisine au moment où Anne raccroche le téléphone :

— Robert Jussian vient d'appeler. C'est notre voisin. Il habite la maison un peu en contrebas. Il dit qu'il a vu Annabelle marcher le long de la grand-route, en direction de Marseille…

Tout à coup, les pièces du puzzle se mettent en place : la vive discussion que nous avons eue, tandis que nous la croyions à l'étage, les propos que nous avons tenus concernant son agression, le téléphone et le sac abandonnés, tous ces éléments s'imbriquent parfaitement.

— Je vais la chercher ! dis-je en attrapant ma veste et mes clés de voiture.

Au passage, je fourre son téléphone dans ma poche et attrape sa besace. Mon inquiétude se renforce à chaque seconde. Je ne sais pas ce qui trotte dans sa tête, mais je la sais suffisamment fragile pour avoir perdu les pédales à l'idée que je sache la vérité.

À la hâte, je prends la direction de Marseille. Le moteur de la Porsche est mis à rude épreuve, je dépasse des colonnes de voitures, sans la moindre précaution, je guette sa silhouette sur le bas-côté, elle n'a pas pu aller si loin. Depuis combien de temps est-elle partie ?

Je commence vraiment à paniquer, quand je la distingue enfin. Elle monte à l'avant d'une voiture, qui repart aussitôt, à vive allure. À qui appartient cette voiture ? Connaît-elle le conducteur ? Où la conduit-il ? J'imagine un homme, trop heureux d'avoir fait monter dans sa voiture une jolie femme vulnérable. Je me sens près de l'implosion. Mon sang ne fait qu'un tour. J'accélère, pied au plancher, zigzaguant entre les véhicules sur les deux voies encombrées. Je remonte la file, jusqu'à pouvoir lire la plaque d'immatriculation que je mémorise. Mon instinct ne m'a pas trompé, c'est bien un homme qui est au volant. J'accélère encore, le dépasse par la gauche, tout en jetant un bref coup d'œil dans l'habitacle : tout semble normal.

Je me rabats devant lui, accélère encore, mettant entre nous une distance appréciable, puis, d'un coup de volant parfaitement contrôlé, je fais faire un quart de tour à la Porsche qui s'immobilise en travers de la voie de droite. Le conducteur réagit promptement et pile net, le pare-chocs contre ma portière passager. C'était moins une. Je sors de la voiture, me dirige sans hésiter vers Annabelle et, ouvrant la portière, lui intime l'ordre de sortir.

— Sors de cette voiture, immédiatement !

Je crois que je crie. Je suis littéralement hors de moi. L'homme tente une rebuffade et attrape le bras d'Annabelle pour la retenir.

— Lâche-la, connard. Je ne te le dirai pas deux fois. Tu la lâches ou je te défonce la gueule !

Le type n'insiste pas, il me traite de grand malade, tandis que j'extrais *manu militari* ma petite fugueuse du siège passager. À peine la portière refermée, le type redémarre, contourne ma voiture et s'enfuit sans demander son reste.

— Monte dans la voiture, tout de suite !

Elle me regarde, apeurée, les larmes frappant déjà aux portes de ses paupières.

— Pas cette fois, Annabelle, tes larmes ne te sauveront pas. Monte dans la voiture avant que je n'explose vraiment ! Il ne me reste pas une once de patience, je te préviens.

Elle s'exécute sans un mot.

Je monte à mon tour et reprends la route vers Marseille. Je suis à l'affût d'un endroit pour m'arrêter et pour lui demander des explications. Elle ne bouge pas un sourcil, recroquevillée contre la portière, scrutant ses doigts avec attention.

J'avise un parking pour routiers à quelques mètres et m'y engage rapidement. Ça fera l'affaire. Je me gare, sors de la Porsche, la contourne et ouvre la portière passager en lui tendant la main.

— Sors de la voiture, Annabelle. Nous avons à parler.

Elle refuse mon aide et sort par elle-même.

« Putain de fille butée ! Je n'en ai pas fini avec toi ! »

Je m'appelle Greg Delcourt, je suis un type plutôt calme, en temps normal, mais à cet instant, je sens bouillonner en moi une rage folle et un profond soulagement. Elle est avec moi ; elle est en sécurité désormais.

Chapitre 43
Piège en eaux troubles

Lundi 4 mai 2015

Je l'entraîne vers une table de pique-nique en bois, la soulève et l'y assois. Elle se laisse faire. Je me rends parfaitement compte que je dois recouvrer mon calme avant de lui demander des comptes. J'ai tout à la fois envie de la gifler et de la prendre dans mes bras. J'ai envie de lui crier à quel point elle a été inconséquente, à quel point elle m'a fait peur et, pourtant, je brûle aussi de l'embrasser. Je dois me reprendre, je dois me calmer. Je sens bien que mon attitude est déraisonnable. Je ne me reconnais pas moi-même. Mais bon sang ! Qu'est-ce qui me prend à la fin ?

Un instant, je plonge mon visage dans mes mains, tentant de reprendre le contrôle de mes émotions. Les émotions, ce poison mortel qui m'a brisé, en son temps, que je me suis appliqué à museler depuis Ava, jour après jour, me refusant à ressentir quoi que ce soit, mis à part du plaisir et de l'autosatisfaction. Et voilà que toutes ces choses affluent de nouveau en moi. Si ce type lui avait fait le moindre mal, j'ignore de quoi j'aurais été capable. J'avais des envies de meurtre en le regardant agripper le bras d'Annabelle, la retenant dans la voiture. Mais, à bien y penser, ce n'est pas vers lui que ces envies étaient dirigées.

Qui qu'ILS soient, quoi qu'ILS aient fait, je voudrais les étrangler de mes propres mains. Ce constat plus que violent me sidère. Je veux tuer ces fils de putes qui lui ont fait du mal, ces monstres que j'imagine investissant son corps, encore et encore, insensibles à ses supplications, à ses larmes et ses hurlements. Ce n'est pas à elle que j'en veux. Enfin dans une moindre mesure. Cette prise de conscience m'apaise.

Désormais plus calme, je m'approche. Elle ne pleure pas. Son regard toujours fixé sur ses mains, elle semble attendre une punition, résignée et terrorisée. Je peux le sentir d'ici. Je ne veux pas lui inspirer de la peur. C'est tout le contraire…

— Qu'est-ce qui t'a pris, Annabelle ? Pourquoi être montée dans la voiture de ce type ? N'as-tu donc aucune conscience de ce qui aurait pu arriver ?

Elle lève son visage vers le mien. J'y lis l'incompréhension. Elle ne se rend même pas compte du danger qu'elle a couru.

— Je voulais partir, m'éloigner de vous tous, il fallait que je m'en aille.

Son ton est misérable. Ses lèvres tremblent. Elle retient ses larmes du mieux qu'elle peut.

— Pourquoi voulais-tu t'éloigner de nous, exactement ?

— Je vous ai entendu vous disputer. Je vous ai entendu parler de… ça. J'aurais donné n'importe quoi pour ne pas entendre ces mots venant de toi. Des autres oui, mais pas de toi. Tu sais des choses que je voulais que tu ignores. Tu étais la seule personne qui ne me voyait pas comme la victime que je suis, aux yeux de tous. Ton regard n'était pas empreint de pitié. Tu me regardais différemment. Tu me voyais vraiment… Tu me voyais moi !

J'ai du mal à imaginer ce qu'a été sa vie depuis cinq ans, à quoi ont ressemblé les quelques rapports humains qu'elle a partagés. Je l'ai imaginée seule, terrée dans sa chambre d'adolescente, ressassant les horreurs du passé. Je n'avais jamais pensé à ce qu'avait pu être le regard des autres. Je la regarde, vraiment. Je me rends compte que ma manière de la voir a changé, mais pas dans le sens qu'elle imagine.

La toute première fois, je l'ai observée avec envie. Je voulais son corps, l'investir à la hussarde, me repaître d'elle jusqu'à plus soif, lui donner du plaisir et sentir ce plaisir amplifier le mien. J'imaginais son sexe se refermer sur le mien, au rythme de ses orgasmes, me rendant fou de désir, chaque fois un peu plus, jusqu'à une délivrance finale que j'avais imaginée intense et salvatrice. Et puis, nous aurions certainement recommencé, encore et encore, parce que je savais que je ne pourrais pas me lasser d'elle aussi facilement. J'imaginais son corps comme un violon dont j'aurais joué en virtuose, faisant vibrer chacune de ses cordes, lui arrachant les sons les plus purs, les plus rares, pièce maîtresse d'une symphonie à quatre mains dont j'aurais été le soliste extatique.

Maintenant que je la regarde, du haut de mon calme retrouvé, je vois en son corps une cathédrale. Un lieu de culte que je veux vénérer, honorer, un sanctuaire où mon âme trouvera le pardon et le repos.

— Je ne te regarde pas différemment ou du moins, si, tu as raison, mais pas comme tu l'imagines, Annabelle.

Elle me fixe de nouveau et je lis à quel point elle me sonde, à quel point elle voudrait y croire, mais s'y refuse. Elle se sent une victime et elle l'est. La victime d'un crime sans nom qui sera puni, d'une manière ou d'une autre, j'en fais le serment. Mais je dois choisir mes combats. Je dois me battre pour elle, parce qu'elle est ma priorité absolue.

Cette révélation me tue. Je pensais que la réparer était mon objectif. Je me voyais en sauveur, victorieux d'un mal que personne n'avait su guérir. Tel Pasteur découvrant le vaccin contre la rage, je m'imaginais vainqueur des peurs d'Annabelle. Elle redevenait elle-même et retrouvait le goût de vivre. Je la sauvais et j'en étais fier. Et puis quoi ensuite ? Je la laissais repartir, enfin guérie tandis que je me lançais dans une autre guerre sainte ? Je n'ai pas la moindre intention de la laisser repartir. Je veux la guérir, parce que je la veux, elle, la totalité de ce qu'elle est, son corps, son âme et son cœur. Je veux qu'elle m'aime…

Cette révélation me cloue au sol. Je plonge mon regard dans le sien. Je le sais intense, fiévreux, embrasé.

— Non, Annabelle, je ne te regarde pas comme une victime, loin de là. Je te regarde comme la femme que tu es, avec tes blessures, j'en conviens, mais je vois tellement d'autres choses en toi. Ce que tu as subi, et dont je suis loin de connaître le détail, a fait de toi ce que tu es aujourd'hui. Mais qui sait ce que tu seras demain ou dans un an ? C'est à toi de le choisir. Tu peux tout faire, tout espérer, ta vie n'en est qu'à son commencement.

Je m'approche encore, saisis ses mains dans les miennes et lui chuchote :

— Et si tu le souhaites, je serai près de toi, à chacun de tes pas dans cette nouvelle voie.

Je l'attire doucement contre moi et la prends dans mes bras. Sa tête vient tout naturellement se poser contre mon torse, tandis que ses mains hésitent à trouver leur place. Saisissant la droite, je la pose sur mon cœur, tandis que mon nez plonge dans sa chevelure. Elle a cette odeur de miel, de soleil, de printemps et ses cheveux sont incroyablement doux. Un petit coin de paradis, en somme.

— Ne fais plus jamais ça, Annabelle. Ne me fuis plus, ne remets plus jamais ta vie en d'autres mains que les miennes, je ne le supporterai pas.

Je suis Greg, je tombe en chute libre dans un piège qui se retournera sans doute contre moi, mais contre lequel je sais, d'ores et déjà, que je suis résolument impuissant.

Chapitre 44
Quatrième dimension

Lundi 4 mai 2015

Je suis dans ses bras et je m'y sens bien. Je voudrais pouvoir dire le contraire ou plutôt je devrais, en toute logique, détester ce contact masculin, mais ce n'est pas le cas.

J'aime son odeur. Elle est différente de la leur. Elle est boisée, légèrement musquée. Il y a une note fraîche que je ne reconnais pas. Il n'a pas cette odeur qui emplit encore trop souvent mes narines, la nuit. Ce mélange de sueur, de désir, de fluides corporels, qui a bercé ma captivité. Il sent bon, tout bêtement. Il ne me serre pas contre lui, il me tient dans ses bras. Il ne m'écrase pas contre son corps, il est doux. Son visage repose dans mes cheveux. Je crois qu'il les respire, comme je le respire. Étonnamment, je me sens en sécurité. Je n'aurais jamais imaginé cela possible.

Une de ses mains repose sur ma taille, l'autre frôle ma nuque, sans hâte, sans brusquerie. Ses doigts effleurent ma peau, qui picote étrangement. Je crois que je pourrais m'endormir là, contre lui, comme cette nuit, en toute confiance. Greg rompt cette étreinte et me maintient légèrement à distance en me regardant d'un air un peu paternaliste et néanmoins intense.

— Dis-moi que tu ne recommenceras plus.

— Je ne recommencerai plus. Mais… les choses sont différentes, maintenant.

— En quoi le sont-elles ?

— Tu connais… la vérité.

— Je sais certaines choses, en effet. Je suis loin de tout savoir et je ne le saurai pas tant que tu ne me l'auras pas confié.

Je le regarde, atterrée. Croit-il vraiment que je pourrai lui raconter une telle chose ? A-t-il une idée de ce qui m'est arrivé ? Peut-il imaginer un instant que je pourrais poser des mots sur… ça ?

— Je comprends que tu ne puisses pas l'imaginer, pour le moment. Mais, un jour, tu auras suffisamment confiance en moi pour l'envisager.

— Greg… Je ne l'ai jamais raconté à personne…

— Mais la police…

— La police sait ce qu'elle a conclu de mes blessures et du peu que je lui ai dit.

— Alors… s'ils n'ont pas retrouvé les coupables, c'est parce que…

— Parce que je leur ai dit que j'avais tout oublié les concernant.

— Mais c'est faux, n'est-ce pas ?

— Je n'ai rien oublié…

Pour la toute première fois, je le confesse à quelqu'un. Depuis cinq ans, je mens pour tenter de sauver ma vie et celle des miens. Ma mère pense que mes cauchemars sont des images fugitives, sans visage.

Elle a longtemps espéré que les souvenirs rejailliraient, que la vérité éclaterait au grand jour, que les coupables seraient punis. Mais je suis allée sur internet, j'ai consulté des centaines de jugements sur des affaires de viol en réunion. Aucun de ces types ne s'en est sorti avec de la prison à vie. Alors, je me suis tue.

Tandis qu'ils me rouaient de coups de pied, le quatrième jour, Zéro m'a bien avertie :

« Si tu dis quoi que ce soit sur notre escapade, nous reviendrons. Et ce qui s'est passé ici te paraîtra incroyablement doux, à côté de ce que nous te ferons subir, avant de te tuer et de tuer toute ta famille. Tu as une petite sœur, elle est très jolie. Crois-tu qu'elle aimerait que nous l'initions, à son tour ? »

Il tenait dans ses mains le portefeuille que j'avais glissé dans la poche arrière de mon jean, ce matin-là, en partant chercher le petit-déjeuner. Il contenait ma carte d'identité et des photos de ma famille. Ils savaient tout ce qui leur était nécessaire : nos noms et notre adresse.

— Tu ne dois rien dire, Greg !

Je crie soudain, réalisant que je viens de nous mettre en danger.

— Si tu parles, ils reviendront et nous mourrons tous. Ils nous tueront après nous avoir tellement fait souffrir que nous appellerons cette mort de nos vœux. Je t'en supplie…

Je panique, les larmes tombent en cascade, à l'intérieur, me submergeant déjà. Il ne doit pas parler, il ne sait pas à quel point ces êtres n'ont rien d'humain.

Il me rapproche de lui, m'entoure de ses bras, caresse mes cheveux et embrasse mon front.

— Chut… Je ne dirai rien, je te le promets. Nous trouverons une autre solution. Je ne vous mettrai pas en danger, toi et les tiens. Calme-toi. Calme-toi.

Il m'entraîne doucement vers la voiture, un bras autour de ma taille, m'installe sur le siège et referme la portière. Il prend le volant et roule pendant un bon moment. Je crois que je m'endors, car soudain je suis dans ses bras.

— Rendors-toi, Annabelle. Je vais prendre soin de toi.

— Nous devons aller au bureau, Greg, lui dis-je dans un souffle, comme dans un rêve.

— Je crois que nous allons remettre ta rentrée à demain, qu'en penses-tu ?

Je ne réponds pas. Mon corps repose maintenant sur un matelas moelleux. Une couette légère et fraîche glisse sur moi.

— Dors maintenant.

Et je sombre dans un sommeil sans rêve.

Il est près de vingt heures lorsque j'ouvre les yeux. Je suis dans une jolie chambre, spacieuse, féminine, aux couleurs claires. Le lit dans lequel je suis allongée est gigantesque, en fer forgé, à baldaquins. Aux quatre coins, se déploient de longs voilages écrus, tandis qu'un ciel de lit garni de la même étoffe me donne l'impression de flotter dans les nuages. La chambre est meublée de manière délicate, rappelant le fer forgé et l'écru des voilages. Une chambre de princesse, en quelque sorte.

Je me lève, inspecte chaque recoin de la chambre, découvre la salle de bain attenante, toute en marbre blanc veiné de noir. À gauche, une douche à l'italienne en verre bleu, cloqué de minuscules bulles, simplement féerique, et, en plein milieu de la pièce, une immense baignoire balnéo qui tient davantage du jacuzzi, invitent aux plaisirs de l'eau. Des plantes vertes parachèvent cette atmosphère incroyablement zen. C'est un petit paradis.

— Ta salle de bain te plaît ?

Je me retourne, surprise d'entendre sa voix. Il se tient près de la porte, appuyé au chambranle.

— Ma salle de bain ? Mais comment ça ?

Il vient au-devant de moi, saisit ma main et entrelace nos doigts. Il repousse une mèche folle derrière mon oreille et me regarde avec attention, son œil noisette et son œil bleu brillant d'un commun accord, de la même intensité.

— Annabelle, je t'ai dit que j'allais veiller sur toi, que j'allais rester à tes côtés et je vais tenir parole. J'ai pensé que tu aimerais peut-être changer un peu d'horizon. Toi et moi, nous allons travailler ensemble, passer beaucoup de temps tous les deux. Alors pourquoi ne pas vivre sous le même toit, quelque temps ? Aussi longtemps que tu le souhaiteras, en fait.

Je suis totalement abasourdie. Est-ce qu'il me demande vraiment ce que je crois ?

— Tu me demandes de venir vivre avec toi ?

— Oui, c'est exactement ce que je te demande.

Je suis Annabelle, j'ai vingt-deux ans, je n'ai jamais quitté ma maison d'enfance et, soudain, un homme que je connais depuis à peine trois semaines me demande de venir vivre avec lui. Serais-je tombée dans la quatrième dimension ?

Chapitre 45
Cruel dilemme

Lundi 4 mai 2015

Faut-il que je sois sacrément tordu pour lui avoir demandé de venir vivre chez moi… Tordu ou bien masochiste. Combien de temps vais-je pouvoir endurer sa présence avant d'imploser ? La question est posée. Suis-je capable de vivre auprès d'elle sans la toucher, la caresser, la vouloir à tout prix sous moi, autour de moi ? Je n'en ai pas la moindre idée…

Voilà trois semaines que je la connais et que je vis comme un moine, m'imposant une chasteté qui est loin de me ressembler. Je suis un jouisseur compulsif. J'aime le sexe, sous toutes ses formes, comme d'autres aiment la vitesse, l'argent ou la drogue. Depuis que mon chemin a croisé celui d'Ava, le sexe est devenu mon obsession. Repousser les limites du plaisir, mon sacerdoce. Elle m'a ouvert les portes d'un monde de volupté, de tourments, de plaisirs que je n'avais jamais envisagé auparavant.

J'avais vingt et un ans lorsque je l'ai rencontrée. Je n'avais pas été particulièrement précoce, goûtant ma première relation sexuelle à dix-huit ans avec Farah, une étudiante égyptienne, venue du Caire pour étudier le français. Nous nous étions rencontrés dans une soirée étudiante, nous étions plu, avions flirté quelque temps avant de passer à l'acte, dans la chambre mansardée qu'elle louait au prix fort. Avec elle, j'avais découvert les joies du sexe et exploré les positions de base, et d'autres, plus exotiques. Son enthousiasme dans ce domaine était communicatif et j'aimais vraiment ces moments passés ensemble.

Mais j'avais, à cette époque, d'autres préoccupations. J'avais développé une application, dans le domaine biomédical, qui s'était avérée si innovante qu'elle m'avait propulsé dans un monde qui n'était pas le mien. J'entrais dans la cour des grands et décidais de conserver mes droits et de commercialiser cette application par moi-même. C'était le début de l'aventure Delcourt Ingénierie.

Alors, Farah a poursuivi sa route et moi la mienne. Il y a eu d'autres filles, mais pas LA fille.

C'est trois ans plus tard que ma route a croisé celle d'Ava Brown et que ma vie sexuelle s'est embrasée. Avec elle, le sexe avait un goût de fruit défendu. Tout était bon pour grimper au septième ciel, il n'y avait ni tabou ni interdit. Avec Ava, j'ai découvert la quête du plaisir absolu, le sexe intense, souvent brutal, mais aussi la notion de douleur qui exacerbe le plaisir. J'adorais tout cela, cette passion folle, ce sexe débridé, cette sensation d'être tout à la fois son maître et son esclave. J'étais aveuglé, incapable de la moindre réflexion la concernant, une sorte d'état d'hypnose permanent dont je refusais de sortir.

Il m'aura fallu deux ans pour ouvrir enfin les yeux, pour percer l'épais rideau de fumée qui obscurcissait mon jugement. Il aura fallu Franck Merlin et ses photos pour me faire redescendre sur Terre et comprendre que je ne détenais pas l'exclusivité sur le corps et les talents d'Ava.

Tandis que je regarde Annabelle dévorer le contenu de son assiette, je réalise que je ne sais rien des rapports amoureux « standards ». Pour tout dire, je ne sais rien de l'amour. Je n'ai jamais aimé. Je ne l'ai jamais expérimenté, pas même dans mon propre foyer.

Ma mère est morte très jeune. Je n'ai pas le moindre souvenir d'elle. Je n'ai pas non plus de souvenir de mes parents, ensemble. S'aimaient-ils ? J'imagine que oui. Mon père ne s'est jamais vraiment remis de sa mort. Je l'ai toujours connu taciturne, pensif, triste. Il contemplait souvent ses portraits, disséminés un peu partout, dans notre grande maison. Il voulait que je sache combien ma mère était belle et aimante. Nous regardions souvent les quelques vidéos d'elle que mon père conservait comme de précieuses reliques. Ils avaient l'air heureux. Mais qu'est-ce que je peux bien savoir de ces choses-là ?

Ma vie est un grand désert affectif. Non pas que mon père ne m'ait pas aimé. Bien au contraire. Il la voyait en moi, et elle m'avait confié à lui. Malgré la tentation, il ne s'était jamais résolu à déléguer à d'autres mon éducation. J'ai bien sûr eu une nounou, comme beaucoup d'enfants de mon milieu. Mon père était un homme d'affaires très occupé, voyageant beaucoup, souvent absent de la maison. Mais il savait aussi nous ménager des moments père-fils qui me sortaient de la solitude dans laquelle je vivais. Il m'a appris à faire du vélo, à pêcher puis à chasser. Il m'emmenait parfois à son travail, pendant les vacances scolaires. J'y ai fait mes premières armes, assis au bureau à côté du sien, apprenant la dure loi des affaires.

Antoine et moi avons toujours été très proches, bien qu'éloignés par cette douleur qu'il portait en lui et que je lui rappelais sans cesse. Il n'y a jamais eu d'autre femme à la maison. Je n'ai pas la moindre idée de ce que sont les rapports amoureux homme/femme, hormis une vision, de toute évidence déformée, découverte à travers les yeux d'Ava.

Annabelle me sourit, ses yeux pétillent de gourmandise, tandis qu'elle déguste le tiramisu aux fruits rouges confectionné par Véronique, la femme qui règne sur ma maison, gouvernante, cuisinière, intendante et blanchisseuse tout à la fois.

— Tu as l'air de te régaler, dis-je en souriant devant la petite moustache de mousse rouge qui orne sa lèvre supérieure.

Je l'essuie doucement de la pulpe du pouce, que je fourre dans ma bouche, d'un air espiègle. Elle glousse comme une écolière. Son rire est rafraîchissant. Elle ne m'a toujours pas donné de réponse. Depuis le début du repas, je balance entre l'espoir de la voir dire oui et le souhait, très relatif, de la voir refuser.

Je désire qu'elle accepte parce que je la veux près de moi pour tout un tas de raisons pratiques, mais aussi pseudo-sentimentales que je préfère ne pas approfondir, pour le moment. Mais je redoute aussi cette réponse qui va, je le sais, me plonger dans un monde de tourments intenses. Je vais devoir me contrôler. Je vais devoir apprendre à gérer mes désirs et ses répulsions. J'ai bien conscience des troubles émotionnels qui sont les siens. J'ai conscience de ses peurs, des fantômes qui la hantent. Comment puis-je espérer lui rendre goût à la vie ? Est-elle en mesure de s'ouvrir au monde et, plus que tout, de s'ouvrir à moi ? Y a t-il un avenir pour elle et moi ?

— Je crois que j'aimerais bien vivre ici, un moment. Crois-tu que tu pourras te conduire convenablement, sur une longue période ?

Elle pose la question sur un ton de défi. Mais ce petit clin d'œil cache une question bien plus importante. Serai-je capable d'avancer à son rythme, de ne pas la solliciter sexuellement parlant, de ne pas la pousser plus loin qu'elle ne pourra le tolérer ?

Je me nomme Greg, j'ai vingt-huit ans et je m'apprête à démarrer une aventure inédite, tout à la fois effrayante et enivrante, à la découverte d'Annabelle, à la découverte de moi-même…

Chapitre 46
Confession

Lundi 4 mai 2015

— Crois-tu que tu pourras te conduire convenablement sur une longue période ?

C'est la question qui me brûlait les lèvres et que je laisse échapper, bien malgré moi.

Greg Delcourt, homme à femmes devant l'Éternel, pourra t-il s'empêcher de me poursuivre d'ardeurs auxquelles je ne peux répondre ? Oui, j'ai envie de vivre quelque temps ici. Je m'y sens chez moi tout en étant enfin ailleurs. J'ai une jolie chambre, une salle de bain incroyable, la maison est grande et belle, la piscine immense. Le décor est paradisiaque : les dunes, la mer, c'est juste magique…

Je vais travailler avec Greg, et j'attends beaucoup de cette collaboration. Dans mon entreprise de reconstruction de moi-même, je sais que cette part de ma vie revêtira une importance capitale. J'ai besoin de me sentir utile, de rattraper le temps perdu, de renouer avec ces années où j'avais soif d'apprendre. Je veux tout connaître. Je veux être capable de le seconder le mieux possible. Il m'offre une opportunité que je n'aurais pas même osé espérer, après autant d'années de repli sur moi-même. Je n'ai même pas mon bac en poche et encore moins le diplôme d'études supérieures dont j'avais rêvé, mais le domaine de recherche de Delcourt Ingénierie est passionnant.

Je sais que Greg et moi allons pouvoir nous entendre. Je vais devoir m'adapter à son caractère presque tendre par moment et dirigiste à d'autres. Je vais devoir le maintenir à distance parfois. Ce point m'est particulièrement pénible. Je vais également devoir faire face à toutes les femmes qui peuplent sa vie, ou plutôt hantent ses nuits…

Les ramènera-t-il ici ? Vais-je devoir les croiser et faire bonne figure ? Une chose est certaine : il ne me sera pas utile de mémoriser leurs noms… Jetées après usage, les pauvres… Même si je sais qu'elles savent à quoi s'en tenir, je me demande comment elles font pour l'oublier. Comment oublie-t-on un homme tel que Greg ?

— Je pense pouvoir me contrôler en ta présence, Annabelle, me dit-il avec un sourire moqueur.

Je hoche la tête, et puis lui pose l'autre question qui me taraude.

— Ces femmes que tu vois, je veux dire celles que tu…

— … baises, Annabelle. C'est le terme idoine. Il faut appeler un chat un chat.

Bon sang, ce que je peux détester son franc-parler quand il s'agit de sexe ! Je soupire bruyamment.

— O.K. Alors, ces femmes, tu les ramènes ici ? Je serai amenée à les croiser ?

— Est-ce que tu m'écoutes quand je te parle, Annabelle ? Il me semble avoir été très clair à ce sujet à Callelongue : il n'y aura pas d'autre femme.

— Mais… tu …

— Mais je quoi ?…

— Tu as des besoins, si j'ai bien compris. Tu es… comment dire… un gros consommateur…

Je dois être rouge coquelicot, tant cette conversation me semble déplacée. Je revois Greg, dans toute sa nudité, le soir du gala, et je vire directement au rouge brique.

— J'avoue avoir fait une consommation excessive, ces dernières années. Mais ce n'est plus ce dont j'ai envie, aujourd'hui. Il n'y a pas eu de femme depuis Camille.

— Camille ?

— La fille du gala…

— Oh… je vois. Celle qui criait si fort qu'on pouvait l'entendre à cinquante mètres à la ronde ?

—Tu exagères peut-être légèrement. Elle ne criait pas si fort.

Il rit aux éclats, et son rire est si communicatif que, contre toute attente, je me mets à rire à mon tour.

— Je t'assure que si. J'ai cru que tu lui faisais du mal. Pourquoi aurait-elle crié, sinon ?

Je me rembrunis. Greg fronce les sourcils un instant, puis se lève, contourne la table et vient s'agenouiller près de moi. Son regard plonge en moi. Il sonde ma capacité à entendre ce qu'il va me dire, puis se lance :

— Peut-être parce qu'elle ressentait beaucoup de plaisir et que c'était sa manière à elle de l'extérioriser. Chaque femme vit cela à sa façon.

J'ai du mal à imaginer une telle chose. Pour moi, les cris sont faits pour manifester des sentiments négatifs, comme la colère, la peur ou la douleur.

—Ne t'est-il jamais arrivé de ressentir un plaisir tel, une joie si intense que tu aies eu envie de crier ? On dit bien *« crier de joie »,* tout comme on peut *« pleurer de bonheur »...*

— Peut-être bien que oui, lorsque j'étais enfant. Mais c'est tout à fait différent du sujet qui nous occupe. J'ai...

Je me tais, abasourdie. Étonnamment, je suis presque tentée de verbaliser des choses avec lui, comme si je parlais avec un ami ou un frère en qui j'aurais placé toute ma confiance.

— Dis-moi, Annabelle. Tu ne dois pas avoir peur de me parler, ni redouter mes réactions. Je t'ai promis que je serais là pour toi, à chaque instant de ton périple. Si tu veux guérir du mal qui te ronge, tu vas devoir accepter de l'extirper, morceau après morceau. La première fois, ce sera pénible, et puis, au fur et à mesure, cela deviendra plus facile. Tu en ressentiras même le besoin, et tu te rendras compte qu'en parler te soulage. Mais tu dois faire le premier pas, un tout petit pas...

Quelque part en moi, je sais qu'il a raison. Mais par où commencer ? Qu'est-il acceptable de dire ? Que sera-t-il capable d'entendre ? À quel moment la révélation de mon passé le dégoûtera-t-il tant qu'il m'abandonnera ?

— Tu ne veux pas entendre ce qui pourrait sortir de moi, Greg, tu peux me croire !

Il fronce à nouveau les sourcils, réfléchit un instant et reprend :

— Je me souviens de ce que tu m'as dit à Paris, au George V. Tu as dit que si, un jour, tu devais t'offrir à un homme, tu choisirais quelqu'un qui t'aimerait telle que tu es, avec tes blessures, avec tes peurs et qui ferait tout ce qui est en son pouvoir pour les adoucir. Tu t'en souviens ?

Je hoche la tête.

— Je veux être cet homme-là, Annabelle. Je t'accepte comme tu es : avec tes fêlures, tes fantômes, tes peurs. Je ne m'enfuirai pas…

— Tu l'as déjà dit, à la clinique… Mais, lorsque je t'ai parlé, lorsque je t'ai confié des choses, tu as pris peur et tu es parti…

— Tu as raison, j'ai eu peur, mais pas de ton passé. J'ai eu peur de ne pas me montrer à la hauteur. J'avais tort, Annabelle. Je suis à la hauteur. Nous sommes à la hauteur, toi et moi. Et nous remporterons cette bataille. Ensemble. J'en suis convaincu.

Ses yeux brillent d'un nouvel éclat. Ils reflètent la parfaite sincérité de ses paroles. Sera-t-il capable de tenir la distance ? Je l'ignore, mais je choisis de m'en remettre à lui.

Mes doigts tremblent. J'avale ma salive avec difficulté. Pourquoi est-elle si épaisse ? Pourquoi ma bouche est-elle aussi sèche ?

Comme lisant dans mes pensées, Greg me tend un verre d'eau. Il ne me lâche pas du regard. Il me soutient. Il m'encourage.

— J'ai crié, j'ai hurlé, mais ce n'était pas de plaisir. Ce n'était que terreur et douleur. Tout ce que je connais du sexe se résume à cela : l'humiliation, la peur et la souffrance…

Je me nomme Annabelle, je viens de m'ouvrir à Greg comme je ne l'ai jamais fait avec personne. Et, tandis que son regard se perd en moi, je prie, avec ce qu'il me reste de foi, pour qu'il ne me rejette pas.

Chapitre 47
Reconnaître ses erreurs

Lundi 4 mai 2015

« J'ai crié, j'ai hurlé, mais ce n'était pas de plaisir. Ce n'était que terreur et douleur. Tout ce que je connais du sexe se résume à cela : l'humiliation, la peur, la souffrance… »

Cette phrase ô combien douloureuse me crucifie. Je ne sais comment gérer les émotions qui affluent en moi tandis que je me relève, l'attire à moi et l'enveloppe de mes bras.

La haine, la douleur, la compassion, l'urgence de la protéger, l'envie de tout effacer, le désir de lui montrer la beauté du monde, le besoin viscéral de LES tuer, le désespoir devant sa souffrance, toutes ces choses se bousculent en moi, alors que sa joue vient tout naturellement trouver sa place sur mon torse. Je la serre délicatement contre moi. Je ne veux pas lui faire peur. Je ne doute pas que, dans sa tête, tournent en boucle des images dont l'horreur défie l'entendement.

Je songe à cette phrase d'Anne Maury : *« Annabelle a été enlevée, séquestrée, violée, torturée et laissée pour morte. »*

Lorsqu'elle l'a prononcée, j'en ai pris acte dans sa globalité. Aujourd'hui, tandis que ses larmes mouillent ma chemise, je prends conscience des détails : enlevée, séquestrée, violée, torturée, laissée pour morte... Je réalise à quel point son parcours a été épouvantable, à quel point elle a dû souffrir dans sa chair et dans son âme.

Je ne me résous tout simplement pas à l'imaginer. Et surtout, je me pose cette question : comment a-t-elle pu survivre à une telle abomination, alors qu'elle n'était qu'une enfant, totalement pure et innocente ? Sa détermination à rester en vie, pendant toutes ces années, force mon admiration. Cette jeune femme, à l'allure tellement fragile, au psychisme brisé, est une survivante.

Je caresse ses cheveux, une main enroulée autour de sa taille. Sans même m'en rendre compte, je l'embrasse doucement, sur le front, sur les tempes.

Je voudrais déposer sur ses lèvres un baiser léger, tendre et apaisant, mais je doute que le moment soit le mieux choisi. Alors, je me concentre sur ses yeux, buvant ses larmes, cherchant à alléger sa peine.

— Les choses ne seront pas toujours ainsi, Annabelle. Je donnerais volontiers tout ce que j'ai, pour que tu n'aies jamais vécu cela. Mais nous ne pouvons retourner en arrière. En revanche, il y a tout à bâtir dans l'avenir. Dans ce futur, tu vivras des tas de choses magnifiques, je peux te l'assurer. J'y veillerai personnellement.

« Bon sang, oui ! Je vais veiller à ce qu'ILS paient, je vais veiller à ce qu'ILS souffrent et je vais veiller à ce que toi, tu sois heureuse. »

Moi, Greg Delcourt, je veux faire le bonheur d'une femme. Je n'ai absolument pas le mode d'emploi. Je n'ai jamais étudié le protocole. Mais je suis un autodidacte. Je vais apprendre et je deviendrai le meilleur.

— Tu te bases sur ton passé pour juger que l'expérience charnelle entre deux êtres n'apporte que souffrance, peur et humiliation. Mais, un jour, tu découvriras une tout autre vérité. Tu découvriras que cela peut devenir la plus belle chose qui soit. Il paraît même que, lorsque l'on est amoureux, c'est encore meilleur.

Elle lève son visage vers moi, surprise.

— Pourquoi dis-tu « il paraît » ? N'as-tu jamais été amoureux ?

— Jamais…

Elle repose sa joue contre mon cœur, glisse ses bras autour de ma taille et reprend :

— Je ne me représente pas ce genre d'avenir. Je ne peux même pas imaginer supporter qu'un homme me touche. Alors pour le reste…

— Pourtant, moi, je te touche. Mes mains sont posées sur toi. Tu es blottie dans mes bras.

— Mais toi, c'est différent.

— En quoi est-ce différent ?

— Avec toi, j'ai confiance.

Ce constat me réchauffe le cœur. Cela me rend heureux. Elle me rend heureux. Pour rien au monde je ne voudrais être ailleurs qu'ici, à cet instant.

— C'est tout ce qui fait la magie de la chose, Annabelle. S'abandonner à quelqu'un, c'est lui accorder une totale confiance.

Je la berce doucement, la serrant un peu plus contre moi. J'aime sa chaleur, son corps contre le mien, ses mains dans mon dos qui distillent, sans qu'elle le sache, de légers frissons remontant le long de mon épine dorsale.

— Un jour, pas si lointain que ça, tu découvriras le plaisir qu'implique une relation entre deux êtres qui se désirent. Tu le ressentiras par chaque pore de ta peau. Tu l'appelleras de tout ton être. Et j'espère, de toute mon âme et de tout mon cœur qui, de toute évidence n'a pas déserté ma poitrine, que tu découvriras cela dans mes bras…

Ça passe ou ça casse. Soit elle me gifle et sort de ma vie en hurlant, soit elle reste et je ne la laisserai plus jamais repartir. Elle lève de nouveau son visage vers moi, desserre un peu notre étreinte et m'observe un long, très long moment. Je donnerais cher pour savoir ce qui se passe dans cette jolie petite tête, le conflit intérieur qui s'y déroule et les questions qui s'y bousculent.

— Ils sont dans ma tête, à chaque instant, et je n'arrive pas à les en faire disparaître, même pour quelques heures. Pourtant, si une telle chose était possible, si je me laissais aller à vivre un tel moment, je…

Son regard vogue au loin, vers un avenir imaginaire qu'elle n'ose espérer, vers une délivrance dont elle doute.

— Tu ?…

Elle ne me regarde pas, en prononçant ces petits mots qui vont faire exploser mon cœur en milliards d'étoiles :

— Je ne voudrais vivre cela avec personne d'autre que toi.

Il est des moments dans la vie que l'on ne pourra jamais oublier. Celui-ci en est un, et je le grave dans mon esprit. Je crois même que je passerai le reste de ma vie à le chérir.

Ce petit bout de bonne femme de vingt-deux ans a radicalement changé l'idée que je me faisais de la vie, des femmes, et surtout de moi-même. Je songe à ce qu'ont été ces dernières années, à cette course folle et vaine que j'ai menée. Je quantifie le temps que j'ai perdu à vouloir enterrer au plus profond de moi des sentiments qui, pourtant, sont l'essence même de l'être humain. À chaque minute qui passe, Annabelle me rend mon humanité.

— Alors, je serai celui-là !

Je ne valide pas cette affirmation par un baiser. Je veux qu'elle vienne à moi à son rythme. Je plonge mes lèvres dans ses cheveux et embrasse le dessus de son crâne, le nez enfoui dans sa chevelure au parfum de miel et de fleurs des champs. Tout est parfaitement à sa place, dans ce moment magique et hors du temps, idyllique.

Qui m'aurait cru capable de goûter à des plaisirs romantiques, à des câlins, sans aucune arrière-pensée ? Dire que je n'ai pas envie d'elle serait un mensonge éhonté, mais je veux prendre mon temps, pour elle. Parce que, finalement, tout ce qui compte à mes yeux, c'est elle.

Je m'appelle Greg Delcourt. Il y a trois semaines, le bonheur a déboulé dans ma vie sans que je sois fichu de m'en rendre compte. Mais il n'est jamais trop tard pour reconnaître ses erreurs.

Chapitre 48
L'ombre d'un problème

Mardi 5 mai 2015

Ce matin, je fais mon retour dans le monde du travail, après un faux départ hier, qui s'est soldé par beaucoup de chagrin et des moments émotionnellement intenses. J'ai emménagé chez Greg, ou disons plutôt qu'il m'a emmenée chez lui hier et que j'y suis toujours.

Les appels et messages incessants de ma mère prouvent à quel point elle désapprouve cette décision. Car j'ai, en effet, décidé d'accepter la proposition de Greg. Je ne sais pas pour combien de temps, je ne sais pas si nous parviendrons à cohabiter, je ne sais rien de cette nouvelle aventure, sauf qu'elle est vivifiante et exaltante. Ma vie prend un drôle de tournant. Peut-être est-ce un trop grand tournant, même. Je l'ignore, je verrai à l'usage, je repousse tout *a priori.*

Bien sûr, j'ai peur de tas de choses : comment Greg réagira-t-il lorsqu'il m'entendra hurler dans mon sommeil ? Je n'ai pas eu de cauchemar, cette nuit. Sans doute parce qu'il a veillé sur moi. Mais ce ne sera pas le cas éternellement. Pourquoi voudrait-il dormir avec moi chaque nuit et, surtout, pourquoi le voudrais-je ?

J'ai compris qu'il a des projets pour nous et je ne sais qu'en penser. Il ne semble pas prêt à renoncer. J'ai aussi découvert que je suis capable de lui parler. Je lui ai dit, à lui, bien plus de choses que je n'ai jamais dites à personne. Il sait pour le mensonge concernant mon amnésie. Il a désormais une petite idée de ce que j'ai subi. Il connaît certaines de mes pensées profondes. Et je ressens un besoin grandissant de lui en confier davantage. Comme à un ami…

Greg est-il un ami ? Je ne suis pas certaine que ce que je ressens pour lui soit du domaine de l'amitié. À son contact, je frémis. Je ne crois pas que l'amitié induise ce genre de symptômes. Je n'arrive pas à identifier ces picotements qui me parcourent quand il passe ses doigts sur ma nuque, ces frissons qui descendent jusque dans le bas du dos, lorsqu'il embrasse mon visage et passe ses mains autour de ma taille. À qui pourrais-je poser la question ? Certainement pas à ma mère qui semble le détester. Le seul ami que j'aie, c'est Greg, et je me vois mal lui demander pourquoi je frissonne quand je suis dans ses bras.

J'ai d'autres inquiétudes. Hier soir, il a voulu que nous nous baignions dans la piscine avant d'aller dormir, histoire de relâcher la tension de cette éprouvante journée.

J'ai prétexté avoir un peu froid, être fatiguée et l'ai laissé s'ébrouer dans l'eau, comme un jeune chien. Il m'a fait beaucoup rire, m'a aspergé d'eau fraîche et s'est gentiment moqué de moi, supposant que je ne sais pas nager. Mais le problème n'est pas là. Je cache mon corps et ses cicatrices depuis cinq ans. Ce constant rappel de mon passé est gravé dans ma chair pour toujours. Une cicatrice barre mon estomac, une autre juste au-dessus du nombril, une troisième, plus courte, sur mon sein gauche et puis d'autres, sur mes cuisses et mes hanches. Il y a aussi celles, plus petites et rondes, souvenirs indélébiles des brûlures de cigarettes ou de cigare qu'ils m'infligeaient quand ils étaient saouls et repus de sexe. Mon corps est un champ de bataille, balafré et d'une laideur à provoquer la nausée.

Greg ignore tout cela. S'il le savait, sans doute renoncerait-il à cette improbable croisade qu'il a entamée. J'en suis là de mes réflexions, immergée dans ma splendide baignoire, lorsque l'on frappe à la porte.

— Annabelle, tu es visible ?

— NON !

Il rit derrière la porte.

— Nous partons pour le bureau dans trente minutes. Le petit-déjeuner nous attend. Dépêche-toi !

Greg Delcourt, le patron, refait son apparition. Il n'est ni brusque, ni désagréable, juste ferme. Il sait ce qu'il veut et où il va, et je crois que j'aime bien ça.

— Donne-moi cinq petites minutes !

— D'accord, mais pas plus. Si tu n'es pas là dans cinq minutes, je viens te chercher et je te ramène sur mon dos. Il serait sans doute préférable pour toi que tu sois vêtue ! En ce qui me concerne, le nu ne me dérange pas.

Je grogne ! Nous ne pouvons pas être plus différents à ce niveau. Je suis aussi prude et coincée qu'il est libéré et licencieux. Tout cela est naturel pour lui, c'est un jeu, un art de vivre. En moins de cinq minutes, je suis prête. J'ai échappé de peu au pire. Il me sourit et, me prenant par la main, m'entraîne vers la cuisine.

— Tu prends quoi au petit déjeuner ?

— Je ne sais pas…

— Comment ça, tu ne sais pas ?

— Je n'ai pas beaucoup d'appétit, en général.

— Voila un défaut que ta présence en ces murs devra corriger. Le petit-déjeuner est un repas très important. Je vais choisir pour toi.

Et il commande à Véronique une omelette, une salade de fruits, un jus d'orange et un café. Mais croit-il vraiment que je vais avaler tout ça ?

— Tu ne serais pas un peu autoritaire et un brin dirigiste, par hasard ?

— Non, je ne crois pas, dit-il en dévorant ses œufs. Je sais de quoi tu as besoin, et je fais en sorte que tu l'aies, c'est tout. Demain, si tu daignes enfin répondre à la question, tu auras ce que tu désires. C'est tout simple. Il te suffit de demander. Dans le cas contraire, je déciderai pour toi.

Ce raisonnement lui paraît tout à fait normal. Je ne cherche même pas à le contredire. Greg prend soin de moi, à sa manière. Qui suis-je pour le lui reprocher ?

La collation avalée au pas de course, nous nous retrouvons dans la voiture, en route vers Delcourt Ingénierie. Je suis nerveuse. J'ai vraiment envie que tout se passe bien et je me sens un peu minable d'avoir si facilement jeté l'éponge. Greg lit en moi comme dans un livre ouvert et attrape ma main qu'il serre délicatement dans la sienne.

— Tout se passera bien.

— Nous devrions arriver séparément, tu ne crois pas ?

— Pourquoi ça ?

— Eh bien, un patron et sa secrétaire qui arrivent en même temps, le matin, ça fait un peu suspect, non ?

— Tu as peur que les gens pensent que tu couches avec le boss ?

Il se plie en deux de rire. Je soupire, désabusée.

— Je ne vois pas en quoi cette idée est drôle. Je n'ai juste pas envie que l'on croie que je dois ma place à des faveurs… inappropriées.

— À moins que j'aie raté un épisode, toi et moi n'entretenons pas ce genre de relation, si ?

— NON !

Dieu qu'il m'agace quand il est comme ça !

— Bien, alors je ne vois pas le problème.

Et tandis que nous sortons de l'ascenseur qui mène à l'étage de la Direction, sa main posée dans le creux de mes reins, j'entrevois parfaitement l'ombre d'un problème se profilant à l'horizon. Ava Brown, perchée sur des talons de douze centimètres, tout en jambes longues et fines, un tailleur jupe courte rouge Ferrari moulant sa silhouette parfaite, surgit du bureau de Greg et annonce la couleur en me pointant de son index parfaitement manucuré.

— Mais qu'est-ce qu'elle fait là, elle ?

Je m'appelle Annabelle Maury, je fais mon retour dans les bureaux de Delcourt Ingénierie, et il semblerait que ce ne soit pas à la satisfaction générale.

Chapitre 49

Info ou Intox ?

Mardi 5 mai 2015

— Annabelle, va t'installer à ton bureau et reprendre tes marques. Je te rejoins, après avoir discuté un petit moment avec Melle Brown.

Elle ne se fait pas prier. Affronter Ava, à peine arrivée au bureau, me paraît un démarrage pour le moins délicat. Je n'oublie pas que leur entretien s'était soldé par un évanouissement plus qu'impressionnant, même s'il m'avait permis de serrer le petit corps chaud de Mademoiselle Maury, pour la toute première fois. Le mien s'en souvient parfaitement et démarre au quart de tour. On se reprend, Delcourt !

J'entraîne Ava dans mon bureau, referme la cloison qui sépare celui d'Annabelle du mien et respire à fond.

— À l'avenir, Ava, tu te passeras de tout commentaire concernant Mademoiselle Maury.

— Mais qu'est-ce qui ne tourne pas rond chez toi, Greg, tu peux me dire ? Depuis quand ramènes-tu tes putes d'une nuit au bureau ?

Mon sang ne fait qu'un tour. Elle ne peut pas être plus éloignée de la vérité.

— Encore une réflexion de ce genre, et tu peux dire adieu à notre collaboration.

Elle me regarde, effarée.

— Tu crois vraiment que tu pourrais m'écarter aussi facilement ?

— J'ai suffisamment de griefs et de ressentiment envers toi pour me faire une joie de te pourrir la vie, à chaque minute de chaque journée. Tu en prends un peu trop à ton aise. Nous ne sommes pas associés. Je suis le seul et unique maître à bord, ici. Et si je décide de te foutre au placard, au fond d'un obscur laboratoire, rien ne pourra m'en empêcher. Tu n'as pas envie de faire de moi ton ennemi, Ava, sois-en certaine !

Je rentre dans une colère que je tente de canaliser, dissimulant derrière mon air froid et tranchant, un désir fou de la gifler à tour de bras.

— Alors, comme ça, tu la baises et tu en redemandes ? C'est une grande première, dis-moi !

— Je ne la baise pas !

— Quoi ? Même pas ? Tu déclines à vue d'œil, mon pauvre Grégory…

L'utilisation qu'elle fait de mon prénom termine de me faire sortir de mes gonds.

— Ne… m'appelle… plus… jamais… Grégory, putain !

Et tandis que je martèle chaque mot, je la pousse lentement contre le mur. Ceci fait, j'emprisonne son visage dans une de mes mains et approche le mien, pour qu'elle entende bien ce que j'ai à lui dire.

— Gregory est mort, laminé, lapidé par ta vénalité et tes infidélités à répétition. Grégory était un être faible qui t'a laissé le manipuler comme une marionnette. Mais Grégory n'existe plus, Ava. Et c'est toi qui l'as tué. Ne m'appelle plus jamais ainsi, sans quoi je peux t'assurer que je saurai me montrer aussi violent et traître que tu es perfide et cruelle. Ne t'approche pas d'elle, ne lui adresse même pas la parole. Et, tant que nous y sommes, ne remets plus les pieds dans mon bureau, à moins d'y avoir été convoquée !

Je crache ma colère à moins de cinq centimètres d'elle. Je suis sur le point de perdre mon sang-froid et la lâche avant de me laisser emporter d'une manière que je pourrais regretter. Elle passe une main dans ses cheveux, réajuste sa veste rouge pompier et me lance, le visage plein de dégoût :

— Ma parole… Tu es amoureux !

Je garde le silence, observant comme de l'extérieur mon propre corps, et la stupeur qui se lit sur mon visage. Amoureux ? Moi ? C'est… ridicule ! Elle dirait n'importe quoi pour m'humilier.

— Je ne suis pas plus amoureux que toi capable d'empathie. Toi et moi nous sommes dénués de cœur. La différence entre nous, c'est que toi, tu n'en as jamais eu…

Au fond du bureau, je devine, à travers la paroi légèrement opaque, la silhouette d'Annabelle. Elle se tient debout, près de la cloison coulissante. Elle nous écoute. Elle vient de m'entendre dire que je suis incapable de tout sentiment amoureux.

Cette putain de journée commence sous les meilleurs auspices. Je m'effondre dans mon fauteuil, exténué par cet échange verbal plus que houleux. Je ne me souviens pas avoir été aussi violent avec Ava, par le passé. J'ai pourtant eu, bien des fois, envie de la frapper, de faire disparaître ce petit sourire suffisant de son visage plus froid que la glace. Si belle à l'extérieur et si mauvaise à l'intérieur.

Je jette de nouveau un œil en direction d'Annabelle. Elle n'est plus debout à nous écouter, elle est de nouveau derrière son bureau. J'imagine son trouble. Peut-être bien qu'en fait, j'espère son trouble. Si ce qu'elle a entendu ne lui a pas fait le moindre effet, c'est que je lui suis indifférent. Et ce n'est pas ce que je souhaite.

Je fais coulisser lentement la paroi et pénètre dans son espace de travail. Elle m'ignore superbement.

— Tout va bien, Annabelle, tu t'y retrouves ?

— Tout se passe au mieux, Monsieur.

Houlà ! Le retour au « Monsieur » est du plus mauvais augure…

— Alors tu me vouvoies, maintenant ?

— Ça me paraît plus adapté, en effet, lorsque nous sommes ici.

Elle n'a toujours pas levé les yeux sur moi, et je me languis déjà de son visage, de ses yeux qui me font fondre et de sa bouche qui éveille en moi les instincts les plus possessifs.

— C'est comme tu voudras…

Je fais demi-tour, me dirige vers mon bureau d'un pas traînant, puis fais volte-face.

— Tu sais, j'étais très fâché contre Ava, tout à l'heure. Je n'ai peut-être pas exprimé exactement le fond de ma pensée… Quand je suis en colère, j'ai tendance à chercher les mots qui blessent…

— Je ne suis pas persuadée que vous entendre lui dire que vous n'êtes pas amoureux de moi lui ait fait grand mal. Bien au contraire…

Elle me regarde enfin. Ses yeux sont voilés de tristesse. J'en ignore la raison. Elle ne me porte que des sentiments amicaux. En quoi la nature des miens aurait-elle le pouvoir de la rendre mélancolique ?

— Si tu n'as pas besoin de moi pour le moment, je vais me plonger dans les quelques dossiers que j'ai trouvés sur le bureau, histoire de me tenir un peu au courant.

Elle retourne à sa lecture. Je note la réapparition du tutoiement. Les choses ne sont sans doute pas si graves qu'il y paraît.

Une fois devant mon ordinateur, tandis que je trie les mails reçus depuis vendredi, je me dis que je ne suis décidément pas fin psychologue. Peu importe que je veuille me l'avouer ou pas, je sais parfaitement que mon cœur bat pour elle. De là à conclure que je suis amoureux, il y a un fossé que je ne me vois pas franchir. L'amour tient plus du concept que de la réalité. Je me répète cette phrase toute faite qui me sert d'excuse depuis quelques années. Comme un parfait idiot, j'ouvre mon navigateur et tape « amour définition » sur Google. La réponse ne se fait pas attendre :

« L'amour désigne un sentiment d'affection et d'attachement envers un être, qui pousse ceux qui le ressentent à rechercher une proximité physique, spirituelle ou même imaginaire avec l'objet de cet amour et à adopter un comportement particulier. »

Je suis Greg Delcourt et Wikipédia vient de me jeter en pleine face que je suis amoureux d'Annabelle Maury. Info ou Intox ?

Chapitre 50
Dialogue de sourds

Mercredi 6 mai 2015

Installée à mon bureau, une tasse de café fumant entre les mains, je songe à hier et à tout ce qui s'est passé. La journée a mal commencé. Ava attendait Greg dans son bureau et n'a pas été très heureuse de le trouver en ma compagnie. Très rapidement, il m'a mise à l'écart et s'est isolé pour une conversation plus qu'orageuse avec son bras droit. Je ne sais pas ce qu'elle a pu lui dire, mais il était hors de lui. La discussion est montée d'un cran, chacun d'entre eux haussant le ton.

À un moment, j'ai compris que Greg sortait de ses gonds, et j'ai voulu intervenir. Mais j'ai renoncé. Je ne voulais pas devenir le dommage collatéral de leur guerre de tranchées. Alors, je suis restée près de la porte et je les ai espionnés.

Ava a dit à Greg qu'il était amoureux. Greg l'a assez mal pris. Il a nié cette affirmation et lui a rappelé que, ni lui ni elle n'étaient capables de tels sentiments. J'ai été blessée et je cherche encore à comprendre pourquoi. S'il avait confirmé ses dires, qu'aurais-je fait de cet amour ? Les choses sont bien mieux ainsi. C'est le constat que j'ai fait, cette nuit, tandis que je dormais seule, dans ma chambre aux allures de suite royale.

La journée a été pesante. Je lui en voulais de ne pas vouloir quelque chose que, de toute manière, je n'aurais pas pu gérer. Il était embarrassé que j'aie pu entendre ses paroles et, bien qu'il ait tenté de les minimiser à mes yeux, elles n'en sont pas moins là. Il n'a pas de sentiment amoureux pours moi.

Les heures ont néanmoins défilé à toute vitesse. J'avais beaucoup de retard à rattraper. Le capharnaüm qu'avait laissé Sabrina était dantesque. À se demander si elle avait fait autre chose que prendre des photos de Greg sous toutes les coutures et les coller soigneusement dans un album photo stylisé façon scrapbooking.

Rendons à César ce qui lui revient. On ne peut lui nier un certain goût esthétique. L'agencement des photos, les incrustations de cœurs en cuir, la dentelle, les rubans… Sabrina n'a pas chômé pendant ces quelques jours. Niveau travail, en revanche, elle a tout laissé en friche…

Je me suis attelée à la lecture des mails, à l'ouverture du courrier que j'ai soigneusement trié, communiquant à Greg ce qui n'était pas de mon ressort, lui demandant les consignes à suivre pour le reste. Nous avons travaillé ensemble de manière efficace, mais c'est à peine si nos regards se sont croisés.

Le retour à la maison s'est fait en silence, même si, à un moment, il a effleuré mes doigts, tandis qu'il changeait les vitesses. Je l'ai laissé faire ; ce contact me faisait du bien. Il me laissait penser que nous n'étions pas si éloignés l'un de l'autre.

Nous nous sommes rendus chacun dans notre chambre, histoire d'enfiler quelque chose de plus confortable et de moins protocolaire, puis nous sommes retrouvés dans le grand salon. Moi installée sur la méridienne, lui enfoncé dans un profond fauteuil. Nous regardant l'un l'autre à la dérobée, nous avons échangé quelques sourires et quelques paroles anodines.

À l'heure du dîner, la livraison d'un traiteur nous a poussés vers la grande cuisine américaine où Greg a disposé le couvert sur l'îlot central. Nous avons dîné, tout en discutant de tout et de rien, évitant soigneusement le sujet qui fâche. À la fin du repas, je suis allée chercher l'album de Sabrina et l'ai tendu à Greg.

— Il semblerait que tu avais une admiratrice…

Il a ri et feuilleté l'ouvrage typiquement féminin, découvrant des photos dont il ignorait la provenance. Il y en avait aussi de lui, sortant du cabinet de toilette attenant à son bureau, torse nu, enfilant une chemise ou séchant ses cheveux après une douche express.

— Mais comment a-t-elle bien pu prendre tous ces clichés ? Je prenais toujours soin de fermer la cloison entre nous…

— Il faut croire qu'elle était très motivée, dis-je, amusée. Nous allons peut-être découvrir un réseau de caméras, débouchant quelque part sur son ordinateur. Peut-être même as-tu un site dédié sur internet où des femmes se rincent l'œil ?…

Il m'a regardée, horrifié et a refermé l'album.

— Je voudrais que nous reparlions de ce matin. Tout cela pèse entre nous, et je déteste ça.

— Il n'y a vraiment rien à en dire, Greg, je t'assure…

— Bien sûr que si ! Je t'ai fait de la peine, et j'en ressens beaucoup de tristesse.

— Pourquoi aurais-je de la peine ?

— Parce que tu m'as entendu dire à Ava que je ne suis pas amoureux de toi, j'imagine…

— Je le sais, Greg. Je ne suis pas naïve à ce point. L'amour te semble être une ridicule ineptie, et ton point de vue en vaut bien un autre. Je suis une fille, je suis conditionnée depuis l'enfance à croire que, pour me réaliser pleinement, il me faut trouver le grand amour, celui qui éclipse tout, celui qui me fera frémir, celui qui fera de ma vie un conte de fées. Toutes ces histoires que l'on vous lit, lorsque vous êtes petite fille, et qui vous font rêver d'un avenir résolument inexistant… C'est le propre des filles de rêver au prince charmant, n'est-ce pas ?

Mon sourire de façade dissimulait ma détresse. Une telle chose ne m'arrivera jamais. Il s'est assis près de moi, sur la méridienne, et a passé un bras autour de mes épaules.

— Je ne dis pas que tu aies tort de rêver. Je te le souhaite, vraiment. Personne ne le mérite autant que toi. Mais j'ai peur de ne pas être équipé pour l'amour.

— Ça tombe plutôt bien ! Je ne suis pas équipée pour, moi non plus, lui ai-je répondu dans un sourire forcé, en me dégageant doucement. Je suis fatiguée, je vais aller dormir. Cette journée a été épuisante. À plus d'un titre…

Et je me suis réfugiée dans ma chambre. J'aurais donné n'importe quoi pour rester dans ses bras, profiter de ce que j'avais cru être de la tendresse, de l'attachement, mais qui n'était finalement rien d'autre qu'un protectorat paternel doublé du désir, clairement affiché, de me faire connaître les plaisirs du sexe, comme il me ferait découvrir les chutes du Niagara ou la danse folklorique.

Il veut me sauver de mes démons, faire de moi une femme normale, conforme à ses aspirations, m'inscrire à son palmarès et me laisser continuer ma route seule.

Il a menti en disant qu'il veut être l'homme qui m'aimera telle que je suis, avec mes blessures, avec mes peurs et qui fera tout ce qui est en son pouvoir pour les adoucir.

Greg Delcourt n'est pas amoureux de moi. Il me veut, le temps d'une nuit, comme toutes les autres. Il y investit juste plus de temps que d'habitude, c'est tout !

Sur ce constat, je me suis enroulée dans les draps et ai sombré dans un sommeil perturbé, mais sans cauchemar.

Ce matin, ma tasse de café à la main, je le regarde et me sens flouée, et terriblement triste…

Je m'appelle Annabelle Maury et, comme bien d'autres avant moi, j'aspire à ce que je ne peux avoir…

Chapitre 51
Agréable surprise

Jeudi 7 mai 2015 02:44

Les yeux au plafond, je peine à trouver le sommeil.

Cette troisième journée de travail, près d'Annabelle, a encore été frustrante. Elle s'est réveillée aussi triste qu'elle s'était couchée, mais aussi résignée. Elle s'est résignée à ce que je ne puisse pas l'aimer. Comment en suis-je arrivé à la laisser imaginer une chose pareille ? Il faut croire que j'ai le chic pour dire les mauvaises choses au mauvais moment.

Même si elle ne se sent pas du tout prête à vivre une histoire sentimentale, je crois qu'elle en aime l'idée et que j'ai étouffé dans l'œuf cette petite flamme. Et je le regrette d'autant plus que, bien que je le nie de toutes mes forces, dès que j'ouvre la bouche, je ressens des sentiments sans cesse croissants pour cette belle jeune femme torturée.

Je n'ai cessé de la regarder aujourd'hui. Je n'ai pas pu me concentrer plus de dix minutes sans chercher à l'observer. J'aime quand elle suçote le capuchon de son stylo, j'aime quand elle fait cette moue boudeuse en se concentrant, j'aime sa manière de soupirer d'aise lorsqu'elle avale une gorgée de son café, j'aime qu'elle entortille une mèche de ses cheveux autour de son index et qu'elle finit par la glisser derrière son oreille. J'aime chacun de ses gestes les plus anodins.

Tandis que je m'assoupis enfin, je suis tiré de ce demi-sommeil par un cri puissant. Son cri. Elle hurle *« NON ! »*. Elle pleure. Je me jette hors de mon lit et cours vers la porte de sa chambre qui ne s'ouvre pas lorsque je la sollicite. Annabelle s'enferme ; cela fait partie intégrante de son rituel. J'avais oublié. Je retourne jusqu'à ma chambre, récupère le passe qui s'y trouve et finis par ouvrir.

Je suis frappé par la position de son corps, dans le lit. Il est totalement cabré et ne repose sur le matelas que par ses épaules et ses talons. Le reste est comme en suspension dans les airs.

– Je vous en supplie, non ! Pitié ! NON !

Des torrents de larmes dévalent ses joues, glissant dans son cou déjà inondé. Ses mains sont recroquevillées, ses poings serrés. Son visage est tordu de douleur et de terreur. Sa respiration saccadée et irrégulière laisse entendre qu'elle manque d'oxygène.

Je me précipite vers elle et, sans réfléchir, la prends dans mes bras, contre moi. Elle se débat, ses cris redoublent, elle griffe, frappe, feule. Elle me prend pour son agresseur. Alors, je me laisse tomber dans le lit, l'entraînant avec moi. Je l'immobilise contre mon torse, l'enserrant fermement de mes deux bras.

— NON ! Je vous en supplie, pas ça ! PAS ÇA !

Ses jambes dansent une gigue macabre, une sorte de fuite en avant désordonnée. Je les immobilise des miennes.

— Annabelle, calme-toi. C'est un cauchemar, calme-toi. Je ne vais pas te faire de mal, ma puce.

Elle marque un temps d'arrêt. Ma voix ne colle pas au scénario de son cauchemar. J'en profite.

— Tu es en sécurité. Tu es chez nous, Annabelle. Tu es dans ton lit, dans mes bras. Je te protège, tu te souviens ? Je te protégerai toujours.

Son corps se détend légèrement, ses gémissements se taisent. Elle tente toujours de se dégager de mon emprise, mais je ne cède pas, c'est trop tôt. Elle lutte encore un moment, puis s'affaisse, vaincue, contre moi. Je desserre alors un peu mon étreinte, dégageant l'un de mes bras. Doucement, je prends sa tête dans ma main, que je positionne comme elle aime : mes doigts soutenant sa nuque, mon pouce effleurant son visage.

— Tout ira bien, mon ange. Tout ira bien. Je suis là, près de toi. Il ne peut rien t'arriver.

J'embrasse son front, ses tempes tout en lui chuchotant des mots rassurants. Lentement, je relâche un peu plus ma prise pour que, finalement, elle repose dans mes bras de son propre gré. Elle est totalement réveillée maintenant, ses yeux sont ouverts bien que fixes et ses pupilles fortement dilatées.

— Dis-moi, qui était dans ton cauchemar ?

Elle me répond sans la moindre hésitation, comme sous hypnose.

— Moi et Zéro et Blood.

— Est-ce que ce sont leurs vrais noms ?

— Non, je leur ai tous donné un nom.

Tous ? Je frémis.

— Combien de noms as-tu donné en tout, Annabelle ?

— Quatre.

J'ai soudainement l'impression que la totalité de mon sang vient de quitter mon corps. J'ai froid. J'ai aussi envie de vomir. Quatre. Ils étaient quatre…

Elle se blottit contre moi. Prêt à poursuivre l'interrogatoire, je l'observe à la dérobée. Ses yeux se ferment doucement, sa respiration se fait superficielle, son corps est totalement détendu. Elle vient de se rendormir.

*****

Il est 8h15 lorsque nous franchissons les portes de l'ascenseur. Annabelle s'est réveillée à l'heure habituelle, sans difficulté. Elle a semblé surprise de se retrouver dans mes bras et a demandé :

— J'ai fait un cauchemar ?

— Oui, lui ai-je répondu. Tu ne t'en souviens pas ?

— Non, pas toujours.

Puis, me dévisageant, elle a ajouté :

— Et toi ? Tu vas bien ?

J'ai fait oui de la tête, totalement abasourdi qu'elle puisse s'inquiéter de moi à un moment pareil. Et puis, elle s'est levée et s'est dirigée vers la salle de bain, en prenant bien soin d'éviter mon regard. Elle est mal à l'aise, elle déteste l'idée que j'aie pu la voir ainsi. Ça n'a pas la moindre importance. Il y aura d'autres cauchemars, et je serai là, à nouveau, pour la protéger.

Cette expérience aussi intense que dérangeante aura eu au moins l'avantage de m'éclairer sur mes sentiments. La vie est trop courte pour y évoluer en évitant soigneusement ce qu'elle renferme de plus merveilleux. Annabelle est ce que j'ai de plus beau et de plus pur dans ma vie. Elle est mon phare dans l'obscurité. Je l'aime… Oui, pour la première fois de ma vie, je suis amoureux. Irrémédiablement amoureux.

Elle s'installe à son bureau puis va au coin détente nous préparer nos cafés, comme la parfaite petite assistante qu'elle est. Je la regarde s'éloigner avec tendresse.

— On dirait le loup de Tex Avery, ta langue traîne par terre et tu as des yeux de cocker. Tu es parfaitement ridicule, Greg !

Ava se tient à mes côtés, les mains sur les hanches, l'air supérieur.

— C'est d'une vraie femme dont tu as besoin, pas d'une gamine coincée.

— Une vraie femme comme vous, Ava, j'imagine ?

La voix d'Annabelle s'élève juste derrière nous. Elle se dirige d'un pas tranquille vers moi et me tend mon cappuccino. Je lui souris, la remercie. Son regard s'illumine, et puis, avec le plus grand naturel, comme s'il s'agissait d'un rituel immuable entre nous, elle se penche vers moi et dépose sur mes lèvres un baiser, léger comme une plume, doux comme la brise et chaud comme un soleil d'été.

— Merci, lui dis-je, à la fois interdit et follement heureux.

— Mais de rien, c'est toi qui paies, ce matin.

Avec un clin d'œil, elle se retourne et repart vers son bureau, comme si de rien n'était.

Je m'appelle Greg, enfin je crois… Une petite sorcière vient de me lancer un sort, et tout porte à croire qu'elle vient également de marquer son territoire.

Chapitre 52
Sourires et autobus

Jeudi 7 mai 2015

Ne me demandez pas pourquoi j'ai osé ce baiser, je l'ignore. Ce fut une impulsion, principalement motivée par la présence d'Ava Brown, la garce. Malgré les mises en garde de Greg, elle s'était de nouveau invitée dans son bureau. Comme si ce qu'il exige n'avait pas la moindre importance. Comme si elle était chez elle en ces lieux. Mais Ava n'est pas l'unique raison qui ait motivé ce baiser. Je me suis remémorée la nuit dernière. Je lui ai dit que je ne me souvenais pas, mais, une fois de plus, par pudeur, j'ai menti.

Lorsque Maman venait me réveiller, en plein milieu de mes cauchemars, je ne me sentais pas aussi humiliée. Avec Greg, tout est différent. Je me sens encore plus sale, je me sens indigne de son affection. Je voudrais m'enfoncer dans le sol. Alors, j'ai menti. Mais je me souviens ses bras, tandis que je me débattais contre les assauts de Zéro et Blood, ses bras qui m'immobilisaient contre lui, son souffle dans mon cou, ses mots rassurants qui m'ont sortie, lentement, de l'enfer. Je me souviens de sa tendresse, d'une vraie tendresse qui n'était pas feinte, contrairement à ce que j'ai pu penser hier.

Il m'a promis d'être toujours là pour me protéger, et je me suis accrochée à cette promesse, comme si ma vie en dépendait et, sur le moment, c'était le cas. Greg tient à moi, même s'il a du mal à l'avouer, même s'il ne l'assume pas. Lorsque j'ai besoin de lui, il est là. C'est tout ce qui compte à mes yeux.

Tandis que je m'endormais contre lui, me laissant hypnotiser par les battements de son cœur qui allaient en s'apaisant, je songeais que, peut-être, l'espoir était permis, si je voulais me donner la chance d'essayer. Qu'ai-je à perdre ? Mon honneur ? Ma foi ? Ma joie de vivre ? Je souris à cette troisième possibilité. Si joie de vivre il y a, je ne la dois qu'à lui.

Alors voilà ! Quand j'ai entendu cette pimbêche lui rabâcher que je ne suis pas la femme dont il a besoin, suggérant, par la même occasion, qu'elle est cette femme, mon sang n'a fait qu'un tour. Nos cafés dans les mains, j'ai trouvé tout au fond de moi le culot de m'immiscer entre eux, comme si c'était tout à fait naturel, et de faire ce que j'ai fait. Lorsque je lui ai tendu son cappuccino, il m'a souri tellement tendrement que je me suis dit que je ne prenais pas le moindre risque de me voir rejetée. Même s'il n'avait pas idée de ce que je tramais, je sentais qu'il apprécierait mon initiative. Alors, je me suis lancée.

Ses lèvres étaient douces et chaudes. Il n'a pas cherché à prendre le contrôle, il m'a laissée venir à lui, il m'a laissée aller à mon rythme. J'ai aimé le voir fermer les yeux, comme s'il goûtait chaque nanoseconde de notre baiser, qui fut certainement bien plus bref que mes souvenirs veulent bien se l'avouer. Je crois que le temps s'est arrêté. J'ai l'impression d'avoir senti ses lèvres sur les miennes pendant une éternité, et j'aurais souhaité qu'il en soit ainsi. Son souffle était quasi inexistant. Je pense qu'en fait, il a cessé de respirer. J'aurais voulu prolonger cela des heures durant, j'aurais aimé être entre ses bras. Et puis, j'aurais adoré savourer la tête d'Ava, aussi. Car, ne nous le cachons pas, aussi agréable qu'ait été ce premier baiser que je chérirai toute ma vie, la satisfaction de l'imposer au regard hostile d'Ava Brown fut un moteur non négligeable.

Je la hais. Tout en elle exsude la perfidie, la méchanceté et la manipulation. Elle a, de plus, une haute opinion d'elle-même, qui dépasse les limites de la prétention. Elle pense qu'elle a le pouvoir sur tout être humain, qu'elle peut le balader à sa guise d'un point A à un point B, sans qu'il ait la moindre possibilité de dévier de la trajectoire qu'elle impose, au gré de ses humeurs. Quel que soit le passé que je devine entre elle et Greg, il laisse à celui-ci un goût particulièrement amer. Cela me suffit pour considérer qu'elle lui est nocive, et qu'il doit être protégé de ses manipulations.

Aux regards d'envie qu'elle lui lance, je devine qu'ils ont partagé des moments torrides. Ava en redemande, de toute évidence. Je ne lui laisserai pas cette chance. Ce baiser, je l'espère, lui aura envoyé un message clair : Greg Delcourt n'est plus à elle. De là à dire qu'il est à moi, il y a un fossé que je ne vois pas comment combler. Que puis-je lui apporter, en comparaison de ce qu'elle a dû lui offrir ? Tout en elle exhale le sexe, la luxure même. Vilain terme utilisé par les hommes d'église, il évoque chez moi une vision du sexe empreinte de dérive, d'actes malsains résolument étrangers à l'amour. Je ne crois pas qu'elle l'ait jamais aimé. Désiré, oui, sans l'ombre d'un doute, mais pas aimé. Mais qu'en a-t-il été de lui ?

Tout au long de la journée, le sourire de Greg n'a pas quitté son visage. Il l'a plus d'une fois reporté sur moi, m'observant à la dérobée, tandis qu'il s'entretenait avec son comptable, tout au long d'une réunion avec le service technique, pendant un débriefing improvisé lors du déjeuner. J'ai senti son regard et son sourire m'accompagner tout au long de la journée.

Nous n'avons pas revu Ava, et ce n'est pas un mal. Greg a donné des consignes à l'hôtesse d'accueil de l'étage ainsi qu'au service de sécurité, plus resserré à ce niveau de l'immeuble. Ava ne s'invitera plus, et j'en suis soulagée. Je sens en elle une ennemie potentielle, retournée dans sa tanière pour lécher ses blessures et fomenter un coup tordu. Je suis sur mes gardes.

— Et si nous rentrions à la maison, Annabelle ?

Il se tient à la lisière de nos deux bureaux. Il a dénoué sa cravate qui pend négligemment de chaque côté de son cou. Il est beau. Juste beau. Et craquant aussi, son sourire toujours accroché à son visage.

Je l'envisage d'une tout autre manière, désormais. Je songe aux frissons lorsqu'il me touche et aux frémissements étranges qui ont envahi mon ventre, lorsque nous nous sommes embrassés. Je n'arrive pas vraiment à les définir, mais j'ai décidé de les classer dans la catégorie agréable. Je me prends à découvrir des sensations qui m'étaient jusque-là étrangères et je les recoupe avec celles, plus anciennes et plus humiliantes, que mon cerveau a emmagasinées et traitées comme normales.

Ce que je crois connaître de tout cela pourrait-il être erroné ? Ce que je considère comme acquis doit-il être remis en question ? Me suis-je fourvoyée en concluant que les rapports homme-femme ne peuvent être que malsains et brutaux ? Greg Delcourt a-t-il le pouvoir de me dévoiler autre chose ?

Lorsqu'il a dit qu'un jour, je découvrirais que l'expérience charnelle peut devenir la plus belle chose qui soit, je ne l'ai pas cru. Cette idée m'était insoutenable. Lorsqu'on s'est fait renverser par un autobus, on ne croit plus que ceux-ci sont inoffensifs.

Je m'appelle Annabelle et, tandis qu'il prend ma main pour nous conduire vers l'ascenseur, je me prends à croire que tous les autobus ne cherchent pas obligatoirement à vous écraser.

Chapitre 53
L'arc de Cupidon

Jeudi 7 mai 2015

Une fois n'est pas coutume, je ne conduis pas. Nous sommes confortablement installés à l'arrière de la voiture, tandis que le chauffeur de la société a pris le volant de la Bentley Flying Spur. J'ai eu envie de partager avec Annabelle un nouveau moment d'intimité.

Je sais à quel point celle-ci l'effraie, combien les contacts physiques la paralysent. Pourtant, elle est venue à moi et m'a offert ce que je n'osais espérer : une petite parcelle d'abandon, un infime moment de tendresse et, plus encore, sa confiance absolue.

Elle me sourit. Je la sens gênée par le souvenir de ce baiser. Je ne lui en ai pas parlé de toute la journée, et je crois que cela la perturbe. J'actionne la levée du panneau de séparation qui va nous fournir toute l'intimité voulue. Je n'ai pas d'intention inavouable. Je veux juste partager avec elle un moment à deux, hors des regards indiscrets.

Elle sursaute et me regarde d'un air perdu. Elle a soudain peur que je lui demande plus qu'elle ne peut me donner.

— Ne t'inquiète pas, il ne se passera rien ici que tu ne souhaites pas.

Je passe mon bras dans son dos, agrippe sa taille et la tire vers moi, sa hanche tout contre la mienne. J'embrasse le dessus de sa tête et lui souffle :

— J'ai adoré ton baiser.

Elle lève son visage vers moi et murmure :

— Je l'ai aimé, moi aussi. Bien plus que je ne l'aurais imaginé…

Je la serre encore un peu plus contre moi. Sa sincérité m'émeut. Elle rougit comme une écolière. On lui donnerait seize ans sans le moindre problème. Elle baisse les yeux.

— Pourquoi es-tu gênée ? C'est une chose naturelle que d'embrasser quelqu'un auquel on tient, non ?

— Je ne sais pas. Je n'avais jamais embrassé personne avant ce matin…

Personne ? Comment cela peut-il être possible ? Elle a bien dû flirter à l'adolescence. Et puis il y a eu… *ça,* comme elle l'appelle. Je la regarde, interdit.

— C'est sans doute la seule et unique chose qu'ils n'ont pas eu de moi. Je t'ai offert, en quelque sorte, le peu de virginité qu'il me reste… le peu d'innocence aussi, dit-elle comme si elle lisait dans mes pensées.

Bon sang, cette femme va me tuer. Elle parle peu, mais ce qu'elle dit a toujours une telle intensité, une signification tellement profonde, que je plonge en vrille, à chaque fois. À sa manière, elle s'est donnée à moi, et ce qu'elle m'a offert était un trésor inestimable.

Mon Dieu, ce que je peux aimer cette femme. Si je n'avais pas si peur de l'effrayer, je me déclarerais immédiatement. Mais je dois aller à son rythme. Tout comme elle est venue à moi pour ce baiser, j'attendrai qu'elle ressente le besoin d'extérioriser ses sentiments pour moi. Je ne veux pas qu'elle se sente obligée de me le dire en retour, je veux qu'elle y aspire de toute son âme.

J'ai une folle envie de l'embrasser, mais, une fois encore, je me contrôle. Je ne veux pas d'un baiser à la va-vite, à l'arrière d'une voiture. Je veux pour elle, pour nous, quelque chose de bien plus fort. J'ai presque le trac. Moi qui ai embrassé des centaines de femmes, avec la certitude, à chaque fois, de les faire chavirer, voilà que je me mets la pression, c'est un comble !

Ce baiser, c'est ma toute première chance de lui faire découvrir la notion de plaisir, et je ne dois pas la rater. Il doit être doux, tendre, appuyé, mais pas trop. Il doit éveiller en elle des sensations inconnues, sans pour autant générer une impression de possession qu'elle est loin de pouvoir supporter. Je vais devoir contrôler ma langue, qui brûle de caresser la sienne. Je ne dois pas lui imposer une « pénétration » qui pourrait la rebuter. Je dois la laisser venir à moi, une fois de plus. Ne rien lui prendre et tout lui donner. Lui faire ressentir tout l'amour que je lui porte, sans le nommer. Voilà tout ce que doit contenir ce baiser. Et je tremble à l'idée de tout faire foirer.

Je repense aux paroles d'Ava : *« Tu es pitoyable, mon pauvre Greg »...* Non, pas pitoyable, juste amoureux, follement et irrémédiablement amoureux pour la première fois de ma vie. Et cette nouveauté m'effraie autant qu'elle me comble.

La Bentley s'engage dans la cour de la villa. Pendant le trajet, j'ai gardé Annabelle contre moi. Nous étions juste bien, ensemble, lovés l'un contre l'autre, sa tête posée sur mon épaule. Nous défendant de rompre ce doux contact, c'est sa main dans la mienne que nous sortons de voiture et gravissons le perron. Dans le vestibule, je la débarrasse de sa veste et la conduis dans le grand salon.

Je lui propose un verre. Elle choisit un thé glacé. Je l'accompagne. Pas d'alcool pour moi ce soir, je veux avoir l'esprit clair. J'ai l'impression de jouer ma vie, c'en serait presque risible si cela ne revêtait pas une importance aussi capitale à mes yeux.

Je la rejoins et m'installe tout près d'elle dans l'immense canapé en cuir blanc. Je lui tends son thé glacé, bois une gorgée du mien, la regarde faire de même, puis repose nos deux verres sur la table basse. Je me tourne vers elle, jusqu'à lui faire face, prends ses mains dans les miennes et me lance :

— Tu as fait de moi l'homme le plus heureux de la Terre en m'offrant ce baiser, ce matin. Je veux que tu saches que j'en connais la valeur et que je le chérirai pour le restant de mes jours. Je me demandais si tu accepterais que je te donne ma propre interprétation d'un baiser ?

Ma main saisit son visage, s'enroule autour de sa nuque. Je l'amène vers moi, doucement, jusqu'à n'être plus qu'à quelques centimètres d'elle. Mon autre main entoure sa taille. J'ai une folle envie de la serrer contre moi, mais, une fois encore, je réfrène mes instincts. Un léger hochement de sa tête me donne le feu vert.

Alors, avec lenteur et une infinie douceur, je pose mes lèvres sur les siennes. Mes mains encadrent désormais son visage. Ses lèvres sont chaudes, comme dans mon souvenir. Elles s'entrouvrent légèrement sous la pression des miennes et nous entamons une danse langoureuse. Je m'arrête un instant, m'assure qu'elle veut continuer, puis reprends le cours de notre baiser. Du bout de la langue, je caresse sa lèvre supérieure, effleurant le petit V que forme l'arc de Cupidon. Elle pousse un léger soupir qui m'engage à continuer. Je caresse désormais sa lèvre inférieure et sa bouche s'épanouit encore, laissant apparaître, l'extrémité de sa langue qui, par pur instinct, vient à la rencontre de la mienne. Je la laisse découvrir ce contact charnel, appuie davantage ma bouche contre la sienne, entraînant nos deux langues dans un doux ballet. La danse est timide, mais nous évoluons au même rythme, comme mus par une communauté de pensée. Son corps, désormais détendu, se presse davantage contre le mien, ses mains brûlantes posées sur mes flancs. Ce baiser est parfait. Elle est parfaite. Elle est très exactement faite pour moi.

Je m'appelle Greg Delcourt, j'ai donné et reçu des milliers de baisers, mais aucun n'a jamais été si doux, si évident, si irrémédiablement vital. Je ne pourrai plus jamais m'en passer.

Chapitre 54
Le poison du doute

Vendredi 8 mai 2015

Je me suis réveillée dans ses bras ce matin. Je n'ai pas fait de cauchemar.

Après le baiser que nous avons partagé, hier, la soirée à été en tous points parfaite. Le dîner a mis mes papilles en ébullition, le vin m'a un peu fait tourner la tête. La contemplation des étoiles, blottie dans ses bras, m'a laissée croire que j'étais au paradis. C'était une soirée idyllique, tout en douceur, à la découverte du bien-être. Je crois que c'était son but, me faire découvrir les plaisirs de la vie, celui de la nourriture, du vin, de la contemplation des étoiles, des câlins. Et les délices d'un baiser partagé.

Comment le dire ? Ce baiser, tendre, vrai, m'a transportée. Ses lèvres sur les miennes, son souffle chaud, ses mains câlines sans être invasives, sa langue caressant la mienne, sans insistance, avec la plus grande douceur, avec retenue même, c'était un tout qui a fait de cet échange un moment de pur bonheur, de magie.

Je n'aurais jamais imaginé que l'on puisse ressentir tant d'émotions et de sensations dans un baiser. J'ignorais tout de ce qu'est un baiser, à vrai dire. Il me l'a fait découvrir. Et mes convictions s'effritent, les unes après les autres. Il avait raison et j'avais tort. Je peux encore découvrir ce qu'est le plaisir. Je peux l'expérimenter, avec lui.

Peut-on reconstruire sur les décombres ?

J'ai ressenti des choses qui m'étaient totalement étrangères. Ses mains sur moi, les frissons parcourant tout mon corps et cette sensation étrange, dans le bas de mon ventre, cette impression qu'une nuée de papillons s'y était posée et que, dans un bruissement d'ailes, leurs vibrations se répandaient en moi, comme une chaleur bienfaisante. Pour la toute première fois de ma vie, j'ai entraperçu le plaisir charnel, tel que Greg a pu me le décrire et me le promettre.

Ce matin, en m'éveillant dans ses bras, dans mon lit où nous nous sommes sagement endormis, je brûle d'une flamme nouvelle, d'un espoir indicible qui m'effraie et me transcende à la fois. Quelque chose qui pourrait ressembler au bonheur. Et plus que tout, tandis que je le regarde dormir, cette bouffée de tendresse qui m'envahit, nouant mon estomac, retournant mes tripes en tout sens, aussitôt associée à la peur grandissante de le voir s'éloigner de moi.

« *Je ne peux plus me passer de lui…* »

Cette pensée s'insinue, comme un poison, lent, implacable, sans antidote. Est-ce que c'est ce que l'on ressent lorsque l'on aime quelqu'un d'amour ?

Il s'étire paresseusement, ouvre lentement les yeux et sourit en me voyant l'observer.

— Le spectacle est-il à votre goût, Mademoiselle Maury ?

— Tout à fait, Monsieur Delcourt. C'est parfait.

Nous éclatons d'un même rire et son regard se fait intense. Il enroule ses bras autour de moi, m'attire contre lui et dépose un baiser sur mes lèvres. Je le laisse faire, toujours un peu sur mes gardes, craignant qu'il en demande plus. Mais il ne le fait pas.

— J'ai du mal à te croire lorsque tu dis que tu n'as jamais embrassé personne. Tu as un réel don. Ne m'aurais-tu pas menti pour me faire plaisir ?

Il fronce les sourcils. Il doute. Il imagine d'autres que lui investissant ma bouche, leurs langues s'insinuant, s'enroulant autour de la mienne, leurs lèvres se pressant avec force et passion. Il pense à EUX, aussi. Je le vois. Il les imagine prenant possession de mes lèvres. Je saute du lit ! Je ne veux pas qu'il fantasme de telles choses et, plus que tout, je refuse qu'il doute de moi.

— Je te jure que je n'avais jamais rien fait d'autre que tenir la main d'un garçon, avant de croiser leur route. Ça peut peut-être te paraître étrange qu'à 17 ans, je n'aie jamais flirté, mais c'est pourtant la stricte vérité. Je ne pensais qu'à mes études, je pensais que j'avais bien le temps de m'intéresser aux garçons. Je voulais réussir, devenir une femme indépendante…

Je panique, je cherche à le convaincre.

— Avant qu'ils ne s'emparent de moi, j'étais vierge, à tous les niveaux. Lorsqu'ils m'ont laissée pour morte après m'avoir rouée de coups, ma virginité, dans quelque domaine que ce soit, n'était plus qu'un lointain souvenir. Pendant ces quatre jours, j'ai subi tout ce qu'il est possible de subir, et bien plus encore. Leur imagination n'avait aucune limite. Ils m'ont dépossédé de mon moi profond. Ils ont saccagé et jeté aux orties jusqu'à la dernière trace d'innocence en moi. Ils m'ont tout pris…

tout… sauf ça. Il n'y a jamais eu de baiser, ils n'ont même jamais essayé. J'imagine que c'était une sorte de limite qu'ils s'interdisaient de franchir. Leur seule limite.

Je suis debout, au milieu de la chambre, tremblante comme une feuille. Mes jambes menacent de lâcher sous moi et je n'ai rien à quoi me retenir. Il est ce que j'ai de plus solide, et je vais peut-être le perdre.

— Je n'ai rien à t'offrir ; ils ont déjà tout pris. Je me rends compte à quel point je dois te dégoûter, quand tu les imagines… se jetant en moi, comme une meute de loups affamés, mais je peux te jurer que je n'y ai pas pris de plaisir. Je t'en conjure, crois moi. Ta confiance, c'est tout ce qui me reste. Je t'en supplie, ne me la retire pas !

C'est à ce moment que mes jambes cèdent sous le poids de ma détresse, de ma honte. En une seconde, je me sens tomber, inexorablement, jusqu'à atterrir dans ses bras. Il me porte jusqu'au lit, me serre fébrilement contre lui. Je découvre alors qu'il est aussi désespéré que moi.

— Je te crois, Annabelle. Bon sang, comment pourrais-je douter de cela ? Tu as toute ma confiance et tout mon amour aussi…

Il marque un temps d'arrêt et son regard s'enflamme, incendiant jusqu'à mon âme. Je ressens comme une connexion, un lien entre nous. C'est comme si je pouvais soudain lire en lui et je suis sûre qu'à cet instant, il lit en moi. Il m'aime autant que je l'aime, il ne m'abandonnera pas. Il ne ressent ni dégoût, ni amertume, ni jalousie. Il me veut et me prend telle que je suis, aussi cassée que je sois.

— Je suis désolé si mes propos t'ont amenée à penser que je doutais de toi. Il faut bien que tu te mettes dans la tête que je ne ressens pas une once de dégoût te concernant. Ce qui t'est arrivé est un drame sans nom et, si je ressens du dégoût, c'est pour les ordures qui t'ont fait subir cela. Quant à imaginer que tu aies pu y prendre plaisir, c'est d'autant plus ridicule que j'ai pu voir l'horreur et la terreur qu'ils t'inspirent, jour après jour.

Il prend mon visage entre ses mains. Son regard est intense, presque sévère. Son œil noisette brûle de passion, son œil bleu, quant à lui, souffle la glace.

— Je vais commettre des erreurs Annabelle. Je te l'ai dit, je ne me crois pas doué pour l'amour, mais je veux essayer, de toutes mes forces. Alors, je vais me tromper de route, je vais même parfois rouler à contresens, je n'exclus pas quelques incidents de parcours. Mais je te promets d'essayer, de tout mon cœur que tu as sorti d'un long sommeil et de toute mon âme que tu purifies, jour après jour.

Je m'appelle Annabelle et lentement, je découvre l'amour.

Chapitre 55

Une meute de loups

Vendredi 8 mai 2015

Ce matin, j'ai bien failli tout foutre en l'air. Ce bonheur fragile aurait pu voler en éclats, par ma faute. J'oublie parfois ce qu'elle a vécu, mais elle n'oublie jamais. C'est ancré dans son esprit et dans son corps et se rappelle à son souvenir à la moindre occasion. Elle est fragile, immensément fragile, et je déboule dans sa vie comme un chien dans un jeu de quilles, sans la moindre subtilité. Je dois apprendre, et, pour apprendre, je dois comprendre.

J'ai préféré ignorer les détails sordides, mais lorsque je l'entends dire qu'elle n'a plus rien à m'offrir parce qu'ils lui ont tout pris, j'ai envie de hurler. Elle n'imagine pas un seul instant tout ce qu'elle m'a donné, tout ce qu'elle a changé, les portes qu'elle a ouvertes en moi. Elle doute en permanence d'elle. Elle déambule dans la vie comme une condamnée en sursis, arpentant le couloir de la mort en attendant la fin. Elle ne peut croire en un avenir tant que ces types se baladent en toute impunité.

J'ai beaucoup pensé à cela cette nuit. Nous ne pourrons pas avancer tant que les ténèbres l'entoureront. Elle a besoin de lumière, elle a besoin d'être rassurée. Et quel meilleur moyen de la rassurer que de faire en sorte d'éliminer le danger, d'éradiquer les ombres, de pulvériser la source du mal.

C'est dans cette optique que, cet après-midi, j'ai laissé Annabelle au bureau pour me rendre, seul, chez Franck Merlin. Franck se trouve être un enquêteur de tout premier ordre et un hacker de talent. Aucun obstacle ne lui résiste, et j'ai besoin de ses compétences pour m'aider dans mon plan.

Il vit seul dans une jolie maison bourgeoise, en périphérie de Marseille. Je ne lui ai jamais connu de relation stable, mais il ne vit pas en moine pour autant. Je hausse les sourcils en me disant qu'il devrait cesser de papillonner et se trouver une femme, construire un foyer. Et puis je repense à ce que j'étais il y a moins d'un mois. J'étais dans la même situation que lui et je la trouvais parfaite. Aujourd'hui, mes priorités ont totalement changé, depuis que ma petite sorcière, mon rayon de soleil a débarqué dans ma vie, à grand renfort d'effets spéciaux. Je souris, tendrement. Elle me manque déjà. Je me demande ce qu'elle fait et m'inquiète soudain de voir Ava profiter de mon absence pour venir la tourmenter.

Je compose le numéro de la sécurité :

— Alex, c'est Greg. Je serai absent du bureau quelques heures et j'ai besoin que l'un de tes gars veille sur Mademoiselle Maury. Et tout particulièrement qu'il s'assure qu'Ava Brown ne lui rende pas visite. Tu penses pouvoir m'arranger ça ?

— Aucun problème. Marco va surveiller de près ton étage, et surtout vos deux espaces. Personne ne passera. Tu peux être tranquille.

Je raccroche, rassuré, juste au moment où Franck ouvre la porte. Nous nous installons dans son bureau. C'est une conversation sérieuse, il le sait.

— J'ai repensé à notre dernière conversation, concernant l'agression d'Annabelle. À cette époque, je ne voulais pas en savoir davantage, mais les choses ont évolué. Je dois tout savoir, je dois comprendre.

— Pourquoi ? Qu'est-ce que ça va bien pouvoir changer ? Ce qui est fait est fait.

— Je veux les retrouver, Franck, tous les quatre…

— Alors… tu sais ?

Je lui expose la totalité de ce que j'ai appris. J'attends de lui qu'il comble les blancs.

— On ne peut pas les localiser tant qu'elle n'a pas retrouvé la mémoire. Elle ne se souvient pas de ses agresseurs. C'est un handicap majeur.

— Elle n'a pas perdu la mémoire, Franck. Elle simule l'amnésie pour protéger sa famille des représailles qui lui ont été promises.

— Tu es sûr de ça ?

— Oui, c'est elle qui me l'a confié et, bien entendu, ceci doit rester totalement confidentiel.

Franck réfléchit longuement.

— Ça change considérablement la donne…

— En effet. Si j'arrive à la faire parler, à la mettre suffisamment en confiance pour qu'elle me livre ses souvenirs, alors nous pourrions peut-être établir des portraits-robots.

— Il faudrait pour cela que ses souvenirs soient particulièrement vivaces…

— Ils le sont, Franck. Ils reviennent quasiment chaque nuit dans ses cauchemars. Ils ne l'ont jamais quittée.

— Tu pourrais faire en sorte qu'elle voie un psy, peut-être une thérapie par l'hypnose ?

— L'hypnose pourrait, en effet, être une option, mais je préférerais qu'elle se confie librement à moi.

— Ça risque de prendre du temps…

— Cela fait cinq ans, Franck. Je doute que nous soyons à quelques mois près. Dis-moi tout ce que tu sais.

Franck sort le dossier qu'il a monté et nous l'explorons. Je découvre les multiples blessures dont elle souffrait lorsqu'elle a été découverte, sur le bas-côté de cette petite route : les fractures, les plaies, les traumatismes internes, les brûlures. Je suis anéanti…

Je réalise soudain que je n'ai jamais vu Annabelle autrement que le corps soigneusement recouvert. Bien que nous ayons dormi ensemble à plusieurs reprises, j'ai pu constater qu'elle était toujours affublée d'un maxi tee-shirt. Je repense à son refus catégorique de se baigner, l'autre soir.

— Tu penses qu'elle garde des traces de tout ça ?

— Je ne vois pas comment il en serait autrement.

Il sort quelques photos, sans doute prises aux Urgences, et mon cœur se retourne. Je ne suis pas une petite nature, mais voir ces horreurs en sachant que c'est son corps à elle me bouleverse totalement.

Je songe un instant que la problématique s'épaissit de plus en plus. Une potentielle vie intime entre nous s'éloigne encore davantage. Non seulement elle craint le sexe plus que tout autre chose, mais en plus elle doit détester son corps, ce qui ne va pas aider. Je dois la rassurer sur ce point.

Franck m'explique les circonstances de l'enlèvement, il me confirme que son calvaire a bien duré quatre jours, comme j'ai cru le comprendre ce matin. J'ai plus que jamais la nausée et une haine sans nom point en moi. Quatre types, quatre jours durant, s'acharnant sur cette môme. Une gosse, une adolescente comme les autres, jolie, insouciante, brillante dans ses études, promise à un bel avenir. Tout cela réduit à néant par une meute de loups. Elle avait raison, c'est bien de cela dont-il s'agit. Des loups !

— Ils opèrent en meute. Ils chassent ensemble et se partagent leur proie jusqu'à épuisement. Ce n'est pas anodin. J'y ai bien réfléchi, Greg. Ils n'en étaient certainement pas à leur coup d'essai. Ils étaient organisés, préparés, ils n'ont pas commis la moindre erreur. On n'a pas retrouvé la plus infime empreinte et on n'a même jamais localisé le lieu de sa séquestration. Leur capacité à disparaître et à couvrir leurs traces ne fait aucun doute : il y a eu d'autres victimes…

— Si tu as raison, et je pense que c'est le cas, alors nous devons retrouver la trace de ces victimes et remonter jusqu'à ces malades, coûte que coûte.

Je m'appelle Greg Delcourt. Pour sauver la femme que j'aime, pour faire en sorte qu'un futur soit imaginable, je suis prêt à tout tenter. Je suis même prêt à tuer.

Chapitre 56
Le pot aux roses

Vendredi 8 mai 2015

Greg est parti pour un rendez-vous à l'extérieur, juste après le déjeuner. Nous avons pique-niqué dans son bureau, face-à-face, assis en tailleur sur la méridienne. La conversation a été légère, nous avons beaucoup ri, nous avons un peu chahuté, nous nous sommes embrassés, entre deux plats et avons dévoré le dessert. Des plaisirs simplissimes que je n'avais jamais partagés avec un homme.

Greg est gentil, drôle, et incroyablement patient. J'ai bien du mal à reconnaître en lui le type épouvantable qu'il était il y a trois semaines. Tout cela me paraît trop beau pour être vrai. Je me demande soudain pourquoi il est parti seul à ce rendez-vous. Il m'avait pourtant dit que je le suivrais comme son ombre, qu'il me montrerait tout ce qui a trait à son business.

Peut-être que ce rendez-vous n'a rien de professionnel. Je sens poindre un sentiment qui ressemble fort à de la jalousie. Et s'il était avec une autre femme ? Après tout, je ne suis pas en mesure de lui apporter ce dont il a le plus besoin, et j'imagine que le charnel lui manque. Je ne suis pas une spécialiste en sexualité masculine, mais je suppose que si je ne comble pas ses attentes, une autre doit le faire. Cette idée me révulse.

Plus les heures passent et moins je peux m'empêcher d'imaginer des choses qui me tuent. Dois-je me faire violence et lui donner ce qu'il convoite, au risque de me perdre moi-même ? Dois-je, au contraire, fermer les yeux et faire l'autruche ?

J'en suis là de mes inquiétudes quand Marco, le gars de la sécurité, frappe à ma porte.

— Mademoiselle Maury. Vous avez une visite. Mais Monsieur Delcourt à insisté pour que je ne laisse pas cette personne vous approcher. Mme Brown souhaite vous rencontrer. Que dois-je lui dire ? Elle insiste beaucoup…

Marco semble particulièrement embarrassé. Je me doute qu'Ava a dû faire pression sur lui et jouer, soit de ses charmes, soit de son arrogance, pour le mettre dans cet état.

— Laissez-la entrer, mais restez à proximité, Marco.

— Bien entendu, Mademoiselle.

Ava fait son entrée, majestueuse, comme à son habitude, à la limite du ridicule, des airs de Cruella dans les 101 Dalmatiens : robe fourreau noire, manteau de fourrure, capeline et long fume-cigarette en main.

— Que me vaut le plaisir de votre visite, Mme Brown ?

J'appuie sur le Madame, histoire de bien lui rappeler combien je suis plus jeune qu'elle. O.K., c'est un comportement qui ne me ressemble pas vraiment, mais dès que je suis dans la même pièce qu'elle, je me sens pousser des griffes.

— Annabelle. Greg n'est pas avec vous ?

Je regarde autour de moi, je peine à m'empêcher de regarder sous le bureau, et confirme.

— Il semblerait que non, en effet. Il est en réunion à l'extérieur. Puis-je vous suggérer de prendre rendez-vous ?

Elle me fixe avec une moue dédaigneuse et un air outré.

— Sachez, jeune fille, que je n'ai pas besoin de rendez-vous pour rencontrer Greg. Nous sommes très proches, je dirais même intimes.

— Ne m'en veuillez pas. Il m'avait pourtant semblé l'entendre vous dire de ne plus remettre les pieds dans son bureau, sans y être convoquée…

Elle bouillonne. J'exulte. Je joue avec le feu.

— Ce pauvre Greg a tellement envie de vous mettre dans son lit qu'il serait prêt à tous les subterfuges pour y arriver. Tout cela n'était qu'un petit numéro, que j'ai joué pour lui avec grand plaisir. Après tout, lorsque ce sera chose faite, il me reviendra comme un gentil toutou, la queue entre les jambes, me réclamant des plaisirs que vous êtes bien incapable de lui donner, des sensations extrêmes, comme il les aime. Vous savez qu'il aime la douleur ? La recevoir, mais aussi l'infliger. Greg est ainsi. Il n'est pas l'homme romantique qu'il essaie de vous vendre, il est brutal, insensible et trop centré sur son propre plaisir pour vous accorder la moindre importance. De toutes les femmes qu'il a couchées entre ses draps, vous êtes sans doute la plus insipide. Je me réjouis à l'avance de récolter le fruit de votre inexpérience.

J'ai joué avec le feu… et j'ai perdu. Ava Brown vient de me balancer une droite suivie d'un uppercut.

— Vous croyez vraiment qu'il est en rendez-vous professionnel ? Soyez raisonnable, Annabelle. Si tel était le cas, il vous aurait emmenée, non ?

Elle me sourit avec tristesse, comme si j'étais une pauvre petite chose fragile.

— Il est en chasse, Annabelle. Il courtise sa prochaine proie, celle qu'il emmènera ce soir dans un luxueux palace, afin de la culbuter des heures durant. Vous ne croyez tout de même pas que, la nuit venue, une fois qu'il vous a bordée dans votre petit lit, il va sagement dormir dans le sien ? Vous n'êtes pas si naïve ? Si ? Bien sûr que non. Il court rejoindre sa conquête du jour et rentre à l'aube, fourbu et rassasié.

Les larmes se précipitent vers mes paupières ; je les refoule de mon mieux. Je ne veux pas lui donner ce plaisir. En quelques phrases, elle a confirmé tous mes doutes, comme si elle lisait en moi. J'ai beau me dire qu'elle invente, qu'elle cherche à me blesser, mon pessimisme habituel revient au galop. Exit les moments de bonheur sur la méridienne. Bonjour le chagrin, les angoisses, les doutes et cette fichue estime de moi inexistante.

— Je ne vous crois pas, dis-je, d'une voix blanche. Greg tient à moi et il m'a affirmé n'avoir touché aucune femme depuis Paris.

Elle sourit, prend son téléphone portable dans sa pochette en satin et compose un numéro.

— Sabrina, voudriez-vous me rejoindre, mon petit ?

Où veut-elle en venir ? Qui est Sabrina ?

Une jeune femme se présente à la porte du bureau, escortée par un Marco de plus en plus mal à l'aise. Je lui fais signe de la tête de la laisser entrer.

— Annabelle, je vous présente Sabrina. Elle vous a remplacé, lorsque vous avez démissionné. Sabrina, je vous présente Annabelle, c'est à elle que vous devez votre renvoi.

Elle sourit d'un air entendu à une Sabrina qui arbore un air particulièrement revêche.

— Pourriez-vous raconter à Annabelle ce qu'il s'est passé, dans le bureau de Greg, ce samedi matin ?

— Oui, bien sûr. Je n'ai rien à cacher. Après tout, nous sommes des adultes consentants. Je ne vais pas vous donner les détails, je ne voudrais pas vous paraître impudique, mais disons que M. Delcourt et moi-même avons partagé un moment très chaud, si vous voyez ce que je veux dire…

— Chaud à quel point, Sabrina ? lui demande Ava.

— Eh bien… Il a beaucoup aimé mes caresses… Surtout celles que j'ai prodiguées à une partie de son anatomie qui dort habituellement dans son pantalon.

Elle sourit d'un air entendu. Mon monde s'écroule, une fois de plus. Greg m'a menti. Je n'ai pas l'exclusivité de ses bras.

— Je peux savoir ce qu'il se passe ici ? dit Greg, à la limite de l'implosion.

Je m'appelle Annabelle Maury. J'ai voulu croire Greg quand il me disait que je serais la seule, mais, une fois de plus, je me suis fourvoyée. Ma naïveté me perdra !

Chapitre 57
Démonstration de force

Vendredi 8 mai 2015

Je les regarde toutes les trois : Annabelle face à Ava et Sabrina. Ce que j'avais tant redouté, ce que j'ai tenté d'empêcher est finalement arrivé.

Annabelle semble recroquevillée sur elle-même. La flamme qui dansait dans ses yeux, lorsque je l'ai quittée, a disparu. Je pensais la rendre aussi heureuse que possible. Je pensais contrôler les choses. Mais je ne contrôle visiblement pas Ava Brown.

Je regarde Marco, tout aussi recroquevillé, malgré son mètre quatre-vingt-dix et ses cent dix kilos de muscles. Il a merdé. Il le sait.

Je décroche le téléphone et appelle la sécurité.

— Alex ! Greg à l'appareil. Monte immédiatement dans mon bureau. Emmène deux de tes gars. Alerte orange.

Ava se tourne vers moi.

— Greg… Je sais que tu es en colère, mais Annabelle devait comprendre qui tu es. Tu n'es pas pour elle et elle n'est pas pour toi. Tu es de la trempe des loups et elle est, sans nul doute, de celle des agneaux. Pourquoi persister à lui donner des espoirs que tu sais irréalisables ? Pourquoi t'entêter à nier l'évidence ?

Je la regarde et la vois pour la première fois. Son accoutrement ridicule, son maquillage outrancier, ce sourire malsain accroché sur son visage mauvais. Je me demande, un instant, comment j'ai pu, à une époque, envisager de lier ma vie à la sienne.

Alex déboule dans le bureau, suivi de deux mastodontes, armés.

— Que se passe-t-il, Greg ? dit-il, affolé mais néanmoins circonspect, en réalisant que le danger se matérialise sous la forme de trois femmes.

— Alex, tu vas faire raccompagner Sabrina hors de ce bâtiment. Tu vas t'assurer qu'elle ne pourra plus jamais y pénétrer, que le contrôle biométrique à l'entrée déclenchera à l'avenir une alarme. Quant à toi, Sabrina, j'ai peur que tu aies misé sur le mauvais cheval. Lorsque tu seras sortie de mon immeuble, sois bien sûre que chaque entreprise que tu contacteras dans cette ville et aux alentours sera immédiatement dissuadée de t'embaucher. Tu es grillée dans cette ville, et peut-être même dans ce pays. Ton nom retentira comme une alarme dans la tête de tous les employeurs potentiels. J'y veillerai personnellement.

— Mais enfin, je…

— Alex, débarrasse-moi de ça.

Il fait signe à l'un des mastodontes qui empoigne Sabrina et la traîne hors de mon bureau.

— Quant à Mme Brown, elle ne fait désormais plus partie du personnel. Tu vas récupérer son badge et toutes ses cartes en rapport avec Delcourt Ingénierie. Tu prendras les mêmes assurances que pour Sabrina concernant la surveillance biométrique. Tu vas l'accompagner personnellement à son bureau, qu'elle récupère ses effets. Tu veilleras à ce qu'elle n'emmène rien qui concerne mon entreprise : pas de dossier, pas de clé USB ni autre DVD. Si elle possède sa propre clé, tu prendras soin de la vider en totalité. Tu feras également en sorte que le mot de passe de son compte de messagerie soit modifié, avant même qu'elle puisse l'utiliser via son smartphone. Tu supprimeras aussi toutes ses accréditations. Et puis, tu la raccompagneras à la sortie. Je ne veux plus jamais la voir ici. C'est bien compris ?

Alex sait qu'il a merdé en envoyant Marco veiller sur Annabelle et qu'il joue son poste. Il ne moufte pas et acquiesce.

— Tu crois vraiment que je vais te laisser me jeter dehors sans rien faire ? intervient celle que je qualifierais de vipère.

— Bien sûr que tu vas me laisser faire, Ava. Ne t'inquiète pas, tu auras un joli chèque en guise d'indemnités.

— Je vais t'assigner en justice. Lorsque j'en aurai terminé avec toi, tu n'auras plus rien ! lâche-t-elle, hargneuse.

Je souris.

— Mais je t'en prie, Ava, fais donc. Cette action en justice me permettra de sortir le petit dossier que Franck a sous le coude te concernant. Malversations financières... Tu ne croyais tout de même pas que j'ignorais les détournements de fonds réguliers que tu effectues à mes dépens depuis cinq ans ? Espionnage industriel et communication de données confidentielles à ton ancienne entreprise aux États-Unis, données que, soit dit en passant, j'ai fait falsifier avant qu'elles ne sortent d'ici. D'ailleurs, les toutes dernières que tu as transmises, sans même les vérifier, vont coûter très cher à ton second employeur. J'ai bien peur que leur magnifique matériel de pointe, récemment acquis à grand renfort de prêts faramineux, ne soit définitivement détruit par les paramétrages que tu leur as envoyés hier. Je doute qu'il soit très satisfait de ta prestation, Ava.

Ava vacille. Elle me prenait pour un idiot et tablait sur mon aveuglement pour couvrir ses méfaits. Je sais tout cela depuis deux semaines déjà, depuis que j'ai chargé Franck de mener l'enquête et de trouver de quoi rompre notre contrat. J'avais bien compris qu'elle serait une menace pour Annabelle. Je n'ai malheureusement pas correctement évalué le temps qu'elle mettrait à tenter de lui nuire. Elle ne pouvait pas commettre pire erreur.

— Tu t'es attaquée à ce que j'ai de plus cher dans la vie, Ava. Je t'avais prévenue, j'avais été parfaitement clair. Mais ton arrogance a eu raison de toi. Tu ne peux t'en prendre qu'à toi-même.

D'un geste las de la main, je fais signe à Alex de m'en débarrasser. Elle se laisse entraîner, sans résistance, la bouche grande ouverte, encore en train de chercher le moment où tout à foiré.

— Une dernière chose… Marco est viré. Quant à toi, Alex, ne me déçois plus jamais.

Il me fait savoir qu'il a reçu le message cinq sur cinq. J'en prends note. Les deux hommes disparaissent, poussant devant eux une Ava au regard haineux. Je n'en ai cure. Si elle a une once d'intelligence, elle comprendra qu'elle n'a pas le moindre intérêt à me défier.

Dans quelques minutes, j'appellerai Atlanta pour avoir une discussion avec son ex-boss. Je l'informerai de ce que je sais concernant l'espionnage industriel dont il s'est rendu coupable via Ava. Je lui mentirai en lui affirmant qu'ayant compris que j'avais découvert le pot aux roses, elle a sciemment envoyé des données erronées, à l'origine des dommages qui, je n'en doute pas, vont le mener à la banqueroute. Je vais lui proposer un rachat. Compte tenu des emprunts faramineux qu'il a contractés et des dégâts que les données falsifiées ont causés à son matériel de pointe, il n'aura d'autre choix que de me céder son entreprise. Je dirai même qu'il s'en sort bien. Bien entendu, il ignorera que ces dommages ne sont pas irréversibles, qu'ils sont dus à un virus que Franck a savamment introduit dans les fichiers qu'Ava a envoyés avant-hier. Je récupérerai, pour une bouchée de pain, une entreprise mondialement reconnue qui me permettra d'être totalement indépendant en matière d'imagerie médicale de dernière génération.

Désormais, il me reste un tout autre combat à mener. Je me tourne vers Annabelle, me préparant au pire. Mais elle a disparu…

Je m'appelle Greg Delcourt, je peux, d'un claquement de doigt, détruire des carrières et des entreprises, mais je ne suis pas fichu de veiller correctement sur la femme que j'aime.

Chapitre 58

Possession

Vendredi 8 mai 2015

Pour punir Sabrina, avec laquelle, pourtant, il semble avoir eu des moments plus qu'intimes, il l'a fait jeter de son immeuble en lui promettant de faire en sorte qu'elle ne puisse plus jamais travailler. Parce qu'elle a eu l'impudence de dire la vérité.

Je ne peux pas vraiment dire que je suis outrée, je ne la connais pas, je ne ressens rien pour elle, hormis peut-être de la haine, parce qu'elle vient de me ravir mon tout récent bonheur.

J'aurais voulu entendre Greg avouer qu'elle disait vrai et faire amende honorable, mais Greg Delcourt ne se chauffe pas de ce bois-là. Il ne confesse pas ses erreurs, il les rejette sur d'autres. Comme il l'a fait sur Marco. Or si quelqu'un est responsable de cette situation, c'est bien moi. Il m'a prévenue que Greg avait ordonné d'empêcher Ava de m'approcher, mais je l'ai laissée entrer, j'ai laissé entrer Sabrina, j'ai creusé ma propre tombe. Greg a viré Marco et, au regard qu'il a lancé à Alex, j'ai compris que celui-ci avait échappé, de justesse, au pire.

J'ai eu la prétention de croire que je pourrais l'emporter sur Ava et j'ai provoqué le renvoi de Marco, l'excommunication de Sabrina et ma propre perte. Pour ce qui la concerne, elle, je n'ai pas de regret. De toute évidence, elle se rendait coupable de malversations, en plus d'être mauvaise et manipulatrice. J'espère ne plus jamais la revoir.

Greg a été impitoyable, glacial et coupant comme la lame d'un rasoir. Je l'ai vu, pour la toute première fois, dans le rôle du P.-D.G froid et sans cœur et, tandis qu'il réglait le compte d'Ava, j'ai ressenti des sentiments contradictoires. J'étais en colère, blessée par les révélations de Sabrina, qu'il n'a pas même cherché à nier. J'étais sous le choc de celles d'Ava, même si je me rends bien compte que ses mots ont été dictés par la fourberie et la jalousie, et que je peux aisément les remettre en cause. Et puis, j'ai ressenti autre chose d'étrange, une forme d'excitation tandis que je le regardais donner ses ordres et appliquer sa justice. Il était beau, sûr de lui, le petit pli entre ses sourcils le rendant incroyablement sexy. J'ai été parcourue de frissons incontrôlables que je ne m'explique pas.

Alors, tandis qu'il congédiait Alex, Marco et Ava, j'ai fui, franchissant la porte coulissante et me faufilant vers les ascenseurs. J'ai appuyé frénétiquement sur le bouton RDC et me suis enfoncée dans un coin de la cabine, recroquevillée sur moi-même, ressassant chacun des mots de Sabrina et Ava.

Lorsque je suis arrivée dans le hall, le portier m'a immédiatement trouvé un taxi qui m'a ramenée à la maison. Chez Greg. Ce n'est désormais plus ma maison, notre maison. Je me tiens au milieu du salon, ne sachant que faire, où aller, comment emballer mes affaires suffisamment vite pour être partie à son retour. Et puis, je renonce et décide de l'attendre. Il mérite que je lui dise ses quatre vérités, que je lui crache à la figure toute la haine que je ressens à l'idée qu'il m'ait trahie, le désarroi qui est le mien à l'idée que je n'étais pas la seule et unique dans sa vie…

Pauvre idiote, comment as-tu pu croire un seul instant qu'un homme comme lui pourrait ne vouloir que toi, une demi-folle, une névrosée, incapable de satisfaire ses penchants les plus intimes et les plus légitimes ?

La porte claque. Je n'ai pas entendu la voiture arriver. J'étais ailleurs, perdue au milieu des décombres de ma parfaite petite vie imaginaire. Il apparaît sur le seuil et pousse un soupir de soulagement. Il s'approche à grands pas de moi.

— Annabelle !

— Ne t'approche pas de moi ! crié-je, déjà hystérique avant même d'avoir commencé à parler.

Il s'arrête net, enfouit un instant son visage dans ses mains, qu'il remonte ensuite sur son front, jusqu'à l'arrière de sa tête. Il tente de se calmer. Je commence à bien le connaître.

— Tu ne dois pas t'enfuir ainsi, Annabelle. Tu m'avais promis que tu ne le ferais plus.

— Oui, une promesse non tenue. Tu connais ça par cœur, toi, non ?

— Écoute-moi…

— Je t'ai bien assez écouté ! Je ne fais que cela, t'écouter me mentir à longueur de temps, et tu voudrais que je t'accorde ma confiance ? Tu n'es pas meilleur que tous ces hommes, là-dehors. Tu n'es pas meilleur qu'*EUX* ! hurlé-je.

— Annabelle, tu ne peux pas me dire ça. Je n'ai rien à voir avec ces monstres. Tu es injuste…

— Ce qui est injuste, c'est que tu m'aies laissée croire que tu avais des sentiments pour moi, que tu aurais la patience de m'attendre, qu'il n'y aurait pas d'autre femme que moi !

Voilà, c'est lâché. En fait, je suis folle de jalousie. Je les imagine, tous les deux, et j'en suis malade. La nausée me prend, la tête me tourne, je sens que je perds les pédales.

— Tu as couché avec cette fille, Sabrina, alors que tu me jurais fidélité. Finalement, tu n'as pas changé d'un pouce. Tu es exactement le même connard arrogant, obsédé par le sexe facile, que tu étais à notre rencontre.

— Annabelle, je n'ai pas couché avec Sabrina, je peux te le jurer. Elle a, en effet, fait quelques tentatives, dont l'une est allée un peu loin, je l'avoue, mais je n'ai pas donné suite.

— Quand elle tenait ton sexe au creux de sa main, tu n'avais pas un peu l'impression de donner suite ? Tu te fous de moi ?

Je crache ces derniers mots, hors de moi. Je perds toute retenue. Un monstre tentaculaire vient d'émerger de moi et je ne le contrôle pas.

— Peut-être que lorsque tu auras enfin eu de moi ce que tu convoites par-dessus tout, nous pourrons mettre fin à cette mascarade. Car c'est bien ce que tu désires, non ? Me baiser, comme toutes les autres ? Mais tu ne préfères pas vérifier la marchandise, avant ?

Et tandis que je lance cette dernière phrase, je décide, comme ce matin-là, sur le bord de la route, en montant dans la voiture d'un inconnu, que plus rien n'a d'importance, que ma propre vie, que ma santé mentale que je sens flancher un peu plus à chaque seconde, n'ont plus la moindre importance.

— Peut-être que lorsque tu auras vu, tu tourneras les talons et tu t'enfuiras. Ça, tu sais faire, n'est-ce pas ?

Mue par une force dont j'ignore tout, je baisse la fermeture éclair de mon pantalon, que je fais descendre le long de mes cuisses, flanquées de fines cicatrices s'entrecroisant, puis le long de mes jambes, jusqu'à l'envoyer à l'autre bout de la pièce.

— Annabelle, bon sang, tu fais quoi ?

Il se précipite vers moi.

— Ne bouge pas ! Assiste plutôt au spectacle.

Un à un, je fais sauter les boutons de mon chemisier, que je retire avec hargne. Je sais qu'il regarde les marques sur mon corps, ce corps qui ne lui inspire subitement plus de désir, mais certainement du dégoût. Puis, portant mes mains dans mon dos, pour dégrafer mon soutien-gorge en soie bleue, je lui lance :

— Et maintenant, le clou du spectacle ! J'espère que tu te régales !

C'est à ce moment-là qu'il se jette sur moi.

Je m'appelle Annabelle, mon esprit vagabonde quelque part ailleurs, tandis que ma colère et mon instinct autodestructeur prennent violemment possession de moi.

Chapitre 59
Vénération

Vendredi 8 mai 2015

Elle se tient devant moi, uniquement vêtue d'un ensemble de lingerie en soie bleu poudré.

Je sais reconnaître un comportement autodestructeur lorsque j'en vois un. Et c'est le cas. Elle est en train de plonger du haut d'un pont. Elle se rue tête baissée au beau milieu d'une autoroute bondée. Elle se tire une balle en plein front. L'amour de ma vie est sur le point de sombrer. Si je ne veux pas le perdre, je dois agir dans l'instant.

Tandis qu'elle passe ses bras en arrière pour dégrafer son soutien-gorge, je me précipite vers elle, ramène ses bras le long de son corps et la serre contre moi, de toutes mes forces. D'une main, je maintiens sa tête contre mon torse, de l'autre je l'empêche de se débattre. Car elle se débat, elle est en pétard, ma petite femme, et pas qu'un peu ! Je ne peux pas la blâmer, je suis coupable. Coupable de ne pas avoir interrompu Sabrina plus tôt, d'avoir pris un plaisir éphémère à ses caresses, de ne pas l'avoir dit à Annabelle.

Aimer Annabelle, c'est évoluer à pleine vitesse sur un perpétuel grand huit. C'est renoncer à tout ce que l'on sait pour reconnaître l'étendue de son ignorance, osciller entre l'ivresse qu'elle déclenche à chaque seconde en moi, et la peur insoutenable de la perdre à chaque instant. Aimer Annabelle, c'est à la fois la plus belle expérience et le pire challenge de toute ma vie. Chaque jour, je découvre l'infinitude de la profondeur de ses blessures, et mon premier réflexe est de me dire que nous n'y arriverons pas. Et puis mon cœur, ce traître, me chuchote qu'elle est mon bonheur, mon avenir, mon seul espoir de rédemption. Qu'elle est, irrémédiablement, l'unique chance de bonheur que je veuille saisir.

Elle pleure dans mes bras. Je lui chuchote des mots simples, des mots authentiques.

— Je sais que je ne suis pas le meilleur des hommes. J'ai d'immenses failles que je cherche à combler, de terribles défauts que je tente de corriger, mais, comme tous ceux qui sont en apprentissage, je m'égare parfois. Et cela m'arrivera encore. Mais tu peux me croire sur parole lorsque je te dis que je tire les leçons de mes erreurs, et que celle-ci est bien plus cruelle que toutes les autres réunies. Je ne nie rien. Elle m'a caressé et j'ai mis quelques secondes à réaliser que c'était mal, et surtout que ce n'était pas ce que je désirais. Ça s'est arrêté là. Tu dois me croire. C'est la pure vérité.

Je ne sais que lui dire. Qu'attend-elle de moi ? Que je parle avec mon cœur, j'imagine, et c'est beaucoup me demander. Me livrer, c'est prendre le risque de me perdre. Mais que représente ce risque par rapport à celui de la perdre, elle ?

— Je t'aime, Annabelle. Je t'aime comme je n'ai jamais aimé. D'ailleurs, je n'ai jamais aimé. Tu es mon tout premier amour et tu seras le dernier. J'en fais le serment. Je te veux, toi, entièrement et définitivement. Je ne désire pas que ton corps, tu te trompes. Je te veux tout entière avec ton passé, ton présent et ton avenir. Je veux que ton cœur batte à l'unisson du mien. Je veux ton âme entrelacée à la mienne et ton corps et le mien fusionnés en un seul. Je veux tout cela, plus que n'importe quoi en ce monde, et je suis prêt à donner tout ce que j'ai pour l'obtenir.

Elle a cessé de se débattre. Elle reste immobile, son corps contre le mien. Elle écoute ; elle analyse. Je relâche doucement la pression sur sa tête et, d'un doigt sous son menton, relève son visage vers le mien. Je veux qu'elle lise en moi, qu'elle sache que je pense chaque mot. Lentement, je la soulève et la serre contre moi. Mon précieux trésor entre les bras, je me mets en marche.

— Où m'emmènes-tu ? hoquette-t-elle.

— Dans ma chambre. Dans mon lit, pour être précis.

Elle se raidit. Elle a peur de ce que je pourrais lui demander et qu'elle n'est pas prête à m'offrir.

— Il ne s'y passera rien que tu ne souhaites, Annabelle. Rappelle-toi. Je te l'ai promis.

Elle se détend un peu tandis que je la dépose délicatement au centre du lit. Je ferme les lourds rideaux, ménageant à la pièce l'ombre propice à l'intimité que mon projet requiert.

Debout près du lit, je la contemple. D'instinct, elle se protège de ses bras. Elle vient de réaliser qu'elle est presque nue. Avec une infinie lenteur, je les déplie et les remonte de chaque côté de sa tête, posant ses mains sur l'oreiller.

— Je ne veux plus que tu te caches de moi, mon amour. Et pour cela, il faut que je te voie. Que je t'apprenne. Tu n'as ni honte ni crainte à avoir. Je sais ce que tu as subi, et je sais ce que représente chacune de ces marques qui parsèment ton corps. Je veux les connaître toutes et je vais les vénérer, l'une après l'autre.

Elle écarquille les yeux et balbutie :

— Non, je ne veux pas… que tu les regardes…

Je m'agenouille sur le lit, près de son flanc et allonge l'un de ses bras le long de son corps. Je laisse lentement glisser ma main, partant de son épaule, effleurant sa clavicule du bout de mes doigts, dessinant son biceps, caressant le creux de son coude et, survolant son poignet, je termine mon voyage en joignant ses doigts aux miens.

Me penchant sur elle, je dépose sur ses lèvres un doux baiser, serrant nos mains jointes contre mon cœur. Ma bouche passe lentement de ses lèvres à ses joues, à son menton, puis à sa gorge que je caresse de mon souffle. Elle frémit, mais ne m'arrête pas. Ma lente descente se poursuit jusqu'à la toute première trace. Comme les autres, le temps l'a blanchie. Elle est fine et régulière. Elle dort à la naissance de son sein gauche. Je l'embrasse, doucement. Annabelle réagit vivement et tente de m'en empêcher en retirant sa main de la mienne.

— Laisse-moi te découvrir, mon ange. Je ne fais rien d'autre que t'explorer. Ferme les yeux et laisse-toi bercer par mes baisers. Un baiser ne fait aucun mal, bien au contraire. Accepte que ces souvenirs douloureux puissent, l'espace d'un moment, devenir source de bien-être.

Sa main retombe sur le lit. Je reprends mon baiser le long de cette fine ligne qui va se perdre sous le bonnet du soutien-gorge. Je ne m'y aventure pas.

Me maintenant au-dessus d'elle d'une main, je pose délicatement l'autre sur son ventre, barré, au niveau de l'estomac, par une cicatrice plus grande et plus large que les autres. Je la suis du pouce, sur toute sa longueur. Annabelle cesse de respirer. Je plonge un instant mes yeux dans les siens et lui souris. Je veux la rassurer. Elle expire doucement.

Mes lèvres se joignent à mon pouce et embrassent la balafre avec amour. Peu m'importent ces lignes blanches sur son corps, j'en aime chaque millimètre. Elles font partie d'elle, au même titre que ses longs cheveux bruns, que ses yeux verts irisés de bleu, que ses seins ronds et nacrés.

Je suis Greg Delcourt et, tandis que je vénère chaque centimètre carré de son calvaire passé, Annabelle se détend lentement et accepte mes baisers pour ce qu'ils sont : de l'amour à l'état pur.

CHAPITRE 60

Inspection de nuit

Samedi 9 mai 05 :20

Ils dorment ensemble. Dans le même lit. Ce n'est pas la première fois. Je les ai déjà observés. Lorsqu'elle fait des cauchemars, il vient la rejoindre et la serre contre lui. Mais toujours dans son lit à elle. Cette nuit, quelque chose à changé. Elle dort dans ses bras, il la presse contre lui, mais ils sont dans son lit, à lui. Une rage folle m'envahit à l'idée qu'il puisse partager cela avec elle. Cette petite pimbêche, cette oie blanche est tellement insignifiante. Que peut-il bien lui trouver ?

Il l'entoure de son bras, tandis que l'autre maintient sa tête, d'une légère pression, contre sa poitrine, sa main emmêlée dans ses cheveux en cascade. Elle repose contre lui, sa main droite posée sur son ventre. A-t-il enfin obtenu ce qu'il convoite ? Et si oui, pourquoi dans son lit et pourquoi est-elle toujours là ?

À bien y regarder, elle n'est pas nue. Elle porte un soutien-gorge. Je ne vois pas le reste de son corps, dissimulé sous le drap, mais j'imagine qu'une petite culotte complète la panoplie. Elle est fille à porter une culotte, peut-être un tanga, mais certainement pas un string. Greg raffole des strings qu'il retire savamment avec les dents. Seules les vraies femmes portent des strings. Des femmes comme moi.

Comment trouve-t-il la force de dormir près d'elle sans même la baiser ? Cela me dépasse. Greg n'est plus lui-même depuis qu'il l'a rencontrée. Il est devenu un agneau, un toutou. Je n'ai rien contre le fait qu'il soit un toutou, tant que je suis la maîtresse qui lui passe son collier.

Je le regarde dormir. Il est paisible, un léger sourire sur les lèvres. On pourrait presque croire qu'il est heureux. Ou bien amoureux. Cette idée me révulse. L'amour tient plus du concept que de la réalité. Je le lui ai mille fois rabâché. N'a-t-il donc pas écouté ? L'amour est un leurre, un miroir aux alouettes, une chimère qui vous fait vous perdre dans les méandres d'un labyrinthe sans fin, qui vous empoisonne à votre insu et vous détruit aussi sûrement que le ferait la balle d'un revolver en pleine tête.

Le cœur n'est rien d'autre qu'une pompe qui alimente notre corps en sang et en oxygène. Il n'a pas de rôle mystique, il n'est le foyer d'aucune fonction spirituelle, et si l'on doit rattacher la notion d'amour à l'un de nos organes, je pencherais plutôt pour le cerveau, un cerveau malade et déficient qui diffuse des informations erronées. Je n'ai jamais cru en l'amour et il n'y croit pas non plus…

Je suis plantée là, dans cette chambre que je connais si bien, où j'ai passé de longues nuits avec Greg. Dans un autre lit. Lorsqu'il m'a chassée de sa vie, il a tout changé : la décoration, le mobilier, les couleurs. Comme si gommer et redessiner pouvait effacer mon souvenir. Je sais que je hante ses nuits, qu'il me désire sans vouloir se l'avouer, que cette course vaine qu'il a entreprise depuis n'a d'autre but que d'aboutir dans mes bras. D'ailleurs, il ne m'a jamais repris les clés de sa villa.

Je me souviens de ses bras puissants, de ses mains brutales qui parcouraient mon corps, je me souviens des lignes de feu que laissait sa langue sur ma peau, de ses cuisses musclées qui écartaient les miennes avant qu'il me prenne, d'un coup de rein puissant. Il ne s'encombrait pas de préliminaires. Il savait que je n'en voyais pas l'utilité. J'aimais la douleur qui accompagnait cette pénétration brutale, car elle était l'augure de plaisirs insensés.

Je lui ai appris tout ce qu'il sait. Je lui ai appris à me contenter. Moi et personne d'autre. Je l'ai formé à mon image, lui ai donné les clés de mon plaisir et lui ai enseigné ma manière d'appréhender le sexe. Il a aimé ça, il ne peut le nier. Il a aimé n'avoir aucune barrière, aucun tabou, il a aimé ne pas avoir à se retenir, donner la pleine mesure de sa fougue, quitte à me faire mal pour mieux me faire jouir. Je lui ai enseigné la douleur, je l'ai mordu, je l'ai frappé, je l'ai griffé et même parfois fouetté. Chacun de ces châtiments ne faisait qu'exacerber son désir et lorsqu'enfin il s'enfonçait en moi, son excitation à son paroxysme, il me pilonnait sans relâche, enchaînant en moi des orgasmes démesurés qui me faisaient hurler.

La donzelle bouge et je me cache légèrement derrière le paravent. Tout en dormant, elle s'extirpe de ses bras et roule sur le dos, dévoilant à ma vue son petit corps frêle et blanc. Et puis je les vois. Les marques. Des cicatrices zèbrent sa peau, de la poitrine jusqu'aux hanches, peut-être même davantage. Si j'osais…

Je m'approche de l'immense lit où ils reposent et la scrute, dans la lumière du petit jour. Lentement, je tire le drap afin de dévoiler ses cuisses fines. Elle porte une culotte, je l'aurais juré. Mais ce n'est pas ce qui attire mon attention. Je découvre chacune des cicatrices qui descendent presque jusqu'à ses genoux. Elles sont vilaines, certaines plus que d'autres. Se les inflige-t-elle à elle-même ? Souffre-t-elle d'un trouble psychiatrique qui la pousse à se faire du mal ?

À bien y réfléchir, elle semble fragile. Chacune des piques que je lui ai administrées, le jour de son entretien, l'a atteinte en plein cœur et hier, bien qu'elle ait tenté de faire bonne figure, je sais que je l'ai meurtrie bien au-delà de mes espérances.

Les choses n'ont pas tourné à mon avantage, c'est le moins que l'on puisse dire. Greg Delcourt a montré les crocs, et j'en ai fait les frais. Je n'ai plus de travail. Il m'a éloignée de lui comme un chien qui aurait la rage. Il a fait en sorte que Bob Rayerson, pour lequel je grappillais quelques informations, veuille ma tête. Je ne peux plus rentrer aux États-Unis sans risquer que ses foudres ne retombent sur moi, de manière expéditive. Il n'est pas homme à faire dans la demi-mesure. Il voudra me faire disparaître. Je sais que Greg fera en sorte que je ne puisse pas travailler en France non plus. Bien sûr, il sera généreux et m'attribuera de considérables indemnités, mais, je l'ai compris à son regard, il n'aura pas la moindre pitié. La seule manière de le ramener à moi est de me débarrasser d'elle. Je dois l'arracher à son emprise.

Sans bruit, je sors mon téléphone portable et, me déplaçant à pas de loup, je prends cliché sur cliché. La laideur de son corps torturé défile sur le petit écran. Des gros plans, des vidéos, je stocke tout ce qui me permettra de la réduire à néant. La qualité est médiocre, mais le retouchage des images devrait arranger cela.

J'ai ma petite idée. Si elle est aussi fragile que je le pense, elle ne s'en relèvera pas et choisira d'elle-même de disparaître de la surface de la Terre. Greg sera anéanti. Alors je surgirai de l'ombre pour le serrer dans mes bras et apaiser sa douleur.

Je m'appelle Ava Brown, je mène le monde à la baguette et personne ne me dicte ma conduite. Je domine et l'on m'obéit. Et lorsque l'on me nuit, je me venge.

Chapitre 61

Chasseur de dragons

Samedi 9 mai 2015

J'ai froid. Je gémis. À la lisière de l'éveil, je cherche le drap sans le trouver. Je m'agite. Il me manque quelque chose de primordial, mais je ne sais pas quoi. Soudain, des bras m'enveloppent et me serrent contre un corps chaud. Le drap tant convoité remonte le long de mon corps jusqu'à le recouvrir complètement. Une main glisse le long de mon dos jusqu'à la chute de mes reins. Je frissonne. Une seconde caresse ma nuque puis glisse et s'insinue sous l'attache de mon soutien-gorge, tandis que des lèvres déposent des baisers juste sous mon oreille.

Je tente d'émerger de ce demi-sommeil quand, soudain, la main dans le bas de mon dos frôle la soie de ma culotte et le bout de quelques doigts caressent la zone juste sous l'élastique. Je sursaute, prise de panique. Je ne suis pas éveillée. Je suis retournée là-bas. Dans quelques secondes, les mains malaxeront brutalement mes fesses, des doigts s'insinueront en moi et l'enfer recommencera. Je crie. Je me débats. Le cauchemar recommence.

— Calme-toi, ma puce. C'est moi, Greg. Pardonne-moi si je t'ai effrayée. Je n'ai pas voulu…

Les bras me serrent doucement contre un torse dont je reconnais soudain l'odeur. Je m'éveille enfin et, échappant à son emprise, je roule de l'autre côté du lit. J'ai besoin de respirer, de reprendre contenance.

— Pardonne-moi, Annabelle. Je songeais aux moments magiques que nous avons partagés hier. Mes mains se sont dotées d'une volonté propre. C'est tellement agréable de te caresser, tellement doux, tellement apaisant. Un peu comme ces mini-jardins japonais, tu vois ? Ce truc avec du sable dans lequel tu fais glisser un minuscule râteau. C'est l'effet que me faisait la douceur de ta peau glissant sous mes doigts.

Il me regarde, sourire aux lèvres. Il ne cherche pas à me ramener contre lui ni à me toucher. Il s'est tourné vers moi, et continue à me parler.

— Je t'ai fait peur ?

— J'ai cru que…

Une fois de plus, je me sens ridicule. J'ai aimé ses caresses et ses baisers, hier. Ils n'avaient pas de connotation sexuelle. Il a dit qu'il voulait vénérer chacune de mes cicatrices, et c'est exactement ce qu'il a fait. L'une après l'autre, de la naissance de mon sein au bas de mes cuisses, il a suivi de ses doigts les lignes blanches qui zèbrent mon corps, les a embrassées, caressées de ses lèvres, m'affirmant qu'elles faisaient partie de moi et que, puisqu'il m'aimait, il aimait chacune d'elles aussi.

Je réalise soudain qu'il m'a dit qu'il m'aimait. Plusieurs fois. Je n'ai su que répondre et, à dire vrai, je ne crois pas que ces déclarations appelaient la moindre réaction de ma part. À sa manière, il m'a aimée d'un amour asexué, dénué de toute contrepartie. Un amour à l'état pur.

Soudain, mes propres sentiments affluent de toutes parts. Ma poitrine se gonfle d'un amour intense. Pourquoi repousser l'amour qui m'emplit en sa présence ? Ses bras me manquent, et, même si elles m'effraient par leurs caresses, ses mains me manquent aussi. Doucement, je quitte mon refuge et retourne me nicher contre lui. Ses bras reprennent leur place. Son nez plonge dans mes cheveux et les hume. Je suis juste là où je dois être.

— Je t'aime, dit-il doucement.

« Je t'aime aussi » me dis-je en moi-même sans trouver le courage de verbaliser mes pensées.

Je relève mon visage vers le sien, lui souris et pose mes lèvres sur les siennes. Il m'attire davantage encore contre lui. Ses mains s'enroulent autour de ma taille et caressent de nouveau mon dos.

Il rompt le baiser et me regarde un instant. Il me sourit, tendrement.

— Je ne te ferai jamais de mal. Tu le sais ? Je te désire, je ne peux le nier, mais nous progresserons à ton rythme, tout doucement, je te le promets. C'est toi le chef d'orchestre, d'accord ?

— Et si c'était impossible ? Et si je n'y arrivais pas ? Combien de temps tiendras-tu avant de…

— Je tiendrai aussi longtemps qu'il le faudra, Annabelle. Ne te fais pas de soucis pour cela.

Il caresse mon visage de son pouce, il effleure mes lèvres qui, d'instinct, s'entrouvrent, puis reprend le baiser là où nous l'avions laissé. Sa bouche se presse contre la mienne. Du bout des dents, il saisit ma lèvre inférieure et la tire légèrement puis la lèche. Sans que je l'aie décidé, la mienne vient à sa rencontre. Étonnamment, ce contact charnel ne me dérange pas. Je l'appelle même de tout mon être. Nos langues s'enroulent l'une autour de l'autre, irrésistiblement attirées. Les papillons dans le bas de mon ventre sont de retour et virevoltent le long de mes cuisses. Cet échange allume en moi des étincelles qui ne demandent qu'à s'enflammer, éveille les prémices d'un désir que je n'aurais jamais cru ressentir un jour. Je m'abandonne à ces sensations qui me transportent, tandis que ce baiser se fait plus passionné. Et puis, soudain, je sens son désir prendre son essor contre mon ventre. Sans pouvoir m'en empêcher, je m'écarte lentement et observe le serpent se déployer sous le coton du boxer noir. Il rit soudain et je le regarde, interloquée.

— Voilà une réaction qu'avec la meilleure volonté du monde, je ne peux contrôler, dit-il, comme pour s'excuser.

Mon regard ne peut se détacher de l'ennemi tapi dans l'ombre, attendant son heure pour me lacérer.

— Cette… chose m'effraie au plus haut point, Greg. J'imagine que cela te semble ridicule, mais elle est, tout à la fois, la cause et l'objet de tous les tourments qui m'ont été infligés. Ne crois pas que je t'en veuille, ce n'est pas le cas. Je comprends que c'est le reflet du désir que tu ressens pour moi et, quelque part, j'en nourris une certaine… fierté.

Je m'interromps un instant, soufflée par cette constatation, puis sans lâcher du regard l'objet du délit, je reprends :

— … mais comment allons-nous faire pour vaincre une telle peur ? Comment puis-je espérer surmonter cela ? C'est comme si tu me demandais de gravir l'Everest à mains nues et en tongs !

Il rit de nouveau, puis m'attire contre son flanc, à l'abri du serpent.

— J'aime cette capacité que tu as, même dans les pires moments, de faire de l'humour… Nous trouverons le moyen, Annabelle. Ensemble, nous dompterons le dragon et le métamorphoserons en un chaton ronronnant, je te le promets.

Il m'embrasse doucement, se jette hors du lit et me lance :

— En attendant que le dragon laisse place au chaton, il me semble nécessaire de l'assommer à coups de gourdin… Le terme n'est peut-être pas bien choisi, à bien y réfléchir… Une douche froide devrait calmer ses ardeurs.

Un clin d'œil complice, un sourire enjôleur et Greg disparaît dans la salle de bain.

Je m'appelle Annabelle. Chaque jour depuis cinq ans, je combats mes démons en solitaire. Ce matin, je comprends enfin que je ne suis plus seule et que je fais désormais équipe avec un redoutable chasseur de dragons.

Chapitre 62

Frustration

Samedi 9 mai

J'ai finalement opté pour une douche brûlante. L'eau glisse sur ma peau tandis que je tente de reprendre le contrôle de moi-même. En appui contre la paroi, les yeux fermés, je songe à son corps fragile contre le mien, à ses mamelons pointant sous le tissu soyeux du soutien-gorge, à son ventre doux et tellement émouvant, à ses cuisses que je voudrais enroulées autour de mes hanches, et puis au Graal qui se cache sous la petite culotte, le lieu de tous les plaisirs, le sanctuaire que je veux faire mien, sans pour autant le profaner.

Je ne peux m'empêcher d'imaginer ce que cache la soie bleue : la forme de ses lèvres, la rondeur de son clitoris, son goût, sa suavité, la chaleur et la douceur du fourreau qui m'accueillera. Bon sang ! Serai-je capable de tenir la distance, de maîtriser ce désir qui me taraude ?

Lentement, mon imaginaire prend le contrôle de mon corps. J'observe avec désespoir mon sexe bandé qui se dresse vers le ciel, semblant m'implorer de faire quelque chose pour lui. Il n'a pas tort, je ne peux pas le laisser dans cet état… Je ne suis pas homme à accepter la frustration : je veux, je prends, point barre. Avec elle, tout est différent, tout est dans la retenue, l'attente, le désir, qu'il faut éviter de montrer.

Le gel douche me tend les bras. Je me frictionne avec énergie, tentant de me laver de mes pensées grivoises et, sans que je l'aie sciemment décidé, ma main emprisonne fermement mon sexe et lui imprime un mouvement ample, de bas en haut, de la base jusqu'au gland, sur lequel mon poing se referme brièvement. D'abord lent, le mouvement se fait de plus en plus régulier, rapide, vigoureux sans être brutal. Des images de son corps sur le mien abondent dans mon cerveau en ébullition. J'imagine ses seins dans mes paumes, mes doigts en roulant doucement les extrémités et, plus que tout, j'imagine la meilleure partie de moi-même la pénétrant lentement, tandis que je lirais sur son visage la surprise, la volupté, le plaisir, buvant chacun de ses soupirs, chacun des petits cris qu'elle ne pourra retenir, investissant sa bouche entrouverte, happant sa langue rose et fruitée, puis revenant à ses mamelons, les mordillant légèrement pour la faire crier encore davantage.

Comment son corps réagira-t-il ? Qu'aimera-t-elle ? Elle a tout à apprendre du plaisir. Pour ce qui me concerne, Annabelle est vierge. Ce qu'ILS lui ont fait, ce qu'ILS lui ont pris, n'existe pas à mes yeux. Pas sexuellement parlant, en tout cas. Pour moi, elle est une terre jamais foulée. Christophe Colomb chanceux et émerveillé, j'arpenterai ses plaines, ses vallons, ses montagnes, le moindre recoin de ce continent inconnu, cartographiant chaque centimètre carré de son corps.

Annabelle est une île encore inexplorée, une cité perdue engloutie depuis des millénaires qui cherche à resurgir. Je veux lui donner la vie, comme si elle sortait des eaux, pure et inviolée.

L'orgasme s'empare enfin de moi, dévalant de mon sexe à mes reins, irradiant dans tout mon corps, secoué de contractions musculaires et de frissons délicieux. Un instant euphorique, je me sens vite déçu. C'est en elle que je veux jouir, c'est avec elle que je veux expérimenter l'extase et je soupçonne que le plaisir, avec Annabelle, pourrait être au-delà de tout territoire connu.

Rapidement, je sors de la douche, me sèche et enroule une serviette autour de mes hanches. Je veux qu'elle voie mon corps, qu'elle s'y habitue, sans la brusquer. Je veux qu'il ne soit plus une source de peur, qu'elle apprenne à l'apprécier, à le reconnaître comme sien. Alors, le plus naturellement possible, je sors de la salle de bain, simplement vêtu de ma serviette et viens la rejoindre, sur le lit.

Elle me regarde, intimidée et rougissante. Elle ne sait où porter son regard. Alors, je la prends dans mes bras et l'installe sur mes genoux. Elle vire au coquelicot, se dandine un peu, sollicitant sans le savoir mon pénis encore au repos, il y a quelques secondes à peine.

— Reste tranquille, lui dis-je, envisageant une seconde douche.

— Mais qu'est-ce que tu fais ?

— Je t'installe sur mes genoux pour t'avoir contre moi. J'ai envie de sentir ta peau contre la mienne, pas toi ?

Elle réfléchit un petit moment, me considérant d'un air soupçonneux.

— Peut-être bien que si, dit-elle finalement, en se laissant aller contre moi.

Je l'entoure de mes bras, pressant son doux visage contre mon torse. Je pose mon menton sur le sommet de sa tête, comme j'aime tant le faire, tandis qu'elle enroule timidement ses bras autour de ma taille.

— On est bien, non ?

— Oui, on est bien.

Je la sens sourire contre ma peau. Elle n'a plus peur de moi et cette idée me rend incroyablement heureux. Même si mon meilleur copain n'est pas franchement le sien, je saurai m'en contenter pour le moment.

— Que veux-tu faire aujourd'hui ?

— Je pense qu'il serait bien que j'aille voir Maman. Tu te rends compte que je vis avec toi depuis une semaine déjà, et que je n'y suis pas allée ? Je ne l'ai même pas appelée.

Une visite chez sa mère ne faisait pas vraiment partie de mes projets du week-end. J'avais plutôt envisagé un court voyage, l'Italie peut-être, ou n'importe quel endroit qui puisse lui faire envie.

Je dois afficher une mine dubitative, car elle me dit aussitôt :

— Elle se fait tellement de souci, Greg…

O.K., O.K. ! Va pour une excursion chez belle-maman. Le terme me fait rire intérieurement, comme une bêtise dite au détour d'une conversation. Et puis, je ne trouve pas la boutade si idiote, finalement. Quoi de plus normal d'envisager d'épouser la femme que j'aime, après tout ? Je chéris cette idée, même si elle me plonge au cœur de mes contradictions. Le chemin parcouru est tellement incroyable. L'homme que j'étais et que je ne suis plus, de toute évidence, l'homme que je deviens, pas à pas avec elle, me plaît décidément de plus en plus.

Alors qu'elle saute sous la douche, je tente de me changer les idées et de ne pas imaginer l'eau ruisselant sur son corps. Peine perdue. Alors, j'investis la cuisine et nous prépare un petit-déjeuner copieux, histoire de tenir le choc face à Anne Maury.

Moins de vingt minutes plus tard, elle apparaît, telle une fée. Elle est vêtue d'une longue robe blanche à petites fleurs bleues et roses, et de sandales immaculées. Elle est chaque fois plus belle. Mon cœur gonfle à en exploser. Elle est à moi. Tout entière… ou presque.

Le petit-déjeuner englouti, nous roulons vers la maison familiale d'Annabelle, en écoutant la radio, tandis qu'elle chante, faux, mais avec un tel entrain que j'en suis émerveillé, et surtout incroyablement heureux. Annabelle chante dans ma voiture et, pour la toute première fois, je la vois réellement épanouie. Je décide de m'en attribuer tout le mérite.

Je suis Greg Delcourt. Accompagné de la femme de ma vie, je me dirige vers ce qui pourrait bien être un énième affrontement avec Anne Maury et Antoine, mon propre père, que je ne serais pas étonné de trouver là-bas.

Chapitre 63
Désignée coupable

Samedi 9 mai

Greg a accepté de m'emmener chez moi, afin de rassurer ma mère et aussi de prendre mes affaires. Lorsque je suis arrivée chez lui, je n'avais que ce que je portais sur moi. Il m'y a amenée pour une nuit, et je n'en suis plus repartie. Et j'ai bien l'intention d'y rester.

J'entame, en quelque sorte, une colocation. À quelques détails près. Je ne paie pas de loyer, ni de charge et je ne participe pas aux frais alimentaires. Mon colocataire est beau, sexy, gentil — bien que parfois redoutable — et riche à millions. Ah oui ! Nous partageons le même lit, les mêmes lits, devrais-je dire. Il veille sur moi, me serre contre lui lorsque je fais un cauchemar, me câline, me dorlote, me vénère même. Nous échangeons des baisers brûlants, nous nous touchons, il me caresse avec retenue, mais nous n'allons pas plus loin. Il m'aime, il me le dit. Moi aussi je l'aime, sans oser l'avouer.

Même si les choses sont compliquées, même si mon passé est un obstacle entre nous, je suis heureuse avec lui et ne souhaite être nulle part ailleurs. Je suis convaincue. Il sera moins aisé de faire partager mon enthousiasme à ma mère…

Greg gare la voiture devant la maison, en sort, la contourne et ouvre ma portière. Je le laisse faire. Ce geste galant semble le rendre heureux, je ne veux pas gâcher son plaisir. Il m'aide à sortir, glisse sa main dans la mienne et nous nous avançons vers la porte qui s'ouvre bruyamment sur ma mère, qui ne semble pas dans les meilleures dispositions.

— Te voilà enfin ! Tu auras pris ton temps !

Je me penche vers elle, embrasse ses joues.

— Bonjour, Maman. Tu vas bien ?

— Comment ça je vais bien ? Je me fais un sang d'encre depuis ton départ. Y as-tu songé un instant, lorsque tu ignorais mes messages, lorsque tu refusais mes appels ?

— J'avais besoin de prendre de la distance, Maman. D'être ailleurs qu'entre ces murs qui m'ont servi de prison, ces dernières années. Tu peux le comprendre, non ?

— Si ces murs t'ont tenu lieu de prison, comme tu le dis, c'est parce que tu l'as bien voulu. Ce n'est pas faute d'avoir fait mon possible pour t'en sortir !

— C'est vrai, Maman, tu as fait de ton mieux. Il faut croire que je n'étais tout simplement pas prête. Mais tu as finalement réussi ; tu devrais être fière ! C'est bien grâce à toi si je suis enfin sortie de la maison et que j'ai rencontré Greg.

Ma mère jette un œil torve sur Greg, toujours à mes côtés, légèrement en retrait.

— Il aurait mieux valu pour toi de rester à la maison, ce matin-là. Je t'ai jetée dans la gueule du loup…

— Maman ! Mais qu'est-ce qui te prend ?

Antoine s'avance vers nous, embrasse son fils et me serre brièvement dans ses bras.

— Cesse de diaboliser mon fils ainsi, Anne, proteste-t-il gentiment.

— Mais Dieu seul sait ce qu'il a bien pu lui faire…

—Maman ! Tu deviens blessante. Je suis venue pour te voir, pour te rassurer, pas pour que tu insultes Greg !

Mais ma mère n'a cure de mes récriminations. Elle est partie dans un trip ridicule et totalement hors de propos.

— Vous n'aviez pas le droit de la toucher, Greg ! Après tout ce qu'elle a subi, comment avez-vous osé poser vos sales pattes sur elle ? Je vous avais demandé de ne pas l'approcher. Je vous avais dit qu'elle n'était pas une de vos filles faciles. Comment avez-vous osé ?

Ma mère est hors d'elle. Elle crache les mots avec un débit impressionnant. Greg ne répond pas. Je sens combien il lui est pénible de réfréner ce franc-parler parfois brutal qui lui brûle les lèvres.

— Annabelle est en sécurité. Puisque, visiblement, ce qui vous inquiète, au-delà du fait qu'elle puisse se sentir bien avec moi, c'est son intégrité sexuelle, je vous rassure sur ce point. Je ne l'ai pas touchée.

Puis, se tournant vers moi, il dépose un baiser sur ma joue et murmure :

— Je vais t'attendre dans la voiture. Appelle-moi lorsque tu voudras que je t'aide à charger tes affaires.

Il me sourit tendrement et fait demi-tour, en direction de la Porsche.

— Mais… non ! Tu viens avec moi…

Mais ma mère me saisit par le bras et m'entraîne dans la maison. Je me retourne vers Greg qui s'est déjà réfugié dans la voiture. Je jette un regard désespéré à Antoine qui, d'un signe de tête et d'un haussement de sourcil contrit, me fait comprendre qu'il s'occupe de son fils.

— Ma chérie, je suis tellement heureuse que tu rentres à la maison. Tu vas voir, nous allons faire de grands changements. Je pensais que nous pourrions redécorer totalement ta chambre. Peut-être même pourrais-tu en changer, afin de te sentir mieux. Qu'en penses-tu ?

De toute évidence, ma mère refuse de comprendre. Elle a dirigé ma vie pendant toutes ces années, par nécessité, parce que j'étais incapable de le faire moi-même. Mais les choses ont changé. Aujourd'hui, je suis plus forte. Greg m'a métamorphosée. Et je ne suis pas seule, il est à mes côtés.

— Maman, je ne rentre pas à la maison. Bien loin de là, je viens chercher mes affaires.

— Allons, ma chérie, ne sois pas sotte. Tu as mené à bien ta petite escapade, je comprends, tu sais. Tu avais besoin de t'évader. Mais, maintenant, il est temps de revenir à la raison et de reprendre ta véritable place.

Elle me couve d'un regard bienveillant, à la limite de la pitié, comme si je ne pouvais pas comprendre, comme si elle savait mieux que moi ce qu'il convient de faire. Je me rends compte qu'elle a porté ce regard sur moi depuis mon réveil, à l'automne 2010. Et même si je lui suis à jamais reconnaissante de m'avoir soutenue toutes ces années, je ne veux plus de ce regard, désormais.

— Je monte dans ma chambre rassembler mes affaires. Pendant ce temps, il me semble que tu devrais aller présenter tes excuses à Greg qui n'a vraiment pas mérité tes paroles empoisonnées.

— M'excuser ? Mais pourquoi donc ? Je ne fais que te protéger !

— Je suis une adulte, Maman. Je te remercie d'avoir pris soin de moi durant toutes ces années, mais je pense qu'il est temps pour moi de veiller sur moi-même.

— Mais tu en es incapable, ma pauvre chérie ! Au premier problème, tu t'es précipitée dans la voiture d'un inconnu ! Tu ne sais pas reconnaître le danger quand tu le vois, et c'est même pis, tu vas au-devant de lui. Ce matin-là, si tu ne t'étais pas habillée comme la femme que tu n'étais pas, si tu ne t'étais pas pavanée sur ton vélo, tu n'aurais jamais…

— Ça suffit ! Vous allez dire des choses que vous risquez de regretter, Anne !

Greg vient de se positionner entre nous deux, une fois de plus. Je suis soudain glacée d'effroi à l'idée que ma propre mère me rende responsable de mon calvaire. Est-il possible que, depuis cinq ans, en silence, elle me reproche ce qui m'est arrivé ?

Greg a tout de suite compris la situation. Il m'entoure de ses bras et me parle doucement :

— Viens, mon ange. Nous partons. J'enverrai quelqu'un prendre tes affaires.

Je m'appelle Annabelle. Tandis que Greg m'entraîne vers la voiture, avec d'infinies précautions, je m'aperçois que je ne connais pas ma mère, et que je ne me connais pas moi-même.

Chapitre 64

Aphrodite au bain

Samedi 9 mai

Elle n'a pas dit un mot depuis notre départ, pas versé une larme. Je ne suis même pas sûr qu'elle soit vraiment là, avec moi. Elle est recroquevillée contre la portière, sa tempe contre la vitre, le regard dans le vague. Ses mains, posées sur ses genoux, tremblent de manière compulsive. Elle frissonne. Je pose une main sur sa joue, elle est glacée. J'accélère. Je dois la ramener à la maison au plus vite. Mon instinct me dit qu'elle a besoin de chaleur, d'attention, qu'elle a besoin de mes bras pour l'entourer et la protéger.

Je me remémore les paroles d'Anne Maury, et j'en reste scandalisé. Comment peut-on dire une telle chose à son enfant ? Comment a-t-elle pu la rendre responsable des tourments qu'elle a subis ? Tout cela dépasse mon entendement. Si, jusqu'à maintenant, j'avais considéré que l'hostilité d'Anne envers moi était avant tout maternelle, peut-être un peu abusive à mon goût, j'en arrive aujourd'hui à une tout autre conclusion.

La réaction d'Annabelle, l'enfermement dans lequel elle s'est installée me prouvent qu'elle est dans un désarroi profond. Je voudrais l'aider, trouver les mots, mais je ne crois pas qu'elle puisse les entendre pour le moment. Sur la route, je reçois un appel de mon père que je prends, après une longue hésitation.

— Greg ? Tu es là ?

— Oui.

— Comment va-t-elle ?

— Pas bien. Elle ne communique plus. Elle ne semble même plus dans le même monde que moi. Comment a-t-elle pu lui dire une chose pareille, Papa ? Je ne comprends pas.

— Je t'avouerai que je ne comprends pas plus que toi. Elle n'avait jamais évoqué cela avec moi. Jamais elle n'a eu le moindre mot de reproche envers sa fille. Elle a beaucoup incriminé son ex-mari, mais jamais Annabelle.

— Il faut croire qu'elle gardait ça en elle depuis un bon moment…

— Je ne sais pas… Je… je suis dépassé par la situation. Elle est dans le salon, elle pleure sans cesse, depuis votre départ. Elle refuse de me parler. Il faut attendre, je crois.

— Écoute-moi bien. Dans deux heures, j'enverrai quelqu'un récupérer les affaires d'Annabelle. Fais en sorte que sa mère les prépare. Ses vêtements, ses chaussures, tout ce qui est important pour elle, tout ce à quoi elle est attachée devra être prêt. Si ce n'est pas le cas, mes gars feront une razzia et embarqueront tout. Vous avez été les premiers à me rabâcher qu'elle était fragile, qu'il fallait la traiter comme de la porcelaine, et c'est ce que j'ai fait. Alors, prenez vos responsabilités.

Je ne tolérerai plus jamais qu'on lui parle de cette manière ni qu'on lui fasse du mal !

— Tu as bien changé, fils. Je veux dire, tu as changé… en bien.

— Tu ferais bien de le faire comprendre à ta compagne, sans quoi elle ne reverra plus sa fille.

Je raccroche. Je n'ai pas envie d'argumenter. Je dois me concentrer sur elle et uniquement sur elle.

Je stoppe la voiture devant la maison. Elle est maintenant en position quasi-fœtale. J'ouvre délicatement sa portière, et je dois la retenir pour l'empêcher de tomber. Je la prends dans mes bras, au creux desquels elle se blottit immédiatement. Ses mains, ses jambes, son visage sont glacés. Elle ne pleure toujours pas et je déteste cela. Je veux qu'elle pleure, qu'elle extériorise toute cette douleur que je vois défiler dans ses prunelles.

Je me dirige directement vers ma chambre, puis vers la salle de bain. Je pose délicatement Annabelle sur le rebord de la baignoire en marbre, dont j'ouvre les robinets à fond. La vapeur s'élève dans la pièce. C'est parfait. J'ajoute quelques gouttes d'huiles essentielles de lavande fine, réputée pour ses propriétés anti-stress et relaxantes.

Je la relève et entreprends de la déshabiller. Jamais je n'aurais imaginé que ce geste si intime revêtirait une telle signification. Je la dévêts comme je le ferais avec un enfant. Je vais lui donner un bain. Je vais prendre soin d'elle. Elle reste debout, face à moi, tandis que je lui retire sa robe de fée et ses sandales. Lentement, sans la quitter du regard, comme si j'avais affaire à un animal blessé, je dégrafe son soutien-gorge et le lui retire. Je fais de même avec la petite culotte coordonnée. Elle est nue, face à moi, et il n'y a pas la moindre place pour le désir. Il s'agit de tout autre chose. La prenant doucement par la main, je l'aide à monter dans la baignoire et à s'y asseoir. Elle est docile, presque absente.

Je retire mes chaussures, mes chaussettes et ma chemise et m'immerge avec elle, partiellement vêtu, me positionnant dans son dos. Je l'attire vers moi, d'une main autour de sa taille. Assise contre moi, elle laisse aller sa tête sur mon torse. Je l'entoure de mes bras, prenant bien soin de ne pas la toucher de manière trop intime. L'eau brûlante continue de couler jusqu'à lui arriver quasiment aux épaules. Je stoppe sa progression.

Peu à peu, elle se détend, tandis que son corps se réchauffe. J'embrasse le dessus de sa tête et le caresse du bout de mon nez. Malgré la situation chaotique, je ne peux m'empêcher de me sentir merveilleusement bien, à moitié habillé, dans un bain aux effluves de lavande, tenant dans mes bras une déesse, **ma** déesse.

J'ai maintes fois songé que le jour où je la posséderais, je trouverais refuge dans une sorte de sanctuaire, enfoui au plus profond d'elle. Mais je faisais fausse route. Elle EST le sanctuaire, et j'en suis le gardien. Elle préside désormais à ma vie, à mon bonheur et à mon avenir.

— Je t'aime tellement, mon ange. Si seulement je pouvais te montrer ce que je ressens pour toi. Si seulement tu savais…

Lentement, elle se dégage de mes bras et se tournant face à moi, à genoux entre mes jambes, elle me fixe, son visage baigné de larmes.

Telle Aphrodite sortant des eaux, elle me méduse par sa beauté. Ses longs cheveux bruns descendant sur ses seins, ses yeux immenses dont les éclats bleus sont plus vifs que jamais, sa bouche pleine et si rose, légèrement entrouverte, tout en elle semble sorti du tableau de Botticelli…

Elle s'apprête à parler, mais je l'interromps, d'un doigt sur ses lèvres. Je l'attire à moi, contre moi, une main dans son dos et l'autre caressant sa joue. Je sais exactement ce qu'elle allait me demander et je lui réponds, sans détour :

— Non, Annabelle. Tu n'as pas la moindre responsabilité dans ce qui est arrivé. Tu étais une adolescente, comme toutes les adolescentes. Ni plus ni moins. Tu as juste eu le malheur de croiser la route d'une meute de loups. Ce sont EUX les coupables, Annabelle, ça n'a jamais été toi.

Elle s'effondre en sanglots. Je l'attire sur mes genoux et la serre contre moi, baisant son visage, buvant ses larmes jusqu'à les tarir.

Je me nomme Greg Delcourt. Je le jure devant Dieu et les Hommes, dorénavant je réduirai à néant toute personne qui s'aventurera à lui nuire, de quelque manière que ce soit.

Chapitre 65
Épousailles

Dimanche 10 mai

Après les péripéties d'hier, Greg a été incroyable avec moi.

Il faut bien dire que les propos de ma mère, qui me hantent encore, m'ont plongée dans un profond désarroi. Je ne me souviens d'ailleurs pas de tout ce qui est arrivé, après que nous ayons quitté la maison. J'ignore comment je me suis retrouvée dans la baignoire. Avec lui, qui plus est. Ce passage reste très flou dans ma mémoire. Tout ce dont je me rappelle c'est qu'il m'ait dit combien il m'aimait. Ensuite, j'étais face à lui, dans l'eau fumante. J'ai cru qu'il était nu, puis, m'agenouillant entre ses jambes, j'ai constaté qu'il portait toujours le pantalon de toile noire qu'il avait revêtu juste après le petit-déjeuner.

Quant à moi, j'étais comme Ève au Jardin d'Éden et, à ce moment-là, je n'en éprouvais pas vraiment de gêne.

Il m'avait déshabillée, il m'avait vue nue. Je n'en nourrissais ni colère ni honte. Mes préoccupations étaient ailleurs. J'avais besoin de savoir. J'avais besoin qu'il me le dise.

Alors, j'ai voulu lui demander si j'étais vraiment la gamine perverse qui avait appelé de ses vœux les viols successifs et les tortures, comme semblait le penser ma mère. Mais il ne m'a pas laissé poser la question et y a répondu, comme s'il était capable de lire en moi.

« Non Annabelle. Tu n'as pas la moindre responsabilité dans ce qui est arrivé. Ce sont EUX les coupables, Annabelle, ça n'a jamais été toi. »

Ensuite, sans la moindre pudeur, je me suis laissé aller contre lui et j'ai versé le flot de larmes qui menaçait de m'engloutir. Nous sommes restés longtemps, dans le bain, moi assise sur ses genoux, lui me serrant dans ses bras, me parlant doucement, comme à une enfant, séchant mes pleurs, embrassant mon visage.

Et les flots se sont taris. Greg est sorti du bain en premier, puis il m'a aidée à enjamber la baignoire. Il s'est emparé d'un peignoir moelleux et me l'a enfilé. Il m'a ensuite frictionnée doucement et a enroulé mes cheveux dans une serviette. Un instant, il s'est tenu immobile devant moi. J'ai regardé la flaque qui se formait à ses pieds, le pantalon gorgé d'eau et j'ai ri.

— Pas bien de se moquer, Mademoiselle Maury.

— Je n'ai pas pu résister. Tu aurais pu l'enlever avant, tu ne crois pas ?

— Je ne voulais pas t'effrayer…

Devant cette petite phrase, j'ai senti les larmes remonter. Elles étaient différentes. Il s'agissait de larmes de joie, une émotion vibrante qui m'a étreint soudain et cette sensation étrange est revenue, mon cœur a grossi soudain, envahissant toute ma poitrine et il semblait sur le point d'exploser. Bon sang ! Je l'aime tellement !

— Je t'aime, Greg… je ne suis pas sûre de te mériter et je le suis encore moins d'être capable de te rendre heureux, mais je t'aime, je t'aime tellement…

Son sourire s'est légèrement effacé et il est resté là, quelques secondes, son merveilleux regard plongé dans le mien, intense, brûlant, aimant. Il a saisi ma main, m'a attirée à lui, m'a serrée dans ses bras, a embrassé mes joues, mes yeux, mes lèvres et a chuchoté :

— C'est moi qui ai peur de ne pas te mériter, Annabelle. Je suis sûr à 100 % que tu vas me rendre follement heureux et je te promets de tout mettre en œuvre pour que tu ne regrettes jamais cet amour que tu m'offres.

Nous avons échangé un baiser, doux, tendre, lent. Ensuite, il a reculé d'un pas et a ajouté :

— Va vite finir de te sécher dans la chambre, je me change et j'arrive. Il y a une chose dont j'aimerais parler avec toi.

Un peu inquiète, je me suis dirigée vers la porte, puis me suis retournée vers lui, l'air interrogateur.

— Va ! a-t-il dit doucement, mais fermement.

Alors, j'ai obéi. Je ne me sentais pas la force de lutter. Je voulais juste laisser les choses aller.

Greg avait fait remplir mon dressing de vêtements de toutes sortes : sous-vêtements, tenues confortables, tenues élégantes, nuisettes, il m'avait gâtée. Mais tout ceci se trouvait dans ma chambre, et je n'avais pas la moindre envie de quitter la sienne. J'ai fouillé dans ses tiroirs, y ai dégotté un caleçon et un tee-shirt trop grands et les ai enfilés.

Lorsqu'il est sorti de sa salle de bain, je l'attendais, assise en tailleur, sur le lit. Il est venu s'installer près de moi, m'a regardée de la tête aux pieds avec un demi-sourire et a finalement abordé le sujet, sans préambule.

— Je viens d'envoyer un de mes gars chez toi pour récupérer tes affaires. Penses-tu que tu as une copie de ton acte de naissance, quelque part ?

— Mais que veux-tu faire avec mon acte de naissance, exactement ?

— T'épouser, a-t-il répondu, avec le plus grand sérieux.

Ma salive s'est bloquée dans le fond de ma gorge et je me suis étouffée en tentant de l'avaler.

— Mais enfin Greg, tu ne peux pas m'épouser !

— Et pourquoi pas ?

— Mais… Nous nous connaissons depuis un mois à peine, et puis nous n'avons jamais… tu vois… On n'épouse pas une fille que l'on vient juste de rencontrer, qui plus est quand on n'a jamais couché avec elle.

— Annabelle, je n'ai pas besoin d'attendre un an pour savoir que je t'aime comme un fou et que tu es la femme avec qui je veux partager ma vie. Je le sais déjà. Quant à ce qui concerne le fait que nous n'avons jamais fait l'amour, je dirai que nous avons partagé des moments incroyablement intimes, toi et moi et que je suis certain que ce moment-là, en particulier, sera parfait. J'attendrai le mariage, et même après, aussi longtemps qu'il le faudra, je te l'ai déjà dit.

Je me suis installée sur ses genoux et, tournant son visage vers le mien, je lui ai demandé :

— Pourquoi veux-tu faire cela, Greg ? Quelle est la véritable raison ?

Il a longuement réfléchi, ses yeux dans les miens et il a dit :

— Je veux te protéger. Je veux que tout le monde sache que tu es à moi et que, par conséquent, chacun comprenne également qu'il répondra devant moi de tout mal qui pourrait t'être fait. Je veux prendre soin de toi.

— Je n'ai pas besoin que tu m'épouses pour me sentir en sécurité avec toi. Tu n'as pas besoin de lier ton avenir au mien pour prendre soin de moi. Ce que je veux, c'est qu'un jour tu ressentes une telle bouffée d'amour pour moi, que tu te dises : je veux épouser cette femme.

— Mais c'est justem…

— Laisse-moi finir, Greg. Je veux être à toi, je le jure, mais je veux l'être complètement. Je veux que tu saches à quoi t'en tenir, que tu te lies à moi en toute connaissance de cause. Je t'en prie… Je te crois lorsque tu m'affirmes que tu m'aimes et je suis totalement sincère lorsque je te le dis. Maintenant que nous savons ce que nous ressentons l'un pour l'autre, laissons le temps nous mener là où bon lui semblera. J'ai toute ma vie pour t'épouser, Greg. Je ne vais nulle part.

— Je ne vais nulle part, moi non plus. Je n'existe que là où tu te trouves…

Je m'appelle Annabelle Maury. Pour la première fois de ma courte existence, j'appartiens à un être qui se donne à moi corps et âme. Pour la première fois, j'aime et je suis aimée en retour.

Chapitre 66

Orange Mécanique

Dimanche 10 mai

Je me nomme Vincent, Vincent Delvaque. Je suis entrepreneur. Mes amis m'ont affublé du stupide surnom de crâne d'œuf, parce que j'ai la boule à zéro. Je rase soigneusement mon crâne depuis que j'ai 20 ans. Je suis roux et j'en ai souffert toute mon enfance. La petite moustache au-dessus de ma lèvre supérieure est la seule preuve visible de ma rousseur.

Hier, j'ai fêté mes quarante-cinq ans, avec mes amis de toujours. Pour l'occasion, nous nous sommes offert une grande virée de trois jours. Nous n'étions plus partis chasser depuis quatre mois et nos instincts bridés nous rendaient fous.

Mon frère, Victor, dit Vic, vend des vêtements en porte-à-porte. Au volant de son camion, il sillonne les routes de France. Principalement destinées à la ménagère de quarante à soixante ans, les collections sont classiques et sans originalité. Mais Vic s'en fout. Il vend à la ménagère, mais son intérêt se porte ailleurs : sur les filles des ménagères. Vic est notre rabatteur. Il débusque le gibier.

Il y a quatre semaines, il est revenu d'une tournée dans la Manche. Il avait pris toute une série de photos de filles qui pourraient nous satisfaire. Rapidement, l'une d'entre elles nous a séduits. Elle devait avoir seize ans tout au plus, peut-être même quinze. Plutôt petite, environ 1m63, fine, brune, les cheveux longs et ondulés, timide, légèrement effacée même sous le feu de l'objectif.

La technique de Victor est bien rôdée. Après avoir découvert une cible potentielle à la sortie du lycée, il s'infiltre au domicile, sous le couvert de son activité de vente, afin d'en savoir davantage. Quelques jours plus tard, il aborde la donzelle sur le chemin de l'école. Il sort une carte bidon qui le désigne comme découvreur de talents, dans le domaine de la mode. Il flatte la proie en louant son physique. La plupart du temps, l'adolescente accroche rapidement. Elle minaude, se trouve des tas de défauts que Vic démonte les uns après les autres. Il explique qu'il bosse à temps partiel pour une agence, et que son métier de vente en porte-à-porte lui permet de repérer les top models de demain.

Il assure l'adolescente qu'elle est exactement ce que recherche un client américain pour sa campagne de pub. Il commercialisera bientôt une ligne de prêt-à-porter pour jeunes adultes et recherche son égérie.

Top models, Amérique, égérie, les mots-clés sont lancés, le poisson appâté, et Vic n'a plus qu'à ferrer.

Il propose de faire des photos, en plein air, dans le lieu qui arrange la demoiselle. Il sort un énorme appareil de professionnel, installe tout le matériel et improvise un shooting sauvage. Lorsqu'il repart, au volant de son camion, il a réussi à faire promettre à la naïve de n'en souffler mot à personne, afin de préserver ses chances d'être sélectionnée pour le grand casting qui aura lieu à Paris, quelques semaines plus tard. Elle sera autorisée à en parler seulement à réception de la convocation, pas avant. Faute de quoi, elle sera éliminée de la course. Aucune n'a jamais trahi le secret.

La couverture de Vic est montée de toutes pièces, bien entendu. Il ne travaille pas pour l'enseigne en question, les plaques sont fausses et sans cesse renouvelées. Le camion a été récupéré dans une casse, payé de la main à la main, en liquide, sous une fausse identité. Vic ne travaille pas, en réalité. Vic rabat des proies et nous les soumet. C'est sa fonction. Et nous trois, nous veillons à ce qu'il vive correctement. Il est bon dans son job, nous le rémunérons en conséquence.

La demoiselle se nomme Lisa, elle a effectivement quinze ans, parfaite élève de seconde générale, appliquée, brillante, peu sûre d'elle dans ses rapports avec les autres, baissant constamment les yeux lorsqu'il lui parle, rougissante. Vic appelle cela la « Virgin Attitude ». C'est exactement ce que nous ciblons : de jeunes vierges, brunes aux longs cheveux, brillantes et effacées. En quelques minutes, Lisa nous avait tous mis d'accord. Elle serait l'objet de notre prochaine chasse.

Restait à régler les détails : trouver un lieu de villégiature discret et isolé, pour trois jours, connaître ses habitudes sur le bout des ongles, débusquer la faille dans son emploi du temps qui nous permettrait de l'enlever sans risque. Et puis gérer l'après. Trouver le moyen parfait de se débarrasser d'elle, définitivement.

Sur ce point, nous sommes des experts. Nous ne laissons jamais la moindre trace de notre passage, et nous nous assurons que le gibier ne puisse jamais raconter son aventure.

À une seule et unique occasion, nous avons laissé l'une d'entre elles en vie. La femme de Vadim avait eu la mauvaise idée de perdre les eaux, trois semaines avant son terme, et nous avions dû abréger notre séjour provençal en catastrophe.

Il avait fallu improviser et, plutôt que de tuer proprement notre proie du week-end, comme toutes les autres avant elle, nous avions décidé de l'abandonner sur une petite route isolée, non sans l'avoir rouée de coups et l'avoir menacée de terribles représailles pour elle et sa famille. Nous avions espéré qu'elle succomberait à ses blessures, dans le fossé où nous l'avions laissée.

Mais la gamine était solide et avait survécu. Amnésique depuis lors, nous jetons régulièrement un œil sur elle. Elle est notre seule et unique erreur et nous la portons comme un fardeau. Chaque année, nous décidons d'aller finir le travail. Chaque année, nous y renonçons, tiraillés entre nos emplois, la famille, la chasse et la crainte de revenir sur les lieux du crime et de nous faire pincer.

Elle n'a jamais rien dit, en cinq ans. Il est peu probable qu'elle parle maintenant. L'enquête est au point mort depuis un bon moment. Ils n'ont rien sur nous, inutile d'éveiller des soupçons. Il est fort probable que si l'affaire était relancée, Bruno serait mis au courant.

Lieutenant de police à l'Office Central pour la Répression des Violences aux Personnes, il jette régulièrement un œil sur les différentes affaires qui nous concernent et s'assure qu'elles n'aboutissent jamais. Notre équipe est parfaite, le modus operandi, comme dit Bruno, est immuable et parfaitement rodé.

Et, à cette seconde, comme à la fin de chaque chasse, je me sens le roi du monde, mes deux mains serrées autour de son cou, mettant un terme à sa misérable et insignifiante existence.

Son corps chaud affalé sur le mien, tandis que Vic la possède encore, ses bras privés de force qui tentent une dernière rébellion, son regard qui se voile inexorablement, alors que l'oxygène n'alimente plus son cerveau, tous ces moments uniques qui ponctuent sa lente agonie, sont ma raison d'être, la finalité de ces quatre jours de plaisir extrême, avec mes amis de toujours.

Je m'appelle Vincent Delvaque, je suis un jouisseur et un tueur. Pendant ces quelques jours, j'ai assouvi mes désirs les plus sombres et, tandis que la proie rend l'âme, je me fais la promesse de cueillir bientôt le dernier souffle d'Annabelle Maury.

A suivre…

Remerciements

Par ordre d'apparition à l'écran, merci à Alexandra GONZALEZ, car c'est sur sa page Facebook que j'ai découvert le concours FYCTIA et que j'ai décidé de me lancer dans l'écriture. Elle a été d'une aide précieuse tout au long de l'aventure et m'a guidée dans les méandres techniques. Je lui dois beaucoup.

Merci à la plateforme FYCTIA qui m'a permis, jour après jour, pendant trois mois, de faire mes premières armes et de découvrir non seulement que j'étais capable d'écrire, mais que j'adorais cela.

Un immense merci à Anne LEDIEU, ma correctrice, ma coach, mon rayon de soleil dans les périodes de doutes (et elles furent nombreuses). Ses judicieux conseils, sa patience (car il lui en a fallu une certaine dose) et son talent m'ont portée jusqu'ici.

Merci à Angéline et Jérémy, mes enfants, qui m'ont encouragée à vivre mon rêve. Toutes mes excuses à mon fils qui a dû relire et débattre de scènes qu'il n'aurait jamais imaginé voir germer dans l'esprit de sa mère !

Merci à mon Papa qui a suivi ma progression de bout en bout, avec le plus grand sérieux. Merci à ma sœur Sylvie pour avoir relu et corrigé mes chapitres, chaque jour, tout au long de l'aventure, pour ses conseils avisés et ses suggestions toujours fort à propos.

Merci à ma Maman, ma sœur Cathy et mon frère Jean Charles, merci à Lédyssia, Julien, Chloée, Thomas pour l'intérêt qu'ils ont porté à la progression de mon histoire, chacun à leur manière.

Merci enfin à Magali, Frédérique, Nora, Stéphanie, Jeanne, Mélina, Alexandra, Florentine, Françoise, Natacha, mes collègues et néanmoins amies, qui furent mes premières fans et qui m'ont soutenue à 100 % dans cette aventure, supportant mes doutes, mes angoisses et mon obsession pour les likes et les partage,s avec une sérénité qui frôla à plusieurs reprises la sainteté.

Merci à Cédric pour son point de vue tout masculin sur quelques scènes délicates et pour son humour à deux balles.

Enfin, merci de tout cœur à toutes celles et ceux qui m'ont suivie dans l'aventure FYCTIA, qui m'ont portée en finale par leurs votes et qui m'ont encouragée tout au long de ces trois trois mois épique, voyageant, à mes côtés, dans l'ascenseur émotionnel.

Merci pour votre soutien, vos commentaires et votre gentillesse. C'est pour vous que j'ai décidé d'écrire ce premier roman, et c'est aussi pour vous que je compte bien poursuivre.

Affectueusement.

Bridget

A paraître

Le 20 janvier 2016

Diary Of Rebirth

Tome 2 :

Alors que les sentiments de Greg et d'Annabelle prennent enfin leur envol, des ombres planent, de plus en plus menaçantes, sur leur avenir commun.

Ava Brown, ex maîtresse éconduite, réussira-t-elle à réduire à néant leurs précieux progrès ?

Qu'en sera-t-il de la meute de loups ? Qui sont-ils ? Quels sont leurs projets ?

Annabelle et Greg sortiront-ils indemnes des menaces qui frappent à leur porte ?